AF550170

Seawalkers

Traducción: Eva Nieto Silva

Título original: *Seawalkers - Rettung für Shari*

Texto de Katja Brandis
Ilustraciones de Claudia Carls
Negociado a través de la agencia literaria Ute Körner - www.uklitag.com

Edelvives Talleres Gráficos. Certificado ISO 9001

Impreso en Zaragoza, España

ISBN: 978-84-140-5978-4
Depósito legal: Z 533-2024

Katja Brandis

ILUSTRACIONES

Claudia Carls

TRADUCIDO POR

Eva Nieto Silva

Salvar a Shari

EDELVIVES

Para Carina

Ya me estoy acostumbrando a la idea de ser un tiburón tigre metamórfico. Sin embargo, hay a quien no le gusta que me haya quedado en el colegio Blue Reef. Por ejemplo, a la madre de Ella, Lydia Lennox, que está enfadada conmigo porque me metí con su hija y le hice daño, aunque no fue aposta. Suerte que, para compensarlo, he hecho amigos como Shari y Jasper, que siempre están a mi lado y no me abandonan. Aunque, por otro lado, no sé muy bien qué pensar de ciertas personas, tanto alumnos como profesores...

Vuelven los problemas

«¡Y ahora, lucha, pez gris y aburrido!».

No todos los días te insultan de esa manera. Y menos aún una orca adulta que te está atacando.

Le había pedido a la señorita White, nuestra profesora de Lucha, una tutoría privada para poder mantener mi ira bajo control. Me dijo que me ayudaría sin problema, y me advirtió de que haría todo lo posible por provocarme. Era domingo por la tarde y llevábamos entrenando en mar abierto desde hacía más de una hora, fuera del campo visual de nuestro colegio Blue Reef. La señorita White se abalanzó sobre mí en su segunda forma, como un submarino a toda velocidad.

Me asusté, reaccioné de forma instintiva y descendí hacia el fondo. Estaba tan profundo que no se veía el fondo.

Ese enorme animal negro y blanco seguía sin darme tregua.

«¿Por qué nadas tan despacio, es que no puedes ir más rápido? —me dijo la señorita White—. ¡Eres más lento que una tortuga con artrosis de cadera!».

«¡Pues a mí nunca me ha adelantado una tortuga!», le respondí, e intenté, con un giro rápido, alcanzarla por detrás y agarrarla por las aletas. Casi lo consigo, pero solo casi.

Con un movimiento elegante, la señorita White salió a la superficie y respiró.

«¿Y tú pretendes ser el animal más peligroso de todo el colegio? ¿Para qué tienes todos esos dientes si no eres capaz ni de mantener una buena carrera, arenque cojo?».

¿¡Arenque cojo!? Noté que la ira me recorría todo el cuerpo, a pesar de que intentaba contenerla.

«Solo quiere provocarte —me dije a mí mismo. Córtale el paso y amenázala con un buen mordisco».

Continué nadando por la superficie y me interpuse en su camino. Pero no sirvió de nada, ya que ella tomó impulso y dio un salto enorme. Una panza negra y blanca pasó por encima de mí sin que pudiera hacer nada. ¡Mierda! Traté por todos los medios de alcanzar a la señorita White, pero ella era mucho más rápida. Me sentía agotado.

«Venga, ven, esfuérzate, ¡sardina escuchimizada!».

«Vale, lo haré», dije furioso. Con toda la fuerza de mi cuerpo de tiburón y con las fauces muy abiertas, me dirigí hacia ella. Pero en esta ocasión la gran orca no se apartó, sino que permaneció inmóvil en el agua y comenzó a nadar hacia mí abriendo mucho la boca. Sus dientes cónicos eran claramente mayores que los míos. Ups. Volví a darme la vuelta.

«Ja, ja, ja, ¿te he asustado, mamífero marino?».

La verdad es que tenía toda la razón, me costó muchísimo no enfadarme con ella.

«No entres al trapo —me decía todo el rato a mí mismo—. Lo está haciendo aposta. Si pierdes el control, estarás perdido».

Si hubiera estado en mi forma humana, habría respirado profundamente un par de veces, pero como tiburón tigre me limité a nadar en línea recta, dejando que el agua fresca pasara por mis agallas. De repente se me ocurrió una idea para vencer a la señorita White. Los delfines eran muy curiosos... y las orcas, en realidad, eran delfines enormes.

Dirigí el morro en dirección a la costa y me marché nadando como si aquel animal que tenía al lado no me interesara en absoluto. ¡Bingo!, un par de segundos después, la señorita White se acercó para ver lo que sucedía.

«¿Qué es lo que...?», comenzó a decir. Pero justo en ese instante me giré y, con el morro cerrado, golpeé a mi profesora en el costado. Si me hubiera comportado como un verdadero luchador, habría podido arrancarle un buen pedazo de su cuerpo. Su piel era gomosa, suave pero muy dura.

«Punto para mí, ¿no?», dije.

«Punto para ti —confirmó la señorita White. Su voz sonaba divertida—. Eres muy listo. Y me gusta que hayas podido mantener un cierto autocontrol, Tiago».

«Eso del arenque cojo no me ha gustado nada», contesté.

«Menos mal que no lo ha escuchado nadie —dijo la señorita White riéndose—. Es muy divertido hacer enfadar a los estudiantes, aunque no solemos acudir a esas estrategias en nuestro plan de enseñanza. —Me miró con sus enormes ojos negros—. Es suficiente por hoy, Tiago, ¿no te parece? Venga, volvamos al colegio».

Había sido una lucha agotadora. Solo tenía ganas de comer algo y tirarme en la cama, pero no hice ninguna de las dos cosas. Al llegar a la laguna del colegio me metamorfoseé, cogí el bañador que había dejado en el embarcadero y, mientras trepaba para subir a la pasarela, vi que Ella Lennox, la pitón metamórfica, estaba sentada justo al final del embarcadero. Llevaba un vestido blanco, que parecía muy caro, con flores bordadas de muchos colores. Vale, fantástico... ¡Precisamente Ella! Tampoco es que me asustase, pues tenía muy claro que yo podía con ella de sobra. Por suerte, no se encontraba acompañada por ninguno de sus habituales, Toco y Barry, que habían salido del colegio a pasar el fin de semana con sus familias y aún no habían regresado.

—Bueno, joven tiburón —dijo con una sonrisa que no me gustó nada—. ¿Qué hacías ahí fuera en el mar...? ¿Habías quedado con alguien?

—¿Por qué lo dices? —le pregunté, e hice como si me diese igual la respuesta. Todavía estaba muy agitado por el esfuerzo de la clase. Deseé que la señorita White se hubiera percatado de que allí había alguien más y no hubiese salido a la superficie. De hecho, intenté decirle por telepatía: «¿Puede quedarse un poco más dentro del agua? ¡Alguien nos está observando!». Pero ya era demasiado tarde.

A pesar de que la señorita White dio un rápido giro para marcharse, Ella pudo ver la parte negra de su aleta dorsal. Su sonrisa se volvió aún más desagradable:

—¿Habías quedado con la señorita White? ¡Esto sí que es bueno! ¿Te gusta una profesora?

—¡Qué pena que el sol te haya frito las neuronas! —dije. Tenía que mantener la calma. Pero la mirada de Ella me atravesó como si fuera un arpón.

—¿O es que te está enseñando cosas que no va a explicar al resto de la clase? Será que quiere ponerte mejor nota...

Ella pudo leer en mi cara que no iba desencaminada con sus afirmaciones. De repente se levantó con la intención de marcharse enseguida.

—Creo que le voy a contar ahora mismo al señor Clearwater que le has estado haciendo la pelota a la señorita White y que ahora eres su ojito derecho. ¡Es una verdadera vergüenza! ¡Eso es algo que no debería ocurrir!

Como en un acto reflejo, la agarré por la muñeca.

—No, no lo hagas. ¡Por favor!

En ese mismo instante me di cuenta de que había sido una idea terrible. Ella dio un chillido e intentó zafarse; me tenía mucho más miedo de lo que yo pensaba. Solté su muñeca en el preciso momento en el que dio un fuerte tirón para liberarse. Se escurrió con uno de los tablones mojados del embarcadero y se fue directa al suelo, cayendo sobre una de sus manos.

Oh, no. Su vestido se había roto con la caída y de algunas de las flores bordadas salían unas cuantas hebras. Se iba a montar una muy gorda.

Ella se levantó insultándome y miró los desgarros de su vestido; luego me fulminó con una mirada asesina:

—¡Pedazo de imbécil! —chilló, y le lanzó la misma mirada envenenada a la señorita White, que en aquel momento se acercaba a nosotros en su forma humana.

—Vosotros, arrogantes animales marinos, no siempre vais a tener el control del colegio, ¡ya lo veréis!

—¡Ella…! —gritó la señorita White, pero la pitón metamórfica ni siquiera se dio la vuelta; siguió caminando furiosa en dirección al lago.

La señorita White me lanzó una mirada de enfado:

—No está bien, Tiago. No está nada bien. ¿Por qué la has agarrado? ¡Ha sido una tontería por tu parte!

No me quedó otra opción que asentir; estaba muy cansado.

—Sí, lo ha sido. Lo siento. Yo no sabía, yo…

—¡No tienes que disculparte conmigo, sino con Ella! Una cosa está clara, necesitas estas clases extra para aprender a dominarte.

Me lo había ganado, así que me limité a escuchar el resto del sermón en silencio. ¿Por qué me metía en todos los líos del colegio Blue Reef?

—¿Me va a poner un parte?

—Esta vez no, pero debes tener mucho más cuidado.

Aliviado, asentí con la cabeza. Cuando por fin pude marcharme, bajé corriendo hacia la cafetería para disculparme. Ella intentaba limpiarse el vestido en el baño común de su cabaña y ni me miró ni me habló cuando le dije que lo sentía mucho. Al menos lo había intentado.

Me desplomé sobre la cama agotado. Mi amigo y compañero de habitación, Jasper, un armadillo metamórfico, me miró con la cabeza inclinada y levantó uno de mis brazos. Tan pronto como lo soltó, cayó como un peso muerto.

—Ostras, la señorita White te ha dado una buena paliza, ¿verdad?

Él era uno de los pocos que sabían que nuestra profesora de Lucha me estaba echando una mano.

—Pues sí. Ahora déjame dormir un rato —me quejé.

—¿Estás seguro? Vamos a jugar un bingo de mejillones en la cafetería.

—Pues mucha suerte..., e intenta no comerte ningún mejillón —contesté.

Todo lo que acababa de suceder en el embarcadero daba vueltas en mi cabeza..., y no solo por el vestido roto, sino también por la extraña advertencia de Ella. ¿Qué había querido decir con eso de que los animales marinos dejaríamos de tener el control sobre el colegio? ¡Pero si no lo teníamos! Bueno, sí, había muchos más metamórficos de agua salada, pero lo cierto era que allí todos contábamos con los mismos derechos, y el director, Jack Clearwater, era un águila de cabeza blanca, ¡ni siquiera era un animal marino!

¡Ojalá esta estúpida bronca con Ella no ponga en peligro mi beca! El Consejo de los *woodwalkers* había decidido que pagaría mi tasa escolar siempre y cuando sacara buenas notas. Pero si se producía algún tipo de altercado, entonces la rescindirían de inmediato. Por suerte, no me habían puesto un parte; el Consejo no se enteraría de nada de lo que había ocurrido. Ahora solo me quedaba esperar que Ella no le contara a su madre que volvía a tener problemas conmigo. Aunque era posible que a esas alturas ya lo hubiese hecho.

De repente, en mi mente apareció la imagen de Lydia Lennox regalando a su hija, con una mirada pérfida hacia Jasper y hacia mí, una cadena de dientes de tiburón y un bolso de piel de armadillo.

«Pero ¿por qué no te habrás mantenido alejado de Ella? ¡Ya sabes lo terrible que es su familia!», me dije esperando que aquella idiotez no me pasara factura.

Una presentación y un incidente

Aquella noche Jasper durmió en forma de armadillo debajo de su cama, medio enterrado en un montón de arena, y ni siquiera el despertador fue capaz de sacarlo de sus sueños. El día anterior se nos había hecho muy tarde. Aún quedaba bastante tiempo hasta que empezaran las clases, así que decidí dejarlo tranquilo y me fui a desayunar solo a la cafetería, donde seguro que me encontraría con el resto de mis amigos. Después del desagradable incidente del día anterior, solo quería estar con gente que me apreciara de verdad. En el camino hacia la cafetería vi que la señorita White, como todas las mañanas, daba una vuelta corriendo por el jardín. La miré durante un instante y luego me senté con mis compañeros.

—¿No es supermarítimo que en clase de Artes humanas nos lleven de excursión a la ciudad? ¡Nunca he estado en una ciudad! —exclamó Shari, encantada. Sus ojos marrones brillaban por el entusiasmo y sus rizos rubios estaban aún un poco húmedos, pues había pasado la noche en el mar en su forma de delfín. Mi corazón latía a toda velocidad cada vez que la veía, pero no dejaba que se me notara.

—¿Estás segura de que vas a poder ir? —le pregunté, y Noah, un delfín negro de Nueva Zelanda, se acercó mucho a mí para que pudiera ver su mirada escéptica y la forma en la que abría el morro.

—Claro, ¿por qué no iba a poder ir? —dijo Shari, un tanto molesta. Tenía esa mirada alegre que en ocasiones me desconcertaba un poco, puesto que no era raro que condujera a situaciones que a) eran peligrosas o b) estaban prohibidas.

—Pues porque a un delfín no se le ha perdido nada en la ciudad —dijo Noah—. O porque las transformaciones no se te dan demasiado bien...

—Anda, no seas aguafiestas —dijo Blue, la otra chica delfín del colegio. Se había sentado muy lejos de mí; creo que aún me tenía un poco de miedo. Sin embargo, yo estaba sentado tan cerca de Noah que incluso le hubiera podido dar un codazo en las costillas—. ¡Yo también me muero de ganas de visitar Miami! Allí vive un montonazo de gente. ¿Cómo vamos a conocer mejor a los humanos si no nos llevan a sus ciudades? Pero, Shari, ¿estás segura de que quieres venir?

—Claro que sí. ¡Cada día me salen mejor las metamorfosis! —Shari se bebió su batido de maracuyá haciendo un ruido tremendo. Hacía poco que había descubierto los zumos de fruta y se dedicaba a probar todos los que había en la cafetería.

—Seguro que en clase de Artes humanas nos confirmarán quién puede ir —dije—. Y yo os haré de guía, ¡soy de Miami!

—¡Eso estaría guay! Y podrías enseñarnos dónde vives... —Shari me echó una mirada radiante.

Esbocé una leve sonrisa a modo de respuesta. De repente sentí mi corazón como recubierto por una gruesa capa de plomo. Hasta donde sabíamos, la madre de Ella, Lydia Lennox, se había ocupado a conciencia para que yo no tuviera un lugar donde vivir fuera del colegio. A tío Johnny y a mí nos habían echado del apartamento, y ahora Johnny vivía con una vieja amiga hasta que encontrara un nuevo piso para los dos. Yo ni siquiera sabía si sería bienvenido en casa de su amiga.

Los delfines no estaban enterados de lo sucedido y no se dieron ni cuenta de lo que yo estaba sintiendo, así que continuaron riéndose y charlando.

—Hasta luego, Tiago —dijo Shari.

Le hice un gesto de despedida y me quedé allí sentado, esperando a que llegara Jasper. Y justo en ese momento apareció un chico pequeño y regordete con gafas. Cuando entró por la puerta de la cafetería no parecía demasiado despierto. El agua le llegaba por las rodillas y se dirigió veloz hacia el bufet del desayuno.

—¡Venga, rápido, date prisa! —le dije, puesto que Joshua, nuestro cocinero y bedel, estaba recogiendo ya los platos. Para Jasper eso no suponía un gran problema; no necesitaba más de treinta segundos para desayunar.

Jasper avanzó rápido por el agua, de forma que incluso se formó una pequeña ola. Veía que no iba a conseguir llegar a tiempo.

—Bufet cerrado —dijo nuestro cocinero tres segundos antes de que su último cliente llegara a la mesa.

—¡Pero si todavía no has terminado de recoger! —dijo Jasper intentando sortear a Joshua para servirse una ración de huevos revueltos con beicon.

—Estoy en ello —gruñó nuestro cocinero. Transformó parcialmente sus brazos (como era un pulpo, le salieron ocho) y fue agarrando las bandejas de queso y embutido, los yogures y la cesta de pan. Desesperado, Jasper se abalanzó sobre el plato de *bagels* de salmón antes de que uno de los tentáculos se lo quitara delante de sus narices. ¡Al menos pudo coger uno!

Jasper estaba feliz con su *bagel*. A duras penas consiguió subirse a la mesa de la barca roja y blanca, y dio un mordisco al panecillo al mismo tiempo que sujetaba un plato de huevos revueltos con la otra mano.

—¿Por qué no me has despertado? La próxima vez hazlo, pero calcula que haya tiempo de sobra para que no llegue tarde al desayuno.

—Vale, lo haré —le prometí.

Los dos nos dimos un buen susto cuando alguien se apoyó en el lateral de nuestra barca.

—¡Hola a los dos! —dijo Shari—. Tiago, has puesto una cara muy rara cuando nos hemos ido. ¿Va todo bien?

El corazón me dio un vuelco. ¡La chica delfín solo había vuelto para hablar conmigo!

—Sí. No. Bueno, en realidad no.

Les conté a Shari y a Jasper lo que había pasado la tarde anterior con Ella y ambos torcieron el gesto. Por desgracia, se nos acabó el tiempo de seguir hablando: en cinco minutos empezaban las clases.

Los lunes por la mañana, a primera hora, teníamos Mates con el señor García, uno de los profesores más estrictos de todo el colegio. Era un profesor muy amable, y les estaba muy agradecido tanto a él como al puma Carag por todo lo que habían hecho para que me dieran la beca del Consejo. Sin embargo, me sentía muy intimidado ante la presencia del profesor. Cada vez que me lo encontraba, daba un rodeo para esquivarlo, y eso sucedía muchas tardes, cuando iba al embarcadero y él llegaba con la pequeña barcaza azul o estaba por allí haciendo arreglos en la lancha rápida del colegio. En esta ocasión no pude escabullirme; me pilló justo delante del aula y me pidió que esperara un momento allí. Me sentí igual que cuando la policía te dice que te pares en el arcén.

—Buenos días, Tiago —comenzó—. Dime..., tú estuviste aquellos días con Shari en esa expedición a las ciénagas de los Everglades. Seguro que lo has podido comprobar de primera mano: ¿cómo lleva el tema de las metamorfosis?

Me di cuenta al instante de lo que se trataba. Ahora sí que tenía un serio problema. Si decía la verdad y contaba que Shari había trepado a un árbol en su forma humana y luego se había caído de una rama en su forma de delfín, le prohibirían ir a la excursión a la ciudad... ¡con la ilusión que le hacía! Pero si me lo callaba y decía que ya no tenía ninguna dificultad y que las metamorfosis le salían fenomenal, podía resultar en un auténtico desastre. Si algo salía mal en la excursión, yo sería el único responsable.

Cogí una bocanada de aire y pensé en los radiantes ojos de Shari cuando esa misma mañana me había estado hablando del viaje a Miami. Le contesté:

—Ah..., bueno..., no es sencillo para ella, pero lo lleva bastante bien.

—Vale, ¡muchas gracias! —dijo el señor García.

Me metí corriendo en el aula y durante las siguientes horas no tuve demasiado tiempo para pensar. Después de Mates tuvimos clase de Conoce tu animal con la señorita White. Aprendimos un montón de cosas sobre las vacas marinas, como Mara, que en ese momento se encontraba en su forma humana. Era una chica regordeta, con el pelo largo y rubio, y con unos amables ojos de color miel. Estaba sentada junto a su mejor amiga, Juna. En la clase aprendimos que las vacas marinas no están emparentadas con las ballenas, sino con los elefantes, y que pastan hierba marina del fondo de zonas sumergidas, igual que lo hacen las vacas fuera del agua. Además, supimos que tienen un grave problema porque las hélices de los barcos les producen heridas en el lomo, sobre todo en Florida.

—¡Es horrible! A una tía mía le pasó. ¿Es que la gente no puede conducir con más cuidado? —Mara casi se echa a llorar.

—¿Y vosotras no podéis nadar por otro sitio? —Ella giró los ojos haciendo una mueca. Al igual que Mara, Ella también llevaba una minifalda (lo que era muy práctico en un aula que estaba inundada hasta la altura de las rodillas), pero su *outfit* y *styling* eran mucho más adecuados para ir a una sesión de fotos que para asistir a una clase.

—Sí, claro, pero… —comenzó a decir Mara.

—¡Tampoco es tan complicado oír un barco debajo del agua, aunque se encuentre a un kilómetro de distancia! —Ella se señaló las orejas.

—¡Exacto! —Barry, su fiel compañero, que en su segunda forma era una barracuda, siempre tenía su misma opinión, al igual que Toco, el caimán metamórfico.

—No podemos nadar lo bastante rápido para esquivar los barcos. —Mara miró a los tres con expresión de desamparo.

Yo ya estaba hasta las narices de todos aquellos comentarios:

—¿No te enteras o qué pasa? —le pregunté a Ella Lennox.

Shari añadió:

—¡Es como si a ti, en tu forma de pitón, alguien te recriminara que no tienes piernas y que tienes demasiadas manchas en la piel!

Algunos compañeros se echaron a reír. Blue tenía una risa aguda, como si fuera un chirrido; la de Finny, la mantarraya, sonaba por el contrario como una locomotora a vapor.

También los secuaces de Ella se echaron a reír, pero dejaron de hacerlo en cuanto vieron la mirada iracunda que nos lanzó a Shari y a mí.

—Por supuesto que las serpientes no tenemos piernas, es obvio. —Su voz sonaba fría—. Si eres tan tonto como para decir eso, no sobrevivirías mucho tiempo en una ciénaga.

Vale, perfecto. Solo unas horas después de que Ella me la hubiera liado en el embarcadero, ya la habíamos vuelto a tener. Me pregunté a mí mismo lo que me haría su madre en esta ocasión. La última vez estuve a punto de ser expulsado del colegio y había perdido mi casa en Miami. Por una parte, me sentí muy orgulloso de que Shari hubiera salido a defender a Mara, pero por otra me daba un miedo terrible.

—¡Ya está bien! —interrumpió la señorita White con seriedad—. Ella, ¿te tengo que recordar las reglas del colegio? «Cada uno debe respetar las particularidades de los demás», ¿te acuerdas? —Ella asintió con gesto nervioso y por suerte mantuvo la boca cerrada. Todo el mundo respetaba a la señorita White, incluso los más revoltosos de la clase.

En cambio, la pequeña y viejísima señora Pelagius lo tuvo mucho más complicado en su sesión. No me imaginaba cómo se las apañaría para mantener el silencio en clase si se presentaran en el Blue Reef todos los caimanes y pitones metamórficos a los que Ella había invitado durante nuestra expedición.

Pidió a un alumno que repartiera un taco de hojas y añadió: «Bueno, hoy os voy a asignar los temas para vuestras presentaciones de Artes acuáticas y las tendréis que presentar el jueves de la semana que viene. Hablad, por favor, con vuestros compañeros y preparaos a fondo, puesto que la nota de las presentaciones vale el doble que la del examen oral».

La pantera Noemi, que había crecido como animal, necesitó un ratito para descifrar lo que le había tocado. La pantera recibía clases de apoyo de su tutora, Shelby, una golondrina de mar que iba a segundo curso y que le enseñaba a leer y escribir para que pudiera seguir las clases.

«¡Oh, pero qué bien, mi presentación trata sobre el agua en los Everglades! —dijo Noemi contenta—. ¡Lo echo muchísimo de menos!».

No pude evitar reírme. Seguro que no había sido casualidad que la señora Pelagius le hubiera asignado ese tema. También los demás estudiantes parecían bastante contentos. Tal y como me contaron después, los delfines tenían que hablar sobre los plásticos en el océano y nuestra delegada de clase, la pez mariposa Juna, tenía que hacer el trabajo sobre los bancos de peces junto con Barry. Solo Olivia, la pez doctor, parecía un tanto enfadada:

—¿Plancton? ¡Pero qué tema tan aburrido! ¿No me puede dar otro?

«No, no puedo», le contestó la señora Pelagius, y Olivia soltó un sonoro suspiro.

En mi antiguo colegio el asunto de las presentaciones orales era bien distinto. Te daban un tema, tú copiabas unas cuantas cosas de internet, te ponías delante de todos en la parte delantera de la clase y leías con la cabeza agachada todo lo que habías copiado. En realidad, lo único que querías era acabar cuanto antes y volver enseguida a tu sitio. Pero esto no era un colegio normal, sino un internado secreto para metamórficos, y no tenía ni idea de en qué consistía hacer una presentación oral. Solo sabía que no me alegré demasiado cuando la señora Pelagius me entregó un papel impermeable en el que estaba escrito el tema de mi exposición y luego me señaló a mis compañeros de grupo. Todos los alumnos miraron durante un momento su papel y enseguida se fueron a la biblioteca para buscar libros y empezar a trabajar. Yo me quedé helado cuando vi el tema de nuestra exposición.

—Un momento…, debo…, pero…

«¿Pero qué?», preguntó la señora Pelagius, que estaba justo enfrente de mí en su forma de tortuga marina. Luego sacó mucho la cabeza del caparazón. ¿Es que no te apetece investigar sobre los arrecifes de coral?

No me quedó otra opción que sonreír.

—Sí, sí, claro, es que no sé nada de ellos, pero me pongo manos a la obra.

«¡Tienes que hablarlo con tus compañeros!».

—Sí, claro…, pero Nox es un pez —dije un tanto desamparado.

«Tú también lo eres en tu segunda forma», añadió la señora Pelagius.

—Sí, pero él vive como un pez… en un acuario —intenté argumentar—. Y Chris…, bueno, usted ya sabe…

«Los leones de mar californianos a veces son un poco impredecibles —dijo la señora Pelagius intranquila—. Pero seguro que os entenderéis fenomenal».

—Seguro que sí —contesté.

En aquel momento, se generó bastante revuelo en el pasillo. La señora Pelagius giró la cabeza en dirección a la puerta y yo también quise saber lo que estaba pasando, así que nos dirigimos afuera. Un chico y una tortuga marina caminaban con mucha dificultad en dirección al recibidor del colegio.

Allí también estaba Shelby, y se la notaba muy agitada. La tierna golondrina de mar del segundo curso hablaba con la secretaria, rodeada de algunos estudiantes.

—¡Tiene que preparar la enfermería, rápido! ¡Ha pasado algo terrible durante nuestra excursión de Biología! Yo he venido volando, el resto viene detrás…, y me temo que algunos no se encuentran nada bien.

Agua envenenada y caca de pez

—¿Qué ha pasado? —quise preguntar a Shelby, pero la señora Misaki se la llevó a la secretaría y cerró la puerta de golpe.

También mi amigo Jasper había escuchado que había sucedido algo extraño.

—Es muy raro —dijo—. ¿Por qué no ha venido volando también Maris, el albatros? ¡Espero que no se le haya caído el cielo sobre la cabeza o algo así! He leído en algún sitio que esas cosas pasan.

—¿Dónde? ¿En una novela de ciencia ficción? —pregunté mientras esperábamos impacientes.

—Bueno, en realidad sí: es lo que pasa justo antes de que lleguen las naves espaciales —dijo poniendo cara de duda.

Después de las clases de Español y de Historia nos enteramos de que seguían llegando estudiantes al colegio, y el señor García nos dio permiso para salir de clase y ver lo que estaba sucediendo. Algunos de los chicos que regresaban de la excursión caminaban con dificultad. El señor Clearwater tuvo que ayudar a Maris, el albatros metamórfico; estaba extremadamente pálido. Carmen, la tiburón martillo, tenía un aspecto como si alguien la hubiera obligado a desayunar gusanos. Tan Li, que en su segunda forma era una tortuga marina, y otra estudiante que no conocía tenían unas horribles manchas rojas en la piel; él en un brazo y ella en una pierna.

—¿Qué ha pasado? —pregunté a Tan Li, que era el mejor de la clase del segundo año y solía ser muy agradable (salvo cuando alguien le llevaba la contraria).

No fue capaz de contestar. La señora Misaki y Joshua lo agarraron y se lo llevaron de inmediato a la enfermería. En ese momento, nuestro director, Jack Clearwater, se dirigió a mí:

—Ya hemos avisado a la policía —dijo. Parecía al mismo tiempo enfadado y muy preocupado—. Alguien ha vuelto a echar residuos químicos en los Everglades y los chicos han estado nadando por esa agua envenenada. ¡Esos malditos mafiosos de la basura... ¡Espero que podamos poner fin pronto a este horror!

—¡Increíble! —añadió el señor García con gran enfado—. A esta gente le da igual lo que pase con los animales y las plantas. ¿No sería mejor que lleváramos a los chicos al hospital?

—Aquí podemos comenzar con las primeras curas, o eso al menos nos ha dicho el médico por teléfono. La policía ha empezado a recopilar pruebas al agua y, según los resultados que salgan, ya veremos...

Ambos profesores acompañaron a los estudiantes enfermos al primer piso del edificio y ya no pudimos seguir escuchando su conversación.

Durante la pausa del mediodía, el asunto de las aguas envenenadas fue el tema estrella de todas las conversaciones de la cafetería. Casi nadie tenía hambre.

—¿Por qué la gente hace cosas así? —preguntó Mara con impotencia.

—Porque quieren conseguir dinero rápido —contesté, enfadado—. Dicen que van a reciclar los residuos químicos tal y como lo prescribe la ley, pero ese procedimiento es muy caro. Les dan una pasta gansa y ellos se limitan a tirar los residuos donde pillan.

—¿Y por qué la policía no interviene? —preguntó Blue.

En ese momento Shari se metió en la conversación. También estaba furiosa:

—¡Moco de algas! ¡Tendrían que hacer bien su trabajo!

Shari llevaba viviendo en tierra desde hacía solo unos meses y no se podía creer que el mundo humano fuera tan perverso. Me comí los espaguetis, aunque no tenía ni pizca de ganas.

—La policía ha estado enseñando el retrato robot que dibujé en los Everglades, pero no han encontrado nada de nada. Creo que hacen todo lo posible para atrapar a esos tipos… Por suerte, no ha habido ningún muerto por ahora. Al menos ninguno humano, aunque creo que sí algunos mapaches y panteras de Florida.

—¡Es posible que ahora se lo tomen un poco más en serio, hay muchos chicos heridos! —Chris estaba a mil por hora.

Después de la comida, Jasper, Shari y yo seguimos hablando en el palmeral.

—¿Sabéis una cosa? —dijo de repente Jasper—. En la excursión a la ciudad podemos investigar un poco por nuestra cuenta, a ver si nos enteramos de quiénes son esos mafiosos de la basura. Puede que la policía no sea capaz de pillar a los tipos que vierten ese veneno en los Everglades, pero podemos intentar echarles una mano.

—¡Claro que sí, investigaremos por nuestra cuenta! —dije mirando a mi mejor amiga—. De hecho, nosotros tenemos bastante más información que la policía... Todo aquello que les contó Ella a los otros en el cobertizo... ¿Qué era lo que dijo, Shari? ¿Tú estabas conmigo?

—No, no estaba allí —respondió Shari, muy encendida—. Pero tenemos la imagen de aquel tipo que pintaste y además tenemos un nombre. ¿Qué fue lo que dijo Ella exactamente?

—Ella había reconocido a uno de los hombres y dijo que había trabajado para su madre —comenté a modo de resumen—. Dio un nombre bastante raro que no pude entender bien... Sweetling o algo así.

—¿Sweetling? Es un nombre un poco chorra —dijo Jasper—. Parece un mote o una marca de caramelos.

—Quizá podríamos preguntar por ahí —propuso Shari—. Es posible que el tipo sea un *woodwalker*, pues todos se conocen entre sí.

—No sé si es buena idea —contesté.

En realidad, no significaba nada que el tipo hubiera trabajado en algún momento para Lydia Lennox. Pero era sospechoso. ¿Tendría la abogada algo que ver con ese turbio asunto? Había un montón de dinero en juego. Si Lydia Lennox estaba implicada, las investigaciones podrían ser peligrosas. La madre de Ella, una pitón metamórfica como su hija, era una abogada a la que le encantaba el lujo, y, a pesar de su buen aspecto, era tan mala como los tipos a los que sacaba de la cárcel. Además, tenía unas guardaespaldas que en su segunda forma eran tigresas.

—Por supuesto, tendremos que ir con mucho cuidado, sobre todo para que Lydia Lennox no se entere —dijo Shari, y durante un momento pareció como aturdida—. Por si las moscas, por si ella también estuviera metida en el ajo.

—¡Oh, sí! —Jasper asintió y se metió en la boca la última cucharada de huevos revueltos.

Luego nos marchamos apresuradamente; no podíamos llegar tarde a la siguiente clase.

No tenía ni la más remota idea de cómo resolver casos criminales. Pero ni idea. Y, de todas formas, ni Jasper ni Shari ni yo teníamos demasiado tiempo para investigaciones. No podíamos saltarnos las clases para ayudar a pillar a los delincuentes. Es más, en realidad yo solo era un estudiante de catorce años al que siempre regañaban por sus malas notas. Era mucho mejor que me dedicara en cuerpo y alma a la maldita presentación. Y al mismo tiempo tenía que idear un plan que pudiéramos ejecutar durante nuestra excursión a la ciudad.

Después de comer, me fui al enorme acuario de la entrada, en el que solía estar Nox. Mi compañero de clase, azul y lila, y con forma alargada, se dedicaba en ese momento a dar la lata a la anémona marina. Nox iba cogiendo diferentes cosas con el morro y las dejaba caer sobre ella.

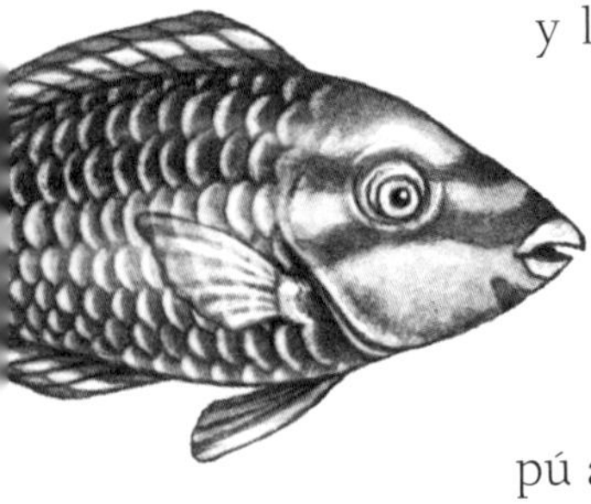

«Para de una vez —se quejó la anémona—. ¡Voy a pedir a alguien que eche champú anticaspa en este acuario!».

Pero Nox solo se reía.

—Hola —lo saludé, sabía que él podía escuchar mi voz humana a través del cristal a la perfección. Cuando el pez loro me escuchó, se giró hacia el cristal mirándome con sus ojos saltones.

«Eh, pequeño, ¿te gusta el tema que te ha tocado en la presentación? Los peces loro y los corales estamos muy unidos, como las dos mitades de un mejillón. ¡Compartiré todos mis conocimientos sobre los arrecifes de coral contigo, *y solo contigo*!».

—¡Pero si te has pasado la mayor parte de tu vida en la pecera de la consulta de un dentista! —le contesté.

«¿Y qué? —respondió Nox, un tanto picajoso—. Ya he salido al mar, ¡y además varias veces!».

—Está bien —le contesté—. ¿Qué te parece si quedamos hoy por la tarde y preparamos el trabajo? Voy a avisar a Chris.

«Vale», contestó Nox, y con unos movimientos nerviosos de su aleta caudal empezó a moverse por delante de las piedras decorativas del acuario. Parecía un poco alterado.

Mi problema con Chris no era solo que a él, al igual que a mí, le gustara Shari. Sino que además solía fumarse las clases y nunca estaba donde debía estar. Pero tenía la obligación de participar en el trabajo, los tres teníamos que esforzarnos al máximo, ¡necesitaba sacar buena nota! Me habían concedido la beca del Consejo con la única condición de que al menos sacara un notable. Y aunque yo nunca había sacado unas notas demasiado brillantes en el antiguo colegio, sabía que podía conseguirlo.

Cuando hablé con Chris durante el recreo, estaba en su forma humana, con su pelo rubio a la altura de los hombros.

—Estamos en el mismo grupo de trabajo —le dije—. Lo sabes, ¿verdad?

—Claro que lo sé —respondió mientras mordía una barrita de muesli y hojeaba tranquilamente un cómic de *Aquaman*.

—Quedamos esta tarde a las tres, ¿te parece? En el aula de Proyectos I.

Él asintió, aunque no me quedó claro si me había escuchado. Dijo:

—¿No te parece asqueroso ese asunto de los envenenadores de agua? Aunque, menos mal, he escuchado por ahí que los de segundo año ya se encuentran mucho mejor.

—Es tremendo —le contesté—. ¿Qué pasaría si esos tipos no solo tiraran los residuos a las ciénagas, sino también al mar?

—Es probable que ya lo estén haciendo; lo que pasa es que nadie los ha pillado —comentó Chris—. No hay nadie vigilando toda la costa ni los Everglades. Y seguro que lo seguirán haciendo hasta que alguien los detenga.

—Me temo que sí —le dije, pero ni se me pasó por la cabeza contarle que Jasper, Shari y yo estábamos planeando ayudar a detener a esos tipos. Era un secreto y no se lo iba a decir a nadie, y menos aún a alguien en el que no confiaba ni para hacer un trabajo de clase.

Por la tarde, en clase de Metamorfosis, el señor García nos empezó a enseñar el arte de hacer llamadas a distancia. A mí se me daba francamente mal, igual que lo de detectar a otros metamórficos. ¡Bueno, qué le iba a hacer! Ahora era mucho más importante que sacara buenas notas en la exposición y en las otras asignaturas.

Llegué a las tres en punto a la sala de Proyectos, en el primer piso, que estaba unido al resto del colegio por medio de un túnel de plexiglás lleno de agua. Nox ya estaba allí y se paseaba por el acuario. Solo faltaba Chris. Las tres, las tres y cuarto…

—Lo sabía —suspiré.

«Bueno, seguro que llega pronto —dijo Nox intentando consolarme—. Te voy a ir contando algunas cosas para que luego no me hagas preguntas tontas».

Me explicó que un arrecife de coral se crea cuando miles de diminutos pólipos de coral (es decir, animales) conforman a su alrededor una cueva de cal que les sirve de protección. Si se observa desde fuera, lo que están construyendo parece una cornamenta, un cerebro enorme, un abanico o una lechuga gigantesca. Es duro al tacto, como si fuesen piedras (menos si se trata de corales blandos, que también existen). Y el resultado es un jardín subacuático con muchas formas y colores que va aumentando de tamaño.

—¿Y la lechuga se puede comer? —dije a modo de chiste, mientras miraba el reloj. Ese estúpido de Chris aún no había llegado y me estaba poniendo de los nervios. No teníamos demasiado tiempo, ¡había que presentar el trabajo el jueves!

«Pues claro —dijo Nox—. ¿De qué te crees que viven los tipos como yo? Rompo los corales y me como los jugosos pólipos que hay dentro, que están riquísimos».

Lo miré:

—¿Pero no me acabas de decir que la mayoría de los corales son duros como una piedra? ¿Tú comes piedras?

«Sí —contestó Nox con orgullo—. Y expulso los desechos por el trasero en forma de granos de arena; luego, granito a granito se crea una admirable playa de arena blanca».

—¡Ja, ja, ja, buen chiste! —dije yo.

Nox parecía molesto:

«¿Qué quieres decir con "chiste"? ¡Así es como se forman las playas de muchas islas!».

—¿De verdad? ¿De cacas de peces loro? ¿Y la gente que se tumba allí para tomar el sol lo sabe? Bueno, seguro que les da igual. A todo el mundo le encanta la arena blanca.

Chris no llegaba y yo ya estaba hasta las narices.

—Este tío no nos va a ayudar, tengo que ir a buscarlo o no vamos a acabar en la vida —dije enfadado, y me

levanté—. No me parece bien que tengamos que hacer el trabajo entero entre los dos y él pase de todo. Además, no lo haremos bien sin él; se conoce el mar mucho mejor que nosotros dos juntos. ¿Tienes idea de dónde puede estar?

«Yo que tú saldría a buscarlo al mar, y cuando lo encontrara le daría una patada en la retaguardia», me aseguró Nox.

No tenía otra elección. Con un enfado que casi no me cabía en el cuerpo, me puse a buscar a mi compañero desaparecido.

Busqué por dentro del colegio: Chris no aparecía por ningún lado; debía de estar fuera, en el agua. Por desgracia, los delfines ya se habían marchado... Seguro que me habrían echado una mano.

Ya me había acostumbrado a transformarme en tiburón tigre según comenzaba a caminar por el agua de la laguna. Era uno de los animales más peligrosos de todo el océano. De hecho, en la playa había otros estudiantes que me miraron como si mi presencia les diera escalofríos.

A Jasper no le pasaba. Se quedó sentado delante de nuestra cabaña resolviendo un crucigrama. E incluso se enfadó un poco cuando Daphne, la gaviota metamórfica, y Olivia salieron del agua al verme en mi forma de tiburón tigre.

—¿Qué, te vas a cazar? —preguntó Finny mientras apartaba de sus ojos la novela de miedo que estaba leyendo.

—Sí, voy a cazar a un león marino que necesitamos para hacer nuestra presentación —dije al tiempo que mi brazo se teñía de color gris y me salía una aleta caudal.

—Ah, ¿estás buscando a Chris? —preguntó Jasper, y señaló hacia el oeste—. Ha salido nadando en esa dirección. ¡Déjaselo muy claro!

Eso era exactamente lo que iba a hacer, no podía soportar que nadie me dejase tirado.

Estar en el mar en forma de tiburón era una sensación fabulosa. Podía percibir numerosos olores; a través de mi cuerpo, sentía todo lo que sucedía a mi alrededor, y gracias a los campos eléctricos notaba incluso que debajo de la arena había un cangrejo escarbando. Cualquier movimiento de su cuerpo provocaba una diminuta corriente en el mío.

Los rayos del sol creaban reflejos luminosos en el lecho marino y poco a poco me fui relajando y disfrutando de la experiencia en las profundidades. En mi camino hacia el oeste, a lo largo de la costa, estuve observando de cerca algunos corales en forma de torre. Podría llevarme algunos de esos pequeños pólipos de coral para el trabajo de clase. Sin embargo, aunque me acerqué mucho, no vi ninguno. Estarían metidos en algún escondite, mirándome desde allí.

Me acerqué tanto a los corales que luego me fue complicado nadar hacia atrás; las aletas de tiburón son enormes. Me choqué con el morro contra uno de ellos, que se soltó de la estructura y fue a parar al fondo del mar. «¡Oh, no! ¿Qué he hecho?». Muy asustado, intenté coger el trozo de coral con las aletas delanteras y volver a colocarlo en su sitio. Pero, claro, eso era imposible. La cosa mejoró un poco cuando utilicé el morro; logré incluso colocar el trozo encima de la estructura, aunque con la mala pata de que quedó torcido. Y además, se notaban las mordeduras.

Me fui pitando de allí, avergonzado, antes de que cualquier *seawalker* pudiera darse cuenta de lo que había pasado. ¡Mi exposición no trataba de cómo romper los corales!

Estuve buscando por toda la costa y no encontré ni a los delfines ni a ese maldito león de mar. Estaba ya a punto de regresar al colegio cuando de repente percibí un aroma muy atrayente. ¡Peces muertos!

Sin pensármelo dos veces, me giré y nadé en dirección a la costa. Además, gracias a mi sensible olfato de tiburón, pude percibir el olor a mamífero marino. No me lo podía creer. ¿Estaba oliendo a Chris? Era muy probable, porque allí, en Florida, no había muchos leones marinos californianos.

Con mucho cuidado y siempre sumergido para no asustar a nadie con mi aleta dorsal, me acerqué al embarcadero y vi algo que me llamó mucho la atención.

Salvaje y manso al mismo tiempo

Justo al lado del embarcadero, Chris se movía por el agua con elegancia, como si fuera un bailarín; salía a la superficie, se sumergía de nuevo, y volvía a emerger con medio pez enganchado en el morro. ¡Un momento!, ¿de dónde lo había sacado? No le había visto cazar.

Todo aquello me hizo recordar el día en que seguí a Finny y descubrí que uno de sus entretenimientos favoritos era asustar a los pescadores. ¿Es que todos los alumnos tenían algún secreto?

Me elevé todo lo que pude para observar lo que pasaba arriba... y vi a un montón de gente entusiasmada que se arremolinaba en el embarcadero.

—¡Déjame, yo también quiero darle algo de comer! —gritaba un niño pequeño intentando apartar a una chica que le lanzaba un piscolabis a Chris. Mi compañero de clase salió del agua y, en una secuencia perfecta, agarró al pez en el aire. La gente daba brincos y aplaudía.

Chris volvió a salir del agua, emitió el típico sonido de león marino y juntó las aletas pectorales como si él también quisiera aplaudir. Por ese espectáculo recibió varios pescados que engulló de una vez.

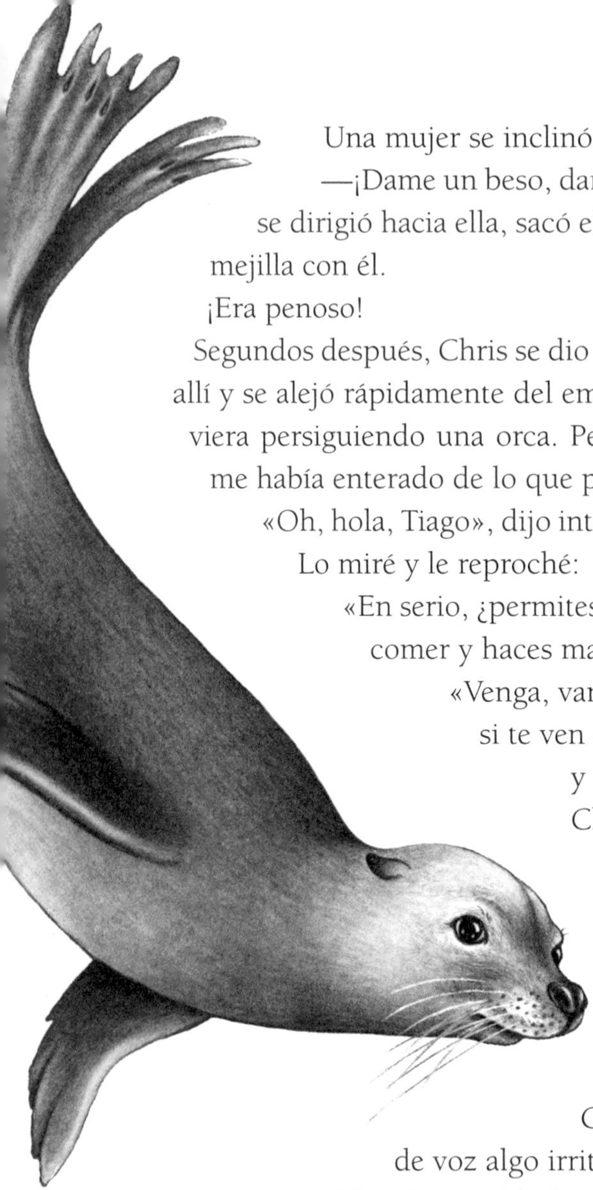

Una mujer se inclinó mucho hacia el agua:

—¡Dame un beso, dame un beso! —gritó, y Chris se dirigió hacia ella, sacó el morro del agua y le rozó la mejilla con él.

¡Era penoso!

Segundos después, Chris se dio cuenta de que yo estaba por allí y se alejó rápidamente del embarcadero, como si lo estuviera persiguiendo una orca. Pero era demasiado tarde, ya me había enterado de lo que pasaba.

«Oh, hola, Tiago», dijo intentando sonar desenfadado.

Lo miré y le reproché:

«En serio, ¿permites que los humanos te den de comer y haces malabares para ellos?».

«Venga, vamos un poco más hacia allá, si te ven creerán que me vas a comer y comenzarán a gritar—dijo Chris—. Y no lo vas a hacer, ¿verdad?».

No iba a permitir que cambiara de tema de conversación:

«Dime, ¿te dedicas a esto de forma habitual?».

Chris respondió en un tono de voz algo irritado:

«¿Y qué pasa si lo hago? Es cosa mía».

«Pero ¿por qué? —pregunté todavía un poco impactado—. ¡No puedes tener hambre, a mediodía te has comido dos raciones de pastel de gambas!».

Chris dio una vuelta y me enseñó los dientes.

«No quiero hablar sobre el tema, ¿está claro? ¡Cambia de asunto o cierra el pico, tiburón!».

Yo también podía enseñar los dientes, y seguro que los míos eran mucho más impactantes. De repente, Chris me dio la espalda. Pensé que sería mejor callarme. «Vale, cambiamos de tercio, ¿por qué no has venido a la quedada para hacer la presentación?».

Mi compañero parecía sorprendido.

«Yo sí que he ido, ¡sois vosotros los que no habéis aparecido! Os estuve esperando un buen rato y, como no llegabais, pues me piré».

Del enfado que tenía, di una sacudida con mi aleta caudal y mi cuerpo de tiburón salió disparado.

«¿Cómo? Pero ¿a qué hora has estado? ¡Nosotros hemos ido a las tres, como habíamos quedado!».

Chris siempre llevaba un reloj de muñeca cuando se encontraba en su forma humana, pero no solía funcionar porque en más de una ocasión había olvidado quitárselo antes de entrar

en el agua. Puede que hubiese estado allí esperándonos desde mucho antes de la hora. Mi enfado fue disminuyendo.

«Bueno, entonces quedamos otra vez el miércoles. Mañana no podemos, nos vamos de excursión a la ciudad».

«Okey —dijo Chris con una indiferencia que no me gustó nada. Hizo una pirueta y luego rodeó unos corales—. Mira, esto es bastante raro. ¿Desde cuándo los corales tienen agujeros en la punta? Algún imbécil los habrá mordido».

«Bueno, eso parece», dije y nadé más rápido para dejar de lado cuanto antes el estropicio que había montado.

«¡Hala, está muy torcido e inclinado!».

Chris miraba los corales de cerca.

«Venga, tenemos que irnos», lo apremié. Me temblaban las aletas de la vergüenza.

«¿Siempre tienes tanta prisa? —Chris giró justo delante de mi morro de tiburón—. Relájate».

«Ja, ja, ya lo hago», dije nervioso, y por suerte se olvidó de los corales al ver una botella de plástico vacía en el fondo del mar. La fue empujando mientras nadaba.

«¿Tú entiendes por qué la gente piensa que el mar y las ciénagas son una especie de cubo de basura?».

«No, no lo sé», le respondí contrariado, y empecé a pensar en cómo podríamos llevar a cabo nuestras investigaciones.

Por ahora no tenía ni idea de por dónde empezar, y eso era malo, porque si queríamos parar a esa gentuza necesitábamos un plan urgente.

Cuando llegamos a la laguna del Blue Reef, una delfín nos saludó muy nerviosa:

«¡Puedo ir, puedo ir! —La voz de Shari resonó en mi cabeza y comenzó a dar grandes saltos en el aire, de manera que la luz del sol se reflejaba en su cuerpo gris—. ¡El señor Clearwater acaba de colgar la lista de las personas que irán a la excursión de Miami!».

«¡Eso es maravilloso!», gritó Chris antes de que pudiera reaccionar.

«Sí, eso, ¡es estupendo!», añadí mientras intentaba alcanzarlos. Pero ellos ya habían llegado a la orilla de la laguna.

Con una sensación de vacío en el estómago, me quedé un poco retrasado. ¿Qué sentiría Shari por Chris? Sabía que a él le gustaba ella, pero ¿y ella? ¿Qué pasaría por su mente? Hasta ahora Chris no había sido tan bobo como para tontear con ella en público y destacar entre los demás pretendientes. Seguramente sabía que a Shari no le gustaba que los chicos del colegio revolotearan a su alrededor. Por su parte, ella no entendía que pudiera gustarle a alguien, pues se veía horrorosa en su forma humana.

«Pero tú eres su amigo, ¿qué más quieres?», intenté consolarme. Nadé hacia la playa y me transformé muy cerca de la orilla. Allí siempre había toallas para poder salir del agua desnudo y que no te viera todo el mundo. Muy amable, como siempre, Jasper me lanzó mi bañador.

Fuimos andando juntos por la playa y pasamos por los pequeños puentes que llevaban al edificio principal. Atravesamos la cafetería, que estaba inundada hasta la altura de las rodillas, y nos dirigimos hacia la pizarra donde estaba colgada la lista de los que podían ir a la excursión a Miami.

—Casi todos los de nuestra clase pueden ir, menos los que nunca se han transformado —dije, contento. Solo faltaba en la lista nuestro caballito de mar metamórfico, puesto que en su especie son los chicos quienes empollan a las crías y en ese estado no se pueden transformar.

—Linus no viene porque está incubando y no debe transformarse. Pero ¿por qué Zelda no está en la lista? ¿Sigue teniendo problemas con sus metamorfosis?

—Exacto, ¡no es justo! —Zelda, la medusa metamórfica, casi se pone a llorar—. Mis padres me lo han prohibido; deben de tener miedo de que me seque en la ciudad, o algo así. ¡Y eso que les he prometido que iba a beber muchísimo!

«Bueno, deberías alegrarte de no ir a la ciudad; yo no tengo ninguna gana de ir —comentó un pequeño pez azulado que nadaba alrededor de nuestras piernas—. Seguro que allí no hay ni un solo restaurante que te sirva una ración de pólipos si te entra el hambre».

Jasper reflexionó durante un instante.

—Pero puedes probar los ositos de gominola, Nox. Tienen un sabor muy parecido.

«¿Qué es una ciudad? —preguntó Lucy sacando uno de sus tentáculos de su lugar favorito, una enorme ánfora de arcilla que estaba en un lateral del acuario—. ¿Se parece a una estación subacuática?».

—Bueno, sí, es como mil estaciones subacuáticas juntas, y todo está lleno hasta los topes de personas —dije yo.

«Oh —dijo Lucy volviendo a meter sus tentáculos en la cueva—. Eso son muchos bípedos. Demasiados».

¡Y eso que no le había contado nada de los coches! O de los bípedos no tan agradables a los que queríamos pillar.

En ese momento, Ella se acercó a la pizarra y comenzó a leer con atención todos los nombres. Por suerte, sus desagradables amigos no la acompañaban.

Pensé que quizá aquella fuese mi única oportunidad para hablar sobre el tema de los envenenadores de agua. Parecía que ella tenía más información que los demás. Jasper se dio cuenta de lo que iba a hacer y me lanzó una mirada mitad de inseguridad, mitad de nervios. Intenté llegar a sus pensamientos, pero no escuché nada. Claro, eso solo funcionaba cuando al menos uno de los dos estaba en su segunda forma o parcialmente transformado.

Lo que era evidente es que solo conseguiría sacarle información a Ella si lo hacía por sorpresa.

Así que decidí ir a hablar con ella.

—Dime, Ella... ¿Quién es Sweetling?

—¿Qué? —Ella me miró como si le hubiera puesto un cubo de basura justo debajo de la nariz. Un cubo con restos de pescado de tres días.

—Tú reconociste a uno de aquellos tipos, en la pelea que tuvimos en aquella carretera —dije—. A uno que en alguna ocasión ha trabajado para tu madre.

—¿De dónde...? —comenzó a decir Ella desconcertada.

Se debió de dar cuenta de que había escuchado la conversación que tuvo con sus amigos después de la expedición. Puso un semblante que evidenciaba que estaba cerrada en banda, como un mejillón que notara que se aproxima un enemigo.

—¡Pero estás loco!, ¡ningún mafioso trabaja para mi madre! Mi madre es una mujer fabulosa, con mucho más éxito del que tú nunca llegarás a tener, ¿lo has entendido? —siseó, y me lanzó una mirada aniquiladora mientras salía por la puerta de la cafetería.

—Al menos lo has intentado —dijo Jasper suspirando—. Has sido muy valiente.

También fracasamos en nuestro intento de que Joshua, el cocinero, nos diera una barrita de muesli. Así que salimos de la cafetería, subimos las escaleras hasta el primer piso y, desde allí, a través de una escalera montada sobre la pared y un agujero, llegamos al tejado. Cuando queríamos visitar a la pantera Noemi, la que habíamos salvado en las ciénagas, íbamos allí a buscarla. En el tejado no había mucho sitio, pues estaba lleno de placas solares y embudos para recoger el agua de la lluvia, pero ella siempre encontraba una esquinita donde poder relajarse.

«¡Esto es taaaan gatuno! —escuchamos en nuestras cabezas cuando nos sentamos a su lado. Su pelaje negro brillaba al sol—. Me gusta mucho todo lo que se aprende aquí. Es una pena que Carag, el puma, se haya tenido que ir. ¡Era taaaan majo!

—Es cierto —dije—. Le voy a escribir y lo saludaré de tu parte, ¿te parece bien?

—No podía soportar el agua de la cafetería y de las aulas —recordó Jasper—. Oye, Noemi, por cierto, ¿cómo llevas tú el tema del agua?

«Bueno, no es que me encante. Pero aquí la gente es muy amable y la comida es fabulosa, mucho mejor que en casa de Bob, donde vivía antes».

Noemi bostezó de tal forma que pudimos ver sus colmillos del tamaño de dedos humanos, luego nos miró con sus ojos verdes de depredador.

«Sí, eso es justo lo que hemos oído —añadió una voz extraña—. Ey, vosotros, los de allá arriba, ¿dónde está nuestro aperitivo de bienvenida? ¡Hooolaaa! ¿Es que estáis todos sordos o qué os pasa?».

Miramos por encima del alero del tejado y vimos que delante del edificio había un caimán gris y una gran pitón tigre.

—Oh —exclamé—. Vaya, seguro que son amigos o familiares de Ella.

—Menos mal que solo son dos —contestó Jasper, aliviado.

—Sí, por ahora son solo dos, ¡pero Ella invitó a más de dos docenas! —dije con una sonrisa desfigurada y emití un amistoso «Hola».

«¿Dónde está el jefe? ¡Somos nuevos clientes y queremos hablar con el jefe! —dijo el caimán a modo de respuesta—. Dile que Tomkin ha llegado, ¿te estás enterando?».

«Exacto, y que viene con su mejor amigo, Jerome», completó la frase la pitón metamórfica.

—Será mejor que vaya corriendo a buscar a Jack Clearwater —dijo Jasper mientras salía a toda velocidad por el agujero del tejado.

—Buena idea, ¡date prisa!

Uno de ellos había agarrado el pomo de la puerta con sus enormes mandíbulas y lo sacudía con violencia, así que bajé a toda velocidad por la escalera de incendios. Unos pocos segundos más y el pomo se acabaría rompiendo del todo.

—Hola. ¿Queréis venir a este colegio? —dije al caimán y a la serpiente nada más llegar al suelo, intentando sonreír .

Menos mal que la gente de mi antiguo colegio no me podía ver. Seguro que hubiesen grabado la escena con el móvil y luego habrían llamado al psiquiátrico más cercano para que fueran a buscarme.

«Sí, eso es, pero no podemos entrar —masculló la pitón, que era de color claro, casi albina. Comenzó a enroscarse entre mis piernas y me sentí como si estuviera apretando un tornillo—. ¡Déjanos entrar! ¡Si no lo haces te vas a enterar! Solo queremos hablar con el director del colegio».

—¡Pero si vais a tener un recibimiento mucho mejor! ¡El director del colegio en persona va a salir a buscaros! Mientras tanto, ¿no queréis daros un baño en el lago?

Miré a mi alrededor. ¿Por qué nunca había un profesor cerca cuando se lo necesitaba?

«Ya, ya. Lo que quieres es echarnos. No te gustan los reptiles, ¿verdad?».

El caimán se me acercó con mirada amenazadora, abriendo sus anchas fauces de dientes afilados. Pero antes de que llegara a mí, una sombra negra se acercó como un rayo y se colocó justo entre nosotros. De un zarpazo (pero sin sacar las uñas), Noemi indicó a la pitón que debía soltarme. Luego bufó al caimán en toda la cara.

«¡Dirígete a él con más amabilidad, es mi amigo!».

«¿De verdad? Pero si es un humano», murmuró el lagarto acorazado.

—No lo soy —protesté e intenté transformar parcialmente una de mis manos para demostrarlo. Lo que, como es lógico, no funcionó. Pero ya nadie se fijaba en mí, todas las miradas se dirigían a Noemi. La pantera estaba tranquila, pero alerta, y se colocó delante de mí, como si fuera mi guardaespaldas. Era muy amable por su parte.

Uf, menos mal que en aquel momento llegó Jack Clearwater. ¡Por fin!

—¿Venís de visita o queréis solicitar una plaza en nuestro colegio? —preguntó a los dos metamórficos al tiempo que nos dio las gracias a Noemi y a mí por el trabajo bien hecho. Muy aliviados, nos marchamos de allí.

—Esos dos no son muy simpáticos, ¿no te parece? —le comenté a la pantera cuando ya no podían oírnos—. ¿Cómo se les ha ocurrido pensar que era un humano? ¡Si podía entenderme con ellos con el pensamiento!

«He escuchado en la tele que el cerebro de estos animales es del tamaño de un dedo meñique —indicó Noemi y comenzó a ronronear de nuevo—. Seguro que Jack los echará de inmediato y todo volverá a la normalidad».

—Seguro. Muchas gracias por defenderme —le dije, y tras una breve despedida la pantera regresó al tejado.

Pero en realidad el señor Clearwater no los expulsó, pues un momento después Jasper y yo vimos a dos chicos nuevos en la cafetería. Llevaban ropa prestada y arrugada, probablemente procedente del colegio. Nuestro cocinero y bedel, Joshua, hacía las veces de guía. Uno de los dos se acababa de dar un golpe con la puerta, casi no cabía por ella; tenía el pelo rubio alborotado y una voz un tanto estridente. Sus movimientos eran suaves, como de serpiente. Seguro que era Jerome. El otro (Tomkin, el caimán) tenía el pelo oscuro y era muy musculoso en su forma humana. Parecía un actor de Hollywood, pero desde donde estaba pude ver que su cara no tenía ninguna expresión y sus ojos carecían de brillo.

—Pero ¿de verdad quieren quedarse? —dije a Jasper—. Aunque fuesen majos… ¡Nunca van a poder pagar las tasas escolares!

—La señora Misaki ha dicho que Lydia Lennox las pagará por ellos —dijo Jasper.

Me quedé mirándolo, no me lo podía creer.

—¿Qué? ¿Por qué? ¡Solo porque le caen bien!

—Seguro que les ayuda porque son pitones y eso —añadió Jasper.

—Puede ser. O igual se siente obligada porque su hija, en nuestra excursión a los Everglades, se dedicó a invitar a todos los reptiles metamórficos que se iba encontrando —repliqué—. No tenía ni idea de que se podía ir por la vida invitando a todo quisqui al colegio.

Luego me acordé de lo que dijo Ella cuando se acercó a nosotros en el embarcadero y de pronto lo vi claro. ¿Existiría un plan oculto detrás de todo aquello? ¿Un plan que consistiese en llevar a muchos reptiles al colegio para alimentar los votos a favor? Me acordaba a la perfección de lo que Lydia Lennox había dicho después de que los estudiantes y los padres hubieran echado por tierra el plan de convertir el colegio en una especie de parque de atracciones: «¡Ya veréis, va a ser la ruina del colegio! Habéis tomado una decisión errónea y pagaréis por ello».

—Quizá su idea es convertir el Blue Reef en un centro para reptiles —dije, y sonreí; me sonaba improbable.

—Pero para eso se necesitan muchos más que los dos que acaban de llegar —comentó Jasper.

Solté una carcajada.

—Puede que sean agentes especiales, ¡ja, ja, ja!

Durante la cena, los dos nuevos, que no parecían ser agentes especiales sino más bien un poco macarras, se sentaron juntos en una de las mesas de los botes. Nosotros nos dedicamos a observar incrédulos cómo engullían las raciones de comida de tres en tres.

—¿Alguien sabe cómo se llaman? —preguntó Shari.

—Jerome y Tomkin —contesté yo.

—Jerome es el chico pitón —dijo Finny, que en ese momento pasaba por delante de nuestro bote. Su pelo azul brillaba a la luz del atardecer que entraba por la pared de cristal—. Me ha contado que le gusta cazar mapaches, y que él y Tomkin robaron en una ocasión una lancha y la dejaron para el desguace.

—Lo pillé en el baño de chicos mirándose en el espejo los dibujos de la piel —comentó Noah—. Me preguntó si no me parecían fabulosos.

—¿Y qué dijiste? —indagué, un poco tenso.

—Le dije que a mí me gustan mucho más los diseños a cuadros —aclaró Noah elevando los hombros—. Y le ofrecí mis rotuladores indelebles para pintarle unos cuantos.

Shari, Finny y yo nos echamos a reír.

—El otro, el guaperas, ¿también se estaba mirando en el espejo? —preguntó Shari.

—Nooo —dijo Noah—. El otro solo me dijo que me iba a morder el morro.

Finny preguntó a todo el grupo:

—¿Habéis visto si están en la lista? Me refiero a de los que pueden ir a la excursión.

—Oh —comentó Jasper—. En ese caso necesitaremos un palo.

Me vino a la mente el palo que me dio Jasper cuando fuimos a las ciénagas y que me sirvió de gran ayuda para bloquear las fauces de un caimán.

—Bueno..., tendrán que ir en forma humana.

—Pues entonces un palo pequeñito —dijo Jasper abriendo mucho la boca para tomar la medida con los dedos.

—¡Aunque vengan esos dos, seguro que lo vamos a pasar genial! —gritó Shari—. Y además, no nos van a impedir que desarrollemos nuestras investigaciones, ¿verdad?

Jasper y yo sacudimos la cabeza al mismo tiempo.

El tema de las investigaciones me recordó de nuevo a Chris y aquellas acrobacias que hacía para los humanos. Pensé en contárselo a mis amigos, pero algo me advirtió de que era mejor no hacerlo. Después, cuando fui a coger el postre (crema de vainilla, ¡oh, sí!), me di cuenta de que Chris no nos quitaba ojo, ni a mí ni a los delfines. ¿Estaría preocupado porque pudiera revelar su secreto? ¿O solo miraba fascinado a Shari? En realidad, esa era su ocupación favorita.

Al día siguiente nos íbamos de excursión a la ciudad. Necesitábamos un plan para poder seguir las huellas de los mafiosos de la basura. Y solo teníamos dos puntos de partida: ese nombre tan particular y el retrato robot que yo había esbozado. Jasper y yo dedicamos toda la tarde a revisar la guía de teléfonos de Miami en busca de un nombre que sonara como Sweetling. Había unos treinta.

—¿Y ahora qué? —preguntó Shari con una cierta tensión.

—Ahora vamos a llamar a todos estos números y les haremos una pregunta trampa —dije, y torcí un poco el gesto al pensar que tendríamos que hacerlo con mi teléfono móvil (Jasper y Shari no tenían) y se me acabaría el saldo.

—¿Y qué vamos a decir? —siguió Jasper.

Los ojos de Shari brillaron con intensidad:

—¡Ya lo tengo! Los saludaremos y mencionaremos el nombre de Lydia Lennox; y si el nombre les dice algo, entonces se convierten inmediatamente en sospechosos. Luego nos pasaremos por su casa para comprobar qué clase de tipos son.

Me pareció buena idea; no se me ocurría nada mejor.

Para que nadie nos molestara, subimos a la sala de Proyectos, donde había ordenadores con conexión a internet.

—De todas formas, hay que tener mucho cuidado, lo mejor es que uno de nosotros se quede delante de la puerta, vigilando —propuso Shari—. En nuestros clanes de delfines siempre hay espías y vigilantes que nos avisan cuando ocurre algo raro.

Empecé con las llamadas de teléfono.

—¿Hola? —respondió una voz de hombre cuando llamé al número que aparecía al lado de «Swetling, Bradley, Coconut Grove, Miami».

—Ah, hola, quería saludarle en nombre de Lydia Lennox y...

—¿De quién? —Se notaba que no le sonaba ese nombre. Además, el chico parecía demasiado joven.

—Perdona, me he confundido de teléfono.

Presioné el botón rojo para colgar y marqué el siguiente número. Y luego el siguiente y el siguiente. Junto al nombre «Sweetkin, G.» dibujé una pequeña estrella, puesto que se quedó callado después de mi saludo, aunque su voz sonaba como la de una persona mucho mayor que nuestros supuestos sospechosos. Seguí haciendo llamadas.

Al marcar el número de «Swetking, C.» contestó una señora.

—¿Podría hablar con su marido? —pregunté.

—Sí, bueno, ese tiparraco se fugó hace cinco años —comentó la mujer—. Ese miserable y mentiroso...

Colgué. Que aquel tipo se hubiera fugado no podía significar nada bueno...

Mientras tanto, Jasper había estado buscando en internet algo que relacionara a Lydia Lennox con aquel extraño nombre.

—¡Tiago! En Miami hay una tienda que se llama Sweet King, ¿piensas que puede tener algo que ver?

—Claro que sí —comenté yo—. Significa que es muy posible que en esa tienda vendan chucherías.

—Seguro. —Jasper frunció el ceño—. ¿Pero piensas que podría ser, por ejemplo, un punto de encuentro secreto? ¿Donde los envenenadores de agua intercambian información y ese tipo de cosas?

—¡Ja, ja, ja, seguro! —dije al tiempo que marcaba el siguiente número—. Es posible que nos crucemos allí con esos matones... cuando vayan a comprar caramelos de limón.

Yo continué haciendo llamadas, hablando de lo que se me iba ocurriendo sobre la marcha y saludando de parte de Lydia Lennox cuando de repente la puerta se abrió de golpe. Di un brinco por el susto, pero solo era nuestra vigilante, Shari.

—¿Puedo hacer yo alguna llamada? —preguntó—. En Artes humanas todavía no hemos dado los teléfonos, pero no pasa nada, ¿verdad? ¿Qué ocurre si marco diez veces el número ocho? ¡El ocho es mi número preferido, parece un alga marina!

Jasper y yo nos miramos asustados. No por aquel comentario, sino porque fuera, en el pasillo, apareció Barry.

—¿Qué tenéis vosotros que ver con Lydia Lennox? —preguntó con desconfianza—. Acabo de escuchar su nombre.

—Te confundes —le contesté, y sentí un escalofrío.

—¿Ah, sí?, ¿seguro? —Barry me miró y vi que tenía los ojos más fríos que había visto nunca. En un par de zancadas, se acercó a Jasper, posiblemente para mirar por encima de su hombro.

Me puse muy nervioso pensando que mi amigo se quedaría paralizado. Pero no. Jasper se transformó del susto..., dio un gran salto, como cuando los armadillos se asustan. Al caer de nuevo al suelo, aterrizó con las cuatro patas sobre el teclado y la pantalla comenzó a vibrar, se fueron ocultando unas ventanas y otras aparecieron en primer plano. En realidad, Barry solo quería fisgonear el menú de la semana siguiente, en el que había platos terribles como «Guiso de mejillones con hierba marina» o «Filete empanado con salsa de plancton y pimiento».

El metamórfico barracuda levantó los hombros, se dirigió a la puerta y nos miró uno por uno.

—Un consejito: lo único que podéis hacer con Lydia Lennox es besarle los pies.

Se marchó y se hizo un silencio. Jasper dijo con voz trágica: «¿Creéis que le dirá a Ella que hemos hablado de su madre?».

—Tan seguro como que mañana sale el sol, pero no tiene ni idea de lo que estamos haciendo —nos tranquilizó Shari.

—De todas formas, tu reacción ha sido formidable, Jasper —dije alabando a mi amigo mientras se retransformaba—. ¿Hiciste aposta eso de aterrizar sobre las teclas adecuadas para que la imagen desapareciera?

—¿Teclas? ¡Ah, sí, sí, claro, todo aposta! —afirmó Jasper.

Se nos habían quitado las ganas de seguir investigando, así que propuse al resto del grupo:

—¿Lo dejamos por hoy? Además, ya hemos encontrado un sospechoso. Vive en South Beach, a menos de dos kilómetros de Miami; pasaremos por allí en la excursión del colegio. Y podremos empezar con las comprobaciones.

—Perfecto —dijo Shari—. ¿Qué os parece si jugamos a la pelota en la laguna? Tiago, tú juega en forma humana, por favor... Si no, vamos a necesitar pelotas nuevas todo el rato.

—¡Buena idea! —contesté de inmediato. Todo me parecía bien si podía pasar tiempo con ella.

—Sí, buena idea, pero solo si no me metéis dentro de ninguna pelota —dijo Jasper un poco desconfiado.

Le aseguramos que eso no iba a pasar. Mucho más tranquilo, se ofreció como árbitro. Empezaba la cuenta atrás; a la mañana siguiente nos iríamos de excursión a la ciudad.

Un chorro de café y una investigación

Shari no era la única que tenía la nariz pegada al cristal de la ventanilla cuando, al día siguiente (el martes), fuimos a Miami en un autobús alquilado. Blue, Shari y Nestor, que habían crecido como animales, estaban obnubilados por la cantidad de calles que había en el exterior y las autopistas llenas a rebosar de coches de mil colores. Los tres, junto con Olivia (que no tenía muy dominado el tema de la metamorfosis), pertenecían al grupo azul; aquel era su nombre en clave. En realidad, habría que haberlos denominado «estudiantes de riesgo», pero aquello no sonaba muy amable. También había un grupo rojo, en el que estaban Toco y los dos nuevos, Jerome y Tomkin. Mis amigos y yo los llamábamos «el grupo de pelea».

—¿Todo eso de ahí afuera es Miami? —preguntó Shari, medio fascinada, medio asustada, cuando, a través de las ventanas del autobús, iba viendo los diferentes barrios de la ciudad—. Es como un mar gris… y humano, hecho de casas.

—No solo es gris, hay muchos más colores —me apresuré a contestar.

Había nacido en Miami y no pude hacer otra cosa que defender mi ciudad. Por suerte, nos llevaron con rapidez por la avenida de palmeras de Ocean Drive, donde estaban las famosas casas de colores rosa, azul y verde claro.

—Es bonito, ¿verdad? —le dije a Shari, que estaba sentada delante de mí, junto a Blue.

—Bueno, sí, esa casa parece como si la hubiera pintado un flamenco —comentó Shari.

—Y la de al lado parece que esté recubierta de algas verdes —dijo Blue.

Suspiré. ¡De verdad que los delfines eran la monda!

—Todo esto está muy bien, pero lo mejor es ir a las Islas Venecianas, es el mejor barrio de todo Miami y mis padres tienen allí una villa fabulosa —comentó Ella.

Varios estudiantes cuchichearon por lo bajo con cierta agitación. Nuestros profesores prefirieron no decir nada.

—Jerome, Tomkin, ¿¡podéis dejar ahora mismo de arañar los asientos!? —gritó el señor García.

Jack Clearwater, que conducía el autobús, echó un vistazo, inquieto, a través del retrovisor:

—Por favor, Leonora, no toques las partes metálicas del autobús si te pones nerviosa, ¿vale?

—No pienso tocar nada —le contestó la anguila eléctrica metamórfica.

Por fin nos bajamos del autobús y recorrimos a pie aquellas calles atestadas de tiendas de ropa y de comida, restaurantes y hoteles. Las aceras estaban salpicadas de palmeras y turistas de muy buen humor que se hacían millones de fotos en las terrazas de los cafés.

Yo no estaba muy convencido de que aquella excursión fuera una buena idea, pero suponía que los profesores sabían lo que hacían. Para un *seawalker* era muy peligroso estar en tierra. De hecho, los profesores habían llevado recipientes con agua para casos de emergencia, pero no eran más grandes que una nevera de playa y alcanzarían, como mucho, para mojar a Juna o a Olivia. Si Mara sufriera una transformación involuntaria, se quedaría tal cual sobre su barriga de vaca marina.

—¿Cómo te encuentras? —preguntó Farryn García a Shari—. Avísanos de inmediato si notas algo raro. ¿Te has traído la imagen?

—Todo muy bien, y claro que la he traído —dijo Shari, y le enseñó la bolsa de plástico en la que llevaba una fotografía suya en forma humana. Se la veía en la playa, en bikini y sonriendo a la cámara. Todos llevamos una fotografía nuestra en forma humana por si surgían problemas.

En realidad, yo también tenía un poco de miedo. Desde que sabía que era un tiburón tigre, podía transformarme con mucha más facilidad que antes. Pero allí, en Miami Beach, todo me era familiar. Además, estaba mucho más preocupado de que le pudiera pasar algo a Shari.

Un momento después, me enteré de que nuestros profesores habían seleccionado como destino de la excursión el Lincoln Road Mall. Era un centro comercial con muchísimas tiendas y restaurantes; además, en la calle de delante del centro comercial había canales de agua turquesa (muy convenientes en caso de que surgiesen problemas) salpicados de palmeras, helechos y arbustos decorativos.

Entré corriendo en una tienda en la que vendían tarrinas de yogur helado. Por desgracia, casi no llevaba dinero encima, solo los diez dólares que mi beca me daba a modo de paga, así que no compré nada.

—La mayoría de vosotros podéis pasear solos durante una hora; luego quedamos aquí, en esta cafetería —dijo Jack Clearwater bajando la voz—. Los grupos rojo y azul tendrán que ir acompañados de un profesor.

—Esto es una pasada —dijo Tomkin, el joven caimán.

Toco y Jerome se abalanzaron hacia dos sillas vacías que había en un café, pero estas resultaron formar parte de una mesa que ya estaba ocupada por una pareja (que no parecía tener problemas de dinero). Ella llevaba un vestido blanco impoluto; él, un polo. Ambos parecían demasiado confusos como para poder reaccionar. En su carrera hacia las sillas vacías, Tomkin se estampó contra una de las bolsas que estaba al lado de la mujer, una bolsa con el logotipo de una tienda de marca. Se oyó un chasquido.

—¡Ey! —chilló la mujer—. Mis novísimos...

Por desgracia no nos enteramos de qué objetos novísimos se habían roto y, cuando la gente de la mesa de al lado se marchó, Jerome agarró una taza con restos de café y, sin titubear, se echó el contenido al gaznate. Unos segundos después lo volvió a escupir y el chorro de café fue a parar directo encima de la elegante pareja. La joven hizo una barrera con las manos para protegerse. Su acompañante intentó zafarse a su vez, pero la lluvia marrón lo alcanzó y el tipo puso una enorme mueca de asco.

—¿Pero cómo es posible que la gente se beba algo tan asqueroso? —gruñó Jerome.

Los dos profesores corrieron hacia el lugar donde había ocurrido la escena y Shari me miró con gesto pícaro:

—Bueno, creo que es el momento de ir a comprobar lo del sospechoso —dijo en voz baja—. Si alguien pregunta por nosotros, decidle que hemos entrado en una tienda y que estaremos de vuelta a tiempo en el punto de encuentro.

—No os enfrentéis con nadie que sea más fuerte que vosotros —dijo Noah; luego me miró y pareció recordar mi segunda forma—: Bueno, vale, no creo que se dé el caso.

Tampoco Blue parecía muy conforme.

—¿Pero qué pasa si ese tipo es peligroso… y os reconoce?

—Eso es imposible; la pelea en los Everglades ocurrió de noche cerrada —los tranquilicé—. Conseguí hacer el retrato robot porque los metamórficos vemos muy bien en la oscuridad. Venga, Shari, tenemos que irnos.

Nuestros profesores estaban ocupados en mantener a raya el caos que se había formado con el café. Antes de que lo consiguieran hice una señal a Jasper para que nos marcháramos y nos escabullimos junto con Shari sin que nos vieran.

Como conocía bien las calles de Miami, lideré la marcha mientras Shari, que nunca había vivido en tierra, lo observaba todo con gran curiosidad: a los turistas, los folletos de las pizzerías tirados por el suelo, un perro que levantaba una pata al lado de una farola…

Jasper era el que cerraba el grupo y, por puro nerviosismo, se dedicaba a limpiar sin parar sus gafas. Era posible que estuviese preocupado por la escapada.

La casa en la que vivía nuestro sospechoso, el tal Sweetkin, G., era una vivienda de una sola planta pintada de amarillo pastel y con una palmera en la parte delantera. Ahora que la cosa tomaba forma, me asaltaron las dudas. ¿Era posible que Blue tuviera razón y el tipo pudiera reconocernos?

—Yo llamo —decidió Shari—. ¿Qué hago cuando me abra la puerta?

Le puse en la mano una hucha que había fabricado en el colegio a partir de una lata de refresco vacía.

—Le pides una limosna para ayudar a los delfines que sufren y le acercas esta cosa.

Shari miraba preocupada.

—¡Por todas las olas del mundo! ¿Pero es que hay delfines que sufren?

Carraspeé preocupado.

—Sí, Blue y tú no tenéis dinero porque habéis crecido como animales, ¿vale?

—Mmm, vale —contestó después de un instante—. Y si nos encontramos con un delfín que tiene menos que nosotros, le damos la hucha con lo que haya dentro.

Shari me apartó y pulsó el timbre. Nos retiramos y esperamos con cierto nerviosismo. Lo normal hubiera sido que nadie nos abriera la puerta, pues a esas horas la gente trabajaba. Pero la puerta se abrió. Apareció una mujer bajita y regordeta, con el pelo negro; llevaba un delantal y un plumero en la mano.

—¿Sí? —preguntó.

—Hola —dijo Shari con una amigable sonrisa—. Por favor, un donativo para..., bueno...

Sin entender nada, la mujer miró a Shari y soltó un monólogo en un idioma que ella no comprendió. Me coloqué inmediatamente al lado de Shari, le expliqué que en esa casa ya habían hecho una donación y saqué el retrato robot.

—Estamos buscando a este hombre. ¿Vive aquí?

—No, nunca yo ver —aseguró la empleada del hogar observando la imagen con la frente arrugada. Evité mirar de nuevo la imagen, y no solo porque tenía esa cara grabada en mi cabeza, sino porque cada vez que lo veía sentía de nuevo la gravilla en mi boca, olía el vapor de aquel vertido químico, volvía a ver aquella pistola y el miedo me recorría el cuerpo.

Nos despedimos y emprendimos la vuelta, decepcionados.

—Hubiera sido demasiada casualidad que encontráramos al envenenador del agua en nuestro primer intento —dije para tranquilizarlos... Y de repente me quedé parado como si me hubiera chocado contra una pared.

Dos mujeres jóvenes, altas y espigadas nos bloquearon el camino. Tenían un porte elegante y las piernas larguísimas, como si fueran modelos. Eran muy guapas y su pelo era rubio con mechas rojizas y les llegaba a la altura de la cintura. Caminaban de una forma tan grácil que sus altos tacones casi no hacían ruido contra el asfalto. Las reconocí tan pronto como Shari y Jasper y, durante un momento, me quedé sin aliento.

¡Las gemelas tigresas! ¡Las guardaespaldas de Lydia Lennox!

Estábamos tan cerca de ellas que pude notar que eran metamórficas. La mirada de sus ojos almendrados me hipnotizó.

—¡Qué casualidad que nos hayamos encontrado de nuevo! Soy Latisha —dijo una de las chicas con una voz dulce como la miel. Sus ojos parecían algo más rasgados que los de su hermana y tenía una pequeña mancha negra en la mejilla.

—Las casualidades existen —añadió su gemela mientras nos cortaba por detrás el camino de huida—. Mi nombre es Natascha.

—Ah..., hola —fue lo único que se me ocurrió decir.

—Sabemos lo que estáis buscando —dijo Latisha, y sonrió de forma que pudiera ver que uno de sus colmillos estaba semitransformado—. Acompañadnos.

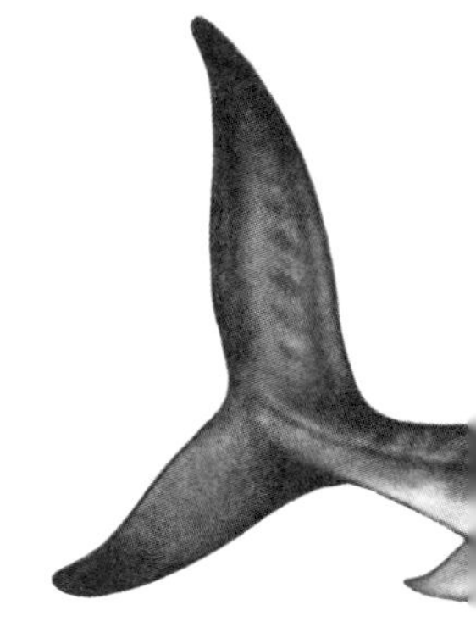

Tigresas y camisetas

Me sentía confundido, pero mis piernas obedecieron automáticamente la orden de mi cerebro y empezaron a moverse. También Jasper y Shari comenzaron a caminar.

Las gemelas tigresas nos condujeron hacia la entrada del garaje de una casa. De repente, nos encontramos detrás de un gran arbusto lleno de flores y ya no se nos podía ver desde la calle. ¡Nadie se hubiera dado cuenta de que nos estaban reteniendo allí en contra de nuestra voluntad! Era posible que nadie considerara peligrosas a esas dos jóvenes, más bien se preguntarían en qué programa de televisión salían y querrían saber más acerca de ellas.

Me paré e intenté advertir a alguien de nuestra presencia, pero cuando abrí la boca Latisha me fulminó con la mirada y me enseñó los dientes.

—¡Ni se te ocurra! —mascullό y nos empujó de nuevo para ocultarnos aún más detrás del arbusto—. ¡Venga, seguid andando!

Mierda, esas dos iban en serio. Volví a pensar en intentar huir lo antes posible. No iba a permitir que le pasara nada a Shari… ¿Qué sucedería si se transformara a causa del estrés?

Le lancé una mirada de ánimo y ella torció un poco la comisura de los labios. Por suerte, parecía muy tranquila y no había ni rastro de manchas grises de delfín en su piel.

No se lo íbamos a poner nada fácil a las tigresas; no me iba a dejar intimidar. Yo había crecido en Liberty Square, uno de los barrios más conflictivos de la ciudad. Sin que me vieran, metí la mano en el bolsillo del pantalón para coger el móvil. Toqué la pantalla y, sin mirar, traté de acceder a los números de marcación rápida. Tenía guardados tres: el de tío Johnny, que yo mismo había almacenado, el de mi madre y el de mi padre, que ellos habían dejado grabados antes de enviarme el teléfono. Presioné el botón y confié en que se hubiera marcado algún número. ¡Necesitábamos ayuda y, además, bastante urgente!

Pero nadie cogió el teléfono. Y, por desgracia, las tigresas, con sus finísimos oídos, habían escuchado el sutil sonido que salía de mi bolsillo.

—¡Deja eso ahora mismo! —gruñó una de ellas, que me agarró y casi me hace caer al suelo. El teléfono móvil salió disparado y fue a aterrizar debajo de un arbusto, donde ya no lo podía alcanzar.

La cara de la tigresa estaba tan pegada a mi cuello que pude notar su respiración en mi piel. Olía a carne cruda, a pimienta y a jalapeños. Cuando miré de reojo, vi que sus uñas estaban parcialmente transformadas en garras.

—Hemos oído que sois un poco curiosos —dijo Natascha.

—La curiosidad es una cualidad repugnante y fastidiosa —añadió Latisha—. Sobre todo en el caso de delfines, tiburones y armadillos. Y a veces provoca… lesiones.

Con sus garras, agujereó mi camiseta, llegando incluso a la piel, lo que me dolió bastante. Se me escapó un gemido y las garras penetraron aún más en mi cuerpo. Me mordí el labio inferior y mantuve la boca cerrada.

—No hemos hecho nada —aseguró Jasper. Su voz reflejaba el miedo que sentía.

Nuestras captoras se echaron a reír. Tenían una risa suave y contenida, impregnada de un ligero tono de rencor.

Shari estaba muy pálida.

—¡Suéltalo! —dijo—. ¡Ahora mismo! Tengo conexión de pensamiento con Jack Clearwater; le he contado todo lo que está sucediendo aquí.

—¿Ah, sí? ¿De verdad? —Latisha sonrió, pero sus ojos brillaban amenazantes—. Creo que nos estás mintiendo. Tu gente está demasiado lejos y tú no eres la metamórfica mejor entrenada del mundo. ¿Y vosotros? Vosotros sois solo unos renacuajos.

—¿Entonces por qué te tomas tantas molestias? —me atreví a preguntar, y me enfadé conmigo mismo al oír mi voz entrecortada.

Entonces vi algo que me preocupó. Natascha sacó su móvil y presionó la tecla de marcación rápida. Sabía perfectamente a quién estaba llamando.

También Jasper se había percatado, así que de repente gritó con todas sus fuerzas:

—¡¡AYUDA!! ¡Estamos aquí!

Shari y yo nos quedamos igual de perplejos que las gemelas tigresas, sobre todo cuando el portón del garaje se abrió como por arte de magia. Alguien había presionado el mando a distancia... ¡El dueño de la casa había regresado! ¿Habría escuchado a Jasper? En ese momento Latisha me soltó y aproveché la ocasión para lanzarme con todas mis fuerzas contra ella. Que te empujen cuando llevas tacones altísimos no es lo mejor que te puede pasar. Aun así, Latisha consiguió recobrar el equilibrio. Un BMW de color plata giró hacia la entrada del garaje, y

Jasper, Shari y yo aprovechamos para salir corriendo. En medio de mi carrera, me agaché en el arbusto para coger el móvil y luego continué la marcha. Shari consiguió esquivar a Natascha, que trató de agarrarla, y pasó corriendo a toda velocidad por delante del coche en dirección a la calle.

Durante un segundo, pudimos ver la cara de sorpresa del conductor; luego seguimos corriendo tan rápido como pudimos por la calle 17. ¿Las gemelas tigresas nos estaban siguiendo? ¿O eso habría llamado demasiado la atención de la gente? Por seguridad, decidimos no parar a mirar, tomamos una serie de atajos y continuamos la huida por las calles adyacentes.

Shari y yo corríamos sin problemas (los delfines y los tiburones tenemos una buena resistencia física), pero me preocupaba Jasper, que cada vez jadeaba más fuerte y estaba rojo como un tomate. Ya sabía que los armadillos no suelen correr grandes distancias. Intenté reducir un poco la velocidad para no dejarlo atrás y miré nervioso a mi alrededor. No se veía a nadie... ¿Las gemelas se habrían escondido?

Por suerte, logramos llegar al punto de encuentro y Jasper tuvo un momento para poder descansar. Parecía un cangrejo de lo rojo que estaba y jadeaba sin parar.

¡Qué maravilloso y tranquilizador era ver al resto! Finny y Chris se acababan de comprar un helado, Ralph observaba a un malabarista callejero y los dos nuevos, Jerome y Tomkin, estaban sentados en un café, con sus cabezas rubia y morena apoyadas sobre la mesa, echándose una siestecita. Debían de estar agotados de las nuevas experiencias vividas durante el día. Y es que hasta hacía nada vivían en forma de animales en una ciénaga.

Noah y Blue estaban sentados debajo de una palmera, en un banco, y tomaban limonada fría y gominolas con sabor a palomitas.

—Oye, ¿cuánta gente os ha intentado despedazar hoy? —preguntó Noah sonriendo.

—En realidad solo dos personas —dijo Shari.

A sus amigos delfines casi se les salen los ojos de las cuencas.

—Parece que hemos dado en el clavo con nuestras investigaciones —informó Jasper, muy orgulloso. Volvía a tener la cara de un color normal—. Si no fuera así, Lennox no nos habría enviado a sus guardaespaldas, ¿no os parece?

—Bueno, sí, puede ser —dije yo. Mis ganas de jugar a los detectives privados se habían evaporado por completo—. ¡Ha sido una suerte que, a pesar de todos los peligros y el estrés, no te hayas metamorfoseado, Shari! Lo tienes mucho más dominado que antes.

Shari elevó los hombros con timidez y metió la mano en la bolsa de gominolas.

—Bueno, es que últimamente he practicado bastante.

—¿Qué? ¿Habéis tenido algún problemilla? —Chris, que pareció haber oído nuestra conversación, abrazó a Shari y la observó de arriba abajo—. ¡Menos mal que no estás herida!

—Por mí no te preocupes, ¡qué más da! —murmuré con cierta ironía mirando hacia otro lado. No quería ver lo bien que se llevaban esos dos. De repente se me quitaron las ganas de hacer el trabajo de clase con aquel tipo.

—Anda, Tiago... Tu camiseta tiene manchas de sangre —dijo Shari y me miró preocupada con sus ojos color miel. Ya se había olvidado de Chris. Pensé que quizá no estaba tan mal tener algunas heridas.

—No me duele —mentí con timidez. En realidad, me abrasaban. Por suerte, las heridas habían dejado de sangrar y las manchas casi no se reconocían porque la camiseta estaba llena de grafitis. A menos que te fijaras mucho, como hizo Juna, nuestra delegada de clase:

—Cuando el señor Clearwater lo vea, se montará un buen follón y os va a interrogar —dijo. Debajo del brazo llevaba dos libros que se acababa de comprar—. Venga, vamos a por otra camiseta, quedan veinte minutos para marcharnos. ¿Qué te ha pasado?

—No quieras saberlo —dijo Shari haciendo una mueca, y por suerte Juna dejó de hacer preguntas.

—Yo también voy —anunció Mara—. Hace poco destrocé mi último top en una transformación.

Juna le pidió a Noah que le guardara los libros que había comprado, y las dos me escoltaron hasta una tienda de ropa con buenos precios. De repente, ambas se enzarzaron en una discusión sobre los colores que mejor le quedaban a mi tono de piel.

—¡Amarillo! El amarillo seguro que le sienta muy bien —dijo Mara.

—Pero no le va nada con sus ojos azules —añadió Juna.

Levanté los mencionados ojos azules.

—Me da igual. Solo quiero una camiseta normalita.

—Sí, sí, algo encontraremos, seguid por aquí que vuelvo ahora mismo —dijo Juna y desapareció por la zona trasera de la tienda, seguramente en busca del cuarto de baño. Mara aprovechó la ocasión y seleccionó tres camisetas amarillas para que me las probara. Era inútil intentar defenderse.

Cuando estaba metiendo la cabeza y los brazos en uno de aquellos trozos de tela, oí un grito, el grito de una chica. Me quité la camiseta de inmediato, la dejé donde pude y miré a mi alrededor.

—¡Parece la voz de Juna! —dijo Mara, asustada.

—Sí, me temo que sí —comenté.

Fuimos corriendo al cuarto de baño de mujeres.

Submarinista de cuarto de baño

En los baños nos encontramos con una mujer muy alterada.

—Yo tampoco sé de dónde ha venido el grito —nos dijo—. Cuando abrí la puerta del baño, vi que alguien acababa de tirar de la cadena, pero no había nadie, solo algunas prendas de ropa tiradas en el suelo y nada más.

Mara y yo nos miramos y echamos a correr a la vez hacia la puerta, de modo que chocamos y ninguno de los dos pudo entrar. Cuando lo conseguimos, vimos la ropa de Juna tirada en el suelo. En un par de zancadas me acerqué al retrete y miré dentro: solo había agua, porcelana blanca y algunos trozos de tela mojada que atascaban el váter. Pero ni rastro de una pez mariposa. Mientras tanto, Mara, con su gran envergadura, bloqueaba la puerta para que nadie pudiera entrar.

«¡Ayuda, por favor, ayudadme!», escuché débilmente en mi cabeza.

Me alegré de no tener que responder en voz alta y poder limitarme a pensar la respuesta, ya que la mujer seguía allí y una vendedora acababa de llegar.

«¡Juna! ¿Qué te pasa? ¿Dónde estás?».

«Olvidé cerrar el pestillo del baño, una mujer abrió la puerta de golpe... y del susto me transformé —contó Juna, aterrada—. Justo en el momento en el que tiraba de la cadena».

¡Juna se había colado por el retrete! Maravilloso.

«¿Has llegado ya al alcantarillado?», pregunté preocupado. Por desgracia, aquello no era como en la película *Buscando a Nemo,* donde llegaban al mar directos desde el váter, sino que como mucho acabaría en una depuradora de residuos.

«No, creo que todavía estoy en una tubería —contestó Juna—. Pero está muy oscuro, tengo miedo de nadar en la dirección incorrecta y no poder salir. Ambas direcciones están bloqueadas. ¡Por favor, ayudadme rápido, no sé cuánto tiempo voy a aguantar!».

—¿Pero qué está pasando aquí? ¿Qué hacéis? —escuché decir a la vendedora—. ¿Quién ha gritado?

—No pasa nada, es que se nos ha caído una cosa dentro del váter —empezó a decir Mara para distraerla.

No era una buena respuesta.

—¡Pero bueno! ¿Cuántos estabais en el baño?

Mientras Mara se inventaba una excusa mejor que decir a la vendedora, yo me dedicaba a pensar soluciones. Con la escobilla del inodoro, pesqué la ropa interior empapada de las profundidades; era lo que estaba atrancándolo. Pero parecía que junto con Juna se habían colado otras prendas que bloqueaban la tubería justo donde se encontraba nuestra pez mariposa. Por suerte, el váter tenía un sistema de doble cisterna, y eso me dio una idea.

«¿Tienes suficiente fuerza para nadar a contracorriente si tiro solo un poco de la cadena? Así podrás saber la dirección en la que tienes que nadar».

«Puede ser», contestó Juna en tono desesperado.

Tuve una visión terrorífica en la que precisamente yo, un *seawalker* al que todo el mundo tenía miedo, lanzaba a una compañera de clase hacia unas alcantarillas llenas de ratas.

«¿No sería mejor ir a buscar a un profesor que nos ayude a liberarte?».

«¡Noooo, eso nos llevaría mucho tiempo, date prisa, por favor! Ayyy, esto es asqueroso».

Presioné con suavidad el botón de la cadena en el mismo momento en el que Mara gritaba con la cara llena de lágrimas:

—¡No lo hagas! ¡No lo hagas!

Después, tal y como habíamos quedado, apreté el botón de nuevo para parar el chorro de agua. ¿Tendría Mara razón? ¿Había cometido un terrible error?

Mara cerró la puerta en las narices de la vendedora y echó el pestillo. Aquel habitáculo era tan estrecho que me quedé encajado entre el cuerpo blandito de Mara y la pared. Me sentí como si estuviera dentro de un paquete de nubes de caramelo. Pero daba igual. Nos inclinamos por encima del retrete y comprobamos que el nivel del agua había bajado, así que esperamos a ver qué sucedía. ¿Habría conseguido Juna nadar a contracorriente? ¡Ojalá la tubería se hubiera atascado abajo del todo con su ropa!

Sí, algo estaba pasando allí dentro; algo (o alguien) comenzó a moverse. Un instante después apareció en el inodoro una pez mariposa nadando en círculo, con sus colores blanco y amarillo. Parecía un poco aturdida y agotada.

—¡Lo has conseguido! —chilló Mara—. Rápido, tienes que retransformarte. ¡En menos de cinco minutos tenemos que estar en el punto de encuentro!

Mara abrió la puerta del baño, las dos chicas me echaron de allí y se escuchó un gran ruido seguido de unos cuantos cuchicheos. Por fin salió Mara junto a Juna, que ya estaba vestida y en su forma humana. Tenía el pelo húmedo y olía un poco a desinfectante de baño. Me sonrió.

—¡Gracias, Tiago! Tenéis que prometerme que no se lo vais a contar a nadie. ¡Colarse por el retrete! ¡Qué vergüenza...!

—Me voy a callar como un mejillón —prometió Mara muy contenta—. ¡Como un mejillón muerto!

—Como un coral —dije, y es que ya me estaba preparando para la presentación. Agarré mi vieja camiseta con manchas, puesto que ya no había tiempo para comprar la nueva.

La vendedora y la otra señora nos miraban desconfiadas, por lo que decidimos marcharnos de inmediato.

—Aquí dejo el pasador de pelo, adiós —gritó Mara mientras salíamos corriendo.

Justo a tiempo. Todos los demás ya estaban reunidos en el café y miraban alrededor para ver quién faltaba. Vi a Jack Clearwater hablando con Shari; quizá la estaba regañando por no haberse quedado con el grupo azul. ¿Qué contendría aquella caja de cartón que llevaba el director debajo del brazo?

—¡Una fuente de chocolate! ¡Se ha comprado una fuente de chocolate! —anunció Olivia contenta—. Ha dicho que estaba muy rebajada.

—¿De verdad? ¿Qué es eso? ¿Una fuente como la de nuestro colegio, pero de la que solo sale chocolate? —preguntó Leonora, que siempre había vivido en forma de animal—. ¿Y eso para qué sirve?

—Esta fuente es mucho más pequeña que la del colegio y sirve para meter trozos de fruta dentro del chocolate fundido

—explicó el joven director—. Ya lo veréis. He pensado que podíamos ponerla los domingos por la tarde en la cafetería.

Una vez más me alegré muchísimo de ir a ese colegio.

Me quedé muy cerca de Mara, usándola de escudo para que los profesores no vieran las manchas de sangre de mi camiseta. Finalmente el señor Clearwater dijo:

—¡Nos vamos!

Nos pusimos en movimiento caminando contentos por la acera en dirección al autobús, que habíamos dejado aparcado en la zona oeste de la calle 17. Jasper y Shari llevaban el equipamiento de emergencia, que era del tamaño de una nevera de playa.

«Nos vamos a casa», pensé aliviado y miré alrededor en busca de personas sospechosas. Por suerte no se veía a nadie. Sin embargo, Ella, Toco y Barry me miraban con mucha atención. ¿Sabrían algo de nuestro encuentro con las gemelas tigresas? ¿Lydia Lennox los habría llamado parta contárselo? Si era así, no lo parecía.

—Esas dos guardaespaldas son un verdadero espanto, ¿no te parece? —Parecía que Jasper me hubiese leído la mente. Me sentía aliviado de que por fin pusiéramos rumbo de regreso al Blue Reef.

—La excursión casi ha terminado y en el colegio ya no podrán acercarse a nosotros —le aseguré.

Pero la excursión no había terminado, ni mucho menos. Y eso lo descubrí cuando a Leonora se le ocurrió enseñarle a Shari los recuerdos de Florida que había comprado para toda su familia de Sudamérica.

Era un recuerdo terrible, al menos para uno de nosotros. De repente vi que Shari se paraba y miraba dentro de la bolsa de Leonora.

—¡Por todas las olas del mar! —dijo, y luego cayó al suelo con sus piernas convertidas en una aleta caudal gris. Unos segundos después, una gran delfín de dos metros y medio de largo reposaba todo lo larga que era en la zona de césped que había junto a la acera.

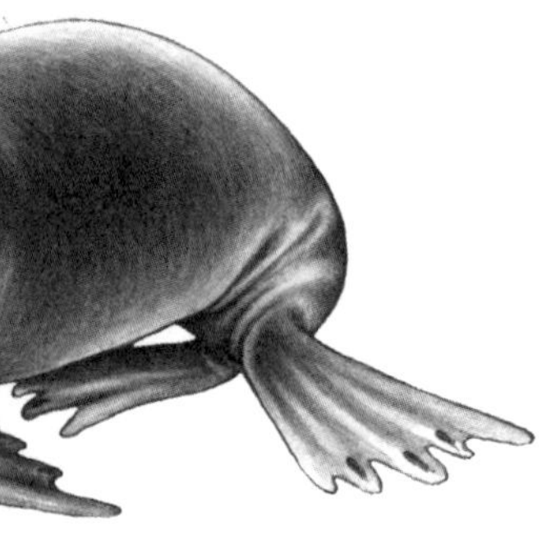

Varada

«¡Maldita baba de algas! ¿Para qué he estado practicando todo este tiempo si siempre me pasa lo mismo?», se quejó Shari mientras Blue ponía sus brazos alrededor del cuerpo de la delfín y lanzaba miradas asesinas a la anguila eléctrica metamórfica.

—¿Pero qué tienes ahí dentro, Leonora?

—Lo siento mucho —dijo ella.

Cuando miré dentro de la bolsa vi que había comprado cinco veces la misma cosa: cinco muñecos en forma de pequeños delfines grises con una sonrisa tonta en los labios. Todos ellos saltaban de unas olas azules y espumosas.

—¡Pero bueno! —dije yo.

Mientras el señor García y el señor Clearwater llegaban corriendo, Shari comenzó a chillar e intentó girar con ayuda de su aleta dorsal. El espiráculo de su frente se abría y cerraba apresuradamente. No sirvió de mucho que Jasper sacara un espray con agua del equipamiento de urgencia y comenzara a humedecer la piel de Shari. Finny, Chris y yo también tratamos de ayudar vertiendo el contenido de nuestras botellas de agua.

El señor García puso los brazos en jarra y suspiró:

—¡Y nosotros que pensábamos que todo había ido a la perfección…!

—Ahora ya da igual, Farryn —le contestó Jack Clearwater—. ¡Tenemos que meterla cuanto antes en el agua! Cuanto más tiempo esté aquí secándose, peor será.

«Lo siento mucho —dijo Shari mirando tímidamente con sus oscuros ojos de delfín—. ¿Y ahora qué hacemos? Esto está bastante lejos del mar, ¿no?».

—Sí, por desgracia sí —le expliqué.

Estábamos en la esquina de la calle 17 con la avenida Jefferson. A un lado había edificios de apartamentos y de oficinas, y hacia el otro la avenida conducía a un barrio residencial tranquilo y lleno de árboles. Shari estaba tumbada en un recodo de la calle, sobre el césped, delante de una villa marrón claro con tejado rojo.

Yo estaba al lado de Shari revolviendo entre sus cosas para intentar localizar su foto de humana. ¡Con un poco de suerte sería capaz de retransformarse! Tenía que darse prisa, los coches que pasaban por la calle 17 frenaban al verla, y mucha gente miraba sorprendida en nuestra dirección, como si pensaran que aquello era una cámara oculta.

—¿De dónde han sacado ese delfín? ¡Eso es maltrato animal! —dijo un hombre mayor con camiseta color turquesa que sacaba la cabeza por la ventanilla del copiloto.

—¿Está ahí varada? —comentó una chica con acento cubano que iba en una limusina plateada. Luego se detuvo y se bajó en plena calle—. No. No puede ser, aquí no hay playa. —Sacó el móvil del bolso para grabar y empezó a contar lo que estaba sucediendo, a la caza de los «me gusta» de YouTube, mientras que Shari, concentrada, intentaba retransformarse.

Jerome, Barry y Tomkin, contra todo pronóstico, tuvieron una idea brillante. Se abalanzaron de una vez contra la chica, de modo que consiguieron que en el vídeo no se reconociese nada más que unas cuantas imágenes movidas.

Otros cinco conductores también sacaron sus cámaras. Tenía la horrible sensación de que nuestra excursión del colegio acabaría saliendo por la televisión, en las noticias de la noche. ¡Daba igual, lo importante era que se nos ocurriera algo de inmediato para poder llevar a Shari al agua!

—¡Haced un círculo alrededor! —nos ordenó Jack Clearwater, y todos los estudiantes se agruparon alrededor de Shari para esconderla de las miradas curiosas. Mi mejor amiga estaba demasiado nerviosa para remetamorfosearse y solo consiguió, y durante unos segundos, que una de sus aletas se convirtiera en un brazo.

Daphne, la gaviota metamórfica, se dedicaba, como siempre, a comentarlo todo:

—Esto es terrible, ¿no os parece? Si me hubiera pasado a mí, me moriría. ¿No es cierto? ¿Os he enseñado los recuerdos que he comprado? Son unos preciosos barcos para poner fotos con mejillones pegados y…

—¡Cierra el pico! —dijo Finny—. ¿Es que no te has dado cuenta de que a nadie le interesa lo que estás contando?

A mí me hubiera gustado consolar a Shari, pero con tanto alboroto alrededor no pude ni acercarme. Por suerte, Blue y Noah le tocaban las aletas de forma tranquilizadora.

—Señor García, hace mucho calor, ¡Shari está demasiado caliente! —dijo Noah, preocupado, pues estaba tumbada bajo el pleno sol tropical.

—Es cierto, tenemos que conseguir refrescarla un poco antes de meterla en el mar —contestó el señor García, que de eso sabía un poco, puesto que en su segunda forma él mismo era un delfín.

—¿Las casas de aquí tienen piscina? —Los ojos de Finny centellearon con viveza.

—Sí, algunas…, en la parte de atrás —dije de manera espontánea. Me acababa de acordar de que una vez había estado cortando el césped en ese barrio para sacarme algo de dinero. Me acordaba con claridad de aquellas pequeñas, pero maravillosas, piscinas azules. A veces, cuando hacía mucho calor y sin que nadie me viera, metía los pies. Por desgracia, un día la dueña de una de las casas me descubrió y me gritó algo así como: «¡Saca tus sucias pezuñas de mi piscina!».

El señor García arrugó mucho la frente, miró a Finny y luego me miró a mí.

—Es una buena idea, pero ¿qué pasa con el cloro? Me temo que no le hará bien a la piel de Shari.

Era el momento de postularme como experto humano.

—Bueno, desde hace bastante tiempo las piscinas se desinfectan con oxígeno y no con cloro —expliqué, y Jack Clearwater reaccionó de inmediato.

—Daphne, transfórmate y mira cuál de todas estas casas tiene piscina. Y tú, Chris, utiliza el olfato y comprueba cuál de ellas no tiene cloro. ¡Daos mucha prisa!

Shari emitía pitidos:

«Sí, por favor. Daos prisa. Tengo demasiado calor».

Daphne solo profirió un: «Voy, señor director».

Mientras que nosotros intentábamos dar toda la sombra que podíamos a Shari, Daphne echó a correr detrás de un arbusto y se transformó en gaviota.

«¡Ey, espérame!», Chris corría por la calle detrás de Daphne. Un instante después ya habían encontrado una piscina adecuada y volvieron para enseñarnos el camino.

—No está lejos de aquí —nos informó Chris—. Rápido, venid, ¡es por allí!

—¡Voy a por el autobús y paro justo delante de la casa! ¡Saldremos a toda velocidad para meterla en el mar! —El señor Clearwater se alejó con unos rápidos pasos.

Los que teníamos más fuerza (el señor García, Chris, Finny y yo) levantamos a Shari y la arrastramos por la acera de la avenida Jefferson. Era un día muy caluroso y me alegré de que los árboles tropicales de la calle nos dieran algo de sombra. A izquierda y derecha de la calle veíamos casas unifamiliares con jardines cuidados y llenos de palmeras; todas tenían buzones blancos en las puertas.

—Me alegro mucho de que no sea Mara la que se haya metamorfoseado por error —se quejó Chris—. ¡No hubiéramos sido capaces de mover a una vaca marina ni con la ayuda de una carretilla elevadora!

«¿Y para qué necesitamos ahora una horquilla? —Shari intentaba elevar la cabeza—. Lo que está claro es que lo más práctico hubiese sido que se hubiera transformado Juna; nos la habríamos podido llevar en un bote de mermelada».

—¿Y qué pasa si la gente que vive en esta casa no quiere tener un mamífero marino metido en su piscina? —comentó Finny secándose las gotas de sudor que le caían por la frente y le entraban en los ojos.

—¡Anda ya! A todo el mundo le gustan los delfines —le respondí—. Además, esta es una situación de emergencia.

Pasamos por el portón de un jardín, que por suerte no estaba cerrado con llave, y avanzamos como pudimos por un césped compacto y bien recortado. Incluso había dos recintos de agua para elegir, pero el estanque lleno de plantas acuáticas era diminuto, así que llevamos a Shari a la piscina azul, que tenía algunas sombrillas alrededor. ¡Ya casi lo habíamos logrado!

Shari se giró nerviosa.

—¡Silencio, aquí está en juego algo más que tu nota en Metamorfosis! —se quejó el señor García.

En un último esfuerzo, arrojamos a la delfín al agua. Shari emitió un silbido de alivio y se deslizó por la agradable agua fresca.

«Ohhh, aquí se está de maravilla. ¡Gracias, chicos, sois los mejores!».

Comenzó a nadar haciendo círculos; desde luego, no podía hacer mucho más en ese charco. Me arrodillé en el borde de la piscina y estiré la mano. Shari elevó su morro gris.

«Ey, ¿no quieres entrar conmigo en la piscina, señor tiburón tigre?».

En ese mismo momento nos percatamos de que no estábamos solos. En la terraza trasera de la villa había un hombre mayor, bastante delgado, envuelto en una bata de seda color azul oscuro. Nos miraba con la boca muy abierta.

—Buenas tardes, bueno… —empezó a decir nuestro profesor de Metamorfosis, pero el dueño de la casa no le dejó acabar la frase.

—Debe de tratarse de un malentendido —se quejó—. ¡Había pedido unos pececillos dorados para el estanque!

—Ah, claro. Pues ahora mismo se lo cambiamos —contestó Finny con una radiante sonrisa—. Si nos da cinco minutos para que el delfín pueda refrescarse en la piscina, nos lo llevamos de inmediato de vuelta al almacén.

—¡Mejor! ¿Qué hago con un bicho de ese tamaño? —contestó algo más tranquilo—. Lo que tenéis que hacer es llevarlo al parque acuático.

«Ja, ja, ja, a todo el mundo le gustan los delfines, ¿no era eso?», se escuchó una voz con tono irritado.

—También podemos pintar al delfín de dorado para que sea casi igual que los peces que ha pedido —añadió la mantarraya metamórfica.

—¡Es suficiente, Finny! —bramó el señor García intentando explicar al involuntario anfitrión que no se trataba de un error de entrega, sino más bien de un caso de emergencia—. ¿Quizá tendría usted un par de cubos que pudiéramos comprarle? Llenos de agua, claro.

Un brillo de codicia apareció en los ojos del viejo.

—Sí, sí, claro que tengo cubos —respondió—. Cada uno cuesta veinte dólares. El agua va aparte.

—¿¡Veinte dólares!? —dije perplejo—. ¡Pero si en la tienda no valen más de un dólar!

El viejo se rio con descaro.

—Sí, chiquillo, pero esto no es una tienda. Así que ¿os interesan los cubos o no?

Con un rechinar de dientes, el señor García compró los cubos mientras Nestor, Chris y yo lanzábamos unas miradas penetrantes a aquel tipo. O por lo menos lo intentábamos. ¡El colegio iba muy corto de pasta y lo único que nos faltaba era encontrarnos con un rico tacaño!

Fuera, en la calle, alguien daba saltos para indicarnos que el autobús ya había llegado. Lo malo era que en el interior no había suficiente hueco como para meter a un delfín, puesto que los asientos no se podían abatir. Así que metimos a Shari, que ya estaba bastante recuperada, en el compartimento para maletas de la parte inferior del vehículo, donde además hacía un poco más de fresco.

—Venga, chicos, necesitamos algo para mantenerle la piel húmeda —dijo Jack Clearwater—. ¿Quién nos deja su camiseta?

Chris y Nestor se quitaron las suyas inmediatamente, pero yo fui mucho más rápido que ellos y no tardé ni dos segundos en dársela. También Jerome y Tomkin ofrecieron sus camisetas. ¡Anda, pues resultaba que eran unos tipos majos! Pero Toco, que se había quemado la piel de lo blanco que era, les comentó:

—Quietos. ¿Quién os ha dicho que los delfines sean nuestros amigos? —De modo que los dos se pusieron de nuevo las camisetas.

Colocamos algunas prendas de ropa húmedas sobre el lomo de Shari, pusimos otras en el suelo para acolcharlo y que no le salieran moratones en las aletas... Bueno, eso en caso de que a un delfín le puedan salir moratones. Blue y Noah se metieron junto a Shari en el compartimento para maletas para sujetarla y que no fuera dando bandazos. También dejamos abierta la puerta para que corriera el aire fresco.

Menos mal que nadie nos vio cuando nos marchamos: un grupo de chicos semidesnudos llevando en un compartimento de un autobús a un delfín casi adulto que daba chillidos.

Por suerte, la playa de Cayo Vizcaíno no estaba a más de un par de kilómetros de distancia y además no había tanta gente como en Miami Beach. Jack Clearwater utilizó el trayecto para echarle la bronca a Leonora por aquellos regalos que había comprado. Cuando llegamos a la playa, aparcó el autobús, sacamos con cuidado a Shari del maletero y la metimos en el agua.

—Me temo que vas a tener que volver nadando al colegio —le dijo Jack Clearwater.

«No hay problema —contestó Shari, que ya nadaba haciendo círculos—. De todas formas necesito moverme un poco… y ya me haré con algún aperitivo por el camino».

Farryn García parecía preocupado:

—No deberías ir sola. Es mejor que alguien vaya contigo.

Tanto Blue como Noah levantaron corriendo la mano para ofrecerse, pero Farryn García los ignoró por completo. También Chris se ofreció y yo levanté las cejas.

—Eres muy amable, Chris…, pero ¿qué harías si de repente te encuentras con un tiburón martillo? ¿Te vas a ofrecer de aperitivo para que deje en paz a Shari? —dije con cierta gracia.

A mí me parecía perfecto que alguien la acompañara al colegio… ¡mientras que ese alguien no se llamara Chris!

El león marino metamórfico sabía tan bien como yo que no nos convenía ponernos a discutir delante de todo el mundo, o de lo contrario Shari se daría cuenta de que los dos estábamos colados por ella.

—Tienes unas ideas estupendas, *shark-boy* —dijo muy tranquilo, pero me lanzó una mirada no demasiado amistosa.

Después del asunto de las piruetas y los turistas que había visto en el embarcadero, era la segunda vez que Chris y yo nos enfrentábamos. Y era una pena, porque justo antes parecía que empezábamos a ser amigos.

—Ya es suficiente, vosotros dos —nos dijo Jack Clearwater—. Ralph, ¿vas tú con ella?

—¡Pues claro, por mí perfecto! —dijo nuestro DJ Ralph, un tiburón de arrecife de morro negro. En su forma humana era un chico delgado, con el pelo castaño, que solía vestir un jersey con capucha y no se separaba de sus auriculares—. Hasta luego, fans. *Keep cool!*

Y los dos se marcharon: la chica más fantástica del colegio y nuestro tiburón fiestero.

Padres

La excursión había resultado del todo agotadora, y tan pronto como regresamos en el autobús alquilado (todavía no se veía a Shari por ningún lado) nos dieron permiso para repartirnos por los distintos lugares del colegio, ya fuese en la cafetería o en el mar para nadar un rato, descasar y relajarnos.

Jasper y yo regresamos a nuestra cabaña, la número tres. Era mediados de septiembre y el calor era tan húmedo que sin necesidad de hacer deporte te pasabas el día empapado en sudor. Me subí a la cama de la parte superior de la litera y me tiré en el colchón.

«Vaya mierda que no hayamos podido pillar al mafioso ese de la basura —comentó Jasper desde abajo. Estaba en su forma de armadillo y se revolcaba en su adorado montón de tierra debajo de la cama—. Seguro que encontrarán otra oportunidad para tirar de nuevo ese vertido venenoso en los Everglades».

—Quizá sí que sea un poco peligroso enfrentarse a esos tipos —le dije.

«Podemos preguntarle a Finny si se le ocurre alguna otra alternativa —propuso mi amigo sacando su pequeño morro marrón de debajo de la cama—. Su padre es policía, seguro que tiene más ideas que nosotros sobre estos asuntos».

En ocasiones se me hacía raro eso de estar hablando con un armadillo. Pero cuanto más tiempo pasaba en el colegio Blue Reef, menos me sorprendían ese tipo de situaciones.

—Es una buena idea; ¡tenemos que empezar de inmediato con la siguiente fase de la investigación! —dije—. Seguro que esos tipos asquerosos tirarán los próximos bidones en algún sitio y envenenarán a muchos más animales. ¡Y eso sin contar a los metamórficos!

Miré a través de la ventana de la cabaña para ver si Shari ya había regresado, pero no.

—Tienes razón, sería una tontería abandonar, sobre todo ahora que parece que hemos encontrado algo. Pero tenemos que actuar en secreto, ya sabes, tenemos que protegernos de las guardaespaldas.

Por suerte, los arañazos de la garra de la tigresa estaban casi curados y los profesores ni siquiera se habían dado cuenta.

Permanecí callado, pensando en mis cosas, cuando de repente sonó mi teléfono móvil. Contesté sin pensármelo dos veces con un «¿Sí, dígame?».

—¿Me has llamado? —dijo una voz de mujer que nunca había escuchado antes.

Puesto que muy pocas personas conocían ese número de teléfono, supe de inmediato quién era. Me levanté con tanto ahínco de la cama que me pegué un coscorrón con el techo y volví a tumbarme mareado. En ese momento no era capaz de decir nada medio inteligente.

—Ah, sí… Eres… esto… Iris Anderson, ¿verdad? Mi…, ehhh…, madre.

—Eso es —contestó la voz de mujer, que sonaba clara y segura de sí misma—. ¿Qué ruido ha sido ese?

—Ah, nada —dije frotándome un poco la cabeza. No quería que pensara que era un patoso—. Puede que se haya caído un coco sobre el tejado de la cabaña.

—¿Por qué me has llamado? ¿Tienes algún problema?

Me quedé callado durante un instante. ¿Ser su hijo no era motivo más que suficiente para llamarla? Cuando recuperé el habla, le dije:

—No, ahora ya no; hemos tenido un par de problemillas en una excursión que hemos hecho con la clase a Miami, pero ya está todo controlado.

—Bien, muy bien. Y dime, ¿ya has aceptado lo que eres? Que sepas que no me parece bien que Johnny no te lo contara antes. Mi madre me lo contó a mí cuando yo tenía diez años.

—Johnny lo ha hecho todo fantástico —lo defendí, y con ello el tema quedó zanjado. Por desgracia. Y es que a mí me hubiera encantado saber qué había sentido ella cuando se enteró de que era una tiburón azul.

—Por cierto, Scott y yo estamos ahora en Estados Unidos y nos gustaría pasar el domingo por tu colegio. Al mediodía. ¿Puedes hacernos un hueco?

Mi corazón comenzó a latir tan fuerte como cuando tuve el terrible encuentro con las gemelas tigresas.

—Yo… sí. El fin de semana voy a ver a tío Johnny a la ciudad, pero después de comer, a partir de las cinco de la tarde, vuelvo a estar en el colegio.

—Pues entonces quedamos en eso. Nos alegramos mucho. ¡Hasta luego!

Un poco turbado, presioné el botón rojo de colgar.

Jasper emitió un chillido:

«¡Pero bueno!, ¿de verdad que era tu madre?».

—Sí, y parece ser que ella y mi padre vienen a verme el domingo —dije desconcertado—. Pero no me lo creeré hasta que los vea. No quiero que suceda como la última vez que me prometieron que vendrían a verme y luego ni aparecieron.

«Nos alegramos mucho», había dicho. ¿Y qué pasaría si no les caía bien o les decepcionaba conocerme? Esas eran el tipo de reflexiones que rondaban por mi cabeza.

De repente algo interrumpió de golpe mi carrusel de pensamientos.

Dentro de mi cabeza oí unas voces ruidosas que venían de la playa, y de inmediato reconocí su voz: ¡Shari! Estaba discutiendo con alguien. Alguien en su segunda forma.

Bajé de la cama tan rápido que casi me caigo sobre mi compañero, que en ese momento salía a su vez de debajo de la suya, y se quejó:

«Vale, no hay problema, puedes patearme si eso es lo que quieres —dijo, orgulloso—. ¡En realidad soy un ejemplar acorazado!».

—Bueno, ya te pateo la próxima vez —dije bromeando. Me apresuré a ponerme una camiseta y salí corriendo. Un poco antes de llegar, frené y empecé a pasearme por la playa como si pasara por allí. No quería que pensaran que era un cotilla.

Vi a Shari, en su forma humana, dentro de la laguna con el agua a la altura de la cintura y envuelta en una toalla de muchos colores. Su acompañante, Ralph, seguía dentro del agua en forma de tiburón de arrecife de dos metros de largo. ¿Cómo se habían dado tanta prisa? En la laguna también nadaban dos delfines desconocidos. Unos grandes delfines adultos. Uno de ellos tenía en el lateral una cicatriz oscura, el otro tenía la aleta caudal con una forma de hoz muy marcada.

Ambos estaban cerca de Shari y me di cuenta de quiénes eran cuando comenzaron a hablar.

«¡Te hemos dejado ir a excursiones al campo, pero nunca a la ciudad! —dijo una de las voces, que era de hombre—. ¿Cómo se te ocurrió pensar que podías ir a la excursión? ¿Y si hubiera pasado algo grave?».

—Pero no ha pasado nada —contestó Shari con cabezonería—. Solo he estado tumbada un ratito en el suelo y luego en una piscina, y nada más.

«Nosotros no queremos castigarte, solo queremos que te encuentres bien, aletitas. Nos preocupa mucho que puedas sufrir algún percance», se escuchó decir a una voz de mujer un tanto irritada. Parecía ser la delfín con la aleta en forma de hoz.

«¿Es que quieres acabar en un delfinario? —añadió el que parecía ser el padre de Shari—. Eso es lo que va a pasar si sigues así. ¡Si en algún momento alguno de nosotros acabara varado en la playa, avisarán al delfinario marítimo más cercano y nos encerrarán allí!».

—Vale, ya lo entiendo —dijo Shari torciendo el gesto—. Bueno, un delfinario... Aunque lo parezca, eso no es como un parque de atracciones para delfines, ¿verdad?

«¡No, es para humanos! ¿Es que no te lo han enseñado en clase de Artes humanas? —dijo muy nervioso el padre de Shari—. ¡Quiero hablar de inmediato con el director, con ese tal Clearwater!».

Me asusté. Aquello no sonaba nada bien. ¿Qué pasaría si los padres de Shari decidieran sacarla del colegio?

—Voy a buscarlo —dijo Noah, y salió corriendo.

No había pasado ni un minuto cuando apareció Jack Clearwater vistiendo una camisa blanca, muy parecida al color de su pelo, y unas bermudas verde oliva. Caminaba descalzo por la playa y se metió en el agua para hablar con los padres de Shari. A modo de saludo, le tocaron un momento la mano con el morro, luego el padre de Shari (el que tenía la cicatriz en el lomo) abrió el morro y enseñó los dientes.

«¡Hemos escuchado que nuestra hija ha tenido algún problema en tierra! Lo mejor será que nos la llevemos de nuevo al mar, es lo más seguro para una *seawalker* como ella».

El señor Clearwater permanecía muy tranquilo.

—No hay ningún sitio más seguro que este… Fuera de aquí no aprenderá nada, Bernardo. En el colegio ha hecho grandes avances. Puede moverse tranquilamente entre los dos mundos, y además aquí va a tener oportunidades que nunca tendría en forma de animal.

La madre de Shari suspiró.

«Es supermarítimo que diga eso, ¿pero cómo puede afirmarlo con tal rotundidad? Usted no es un verdadero *seawalker.* No se lo tome a mal, pero todavía no tengo muy claro por qué es justo usted quien dirige este colegio».

En esta ocasión había dado en el clavo; la cara de Jack se puso un poco roja.

—Totalmente de acuerdo, no soy ni un pez ni un mamífero de mar, pero soy un águila marina —le explicó—. Sin mí este colegio no existiría, Corali. Mi sueño de toda la vida fue fundar un colegio como este.

Me daba mucha pena. Me moría de ganas de decirles a los padres de Shari que se podían meter sus estúpidas críticas en el agujero ese que tienen para respirar. Sí, hubiera sido mejor que los profesores no le hubieran permitido a Shari ir a la excursión a la ciudad. ¡Pero Jack lo había hecho fenomenal, y no solo por la fuente de chocolate que había comprado!

Shari comenzó a hablar:

—Si alguien tiene la culpa de algo, esa soy yo. Convencí al director y al profesor de Metamorfosis de que podía ir a Miami.

«Pero, aletitas, ¿cómo has podido hacer algo así?», dijo la madre y emitió un sonido que más bien parecía de pato.

—¡Deja de llamarme así de una vez, soy casi una adulta! ¿Por qué no me dejas en paz? —Shari salió del agua y echó a correr en dirección a la cabaña cinco, que compartía con Blue, Zelda y Olivia. Sus compañeros delfines, que estaban sentados en la playa, parecían inquietos y miraban con curiosidad la escena. Blue se levantó con rapidez y la siguió. Yo también me puse en marcha. Ver así de enfadada a Shari me partía el corazón.

Pero cuando me acerqué a Blue, ella se asustó mucho.

—Ah, Tiago… —me dijo—. Es mejor que los padres de Shari no te vean. Ella les ha contado que se ha hecho amiga de un tiburón metamórfico, pero no tienen ni la menor idea de que eres un tiburón tigre.

—Ah —fue lo único que se me ocurrió decir. Me pasa siempre que la gente se asusta ante mi presencia. ¡Yo no tenía la culpa de tener esa segunda forma!

—Vale, me vuelvo a mi cabaña. Vas a acompañar a Shari, ¿verdad? Dile… dile que a veces los padres pueden ser un poco complicados.

Blue me miró por primera vez, y lo hizo directamente a la cara... Pareció ver algo en mis ojos. Quizá pudo leer en ellos lo que Shari significaba para mí.

—Lo siento, siento asustarme cuando te veo. Sé que no nos vas a hacer daño mientras... —Pero no terminó la frase.

¿Qué quería decir? ¿Mientras seas un humano? ¿Mientras no estés muy nervioso? ¿Otra cosa distinta?

Desde el palmeral pude ver que los padres de Shari seguían discutiendo con Jack Clearwater y luego se quedaban nadando por la laguna, quizá para calmarse un poco.

No tenía ni idea de por qué lo hice, pero en lugar de ir detrás de Shari, bajé a la laguna y me metí en el agua.

—¿Puedo hablar un momento con ustedes? —grité en dirección a los padres de Shari. Los dos delfines se acercaron y me sondearon perplejos.

—Por favor, dejen que Shari se quede en el colegio —les supliqué—. Ella se divierte muchísimo y además aprende un montón... Todos aprendemos un montón. Es encantadora, ¡por favor, no la regañen!

«¿Quién eres? —preguntó perplejo el padre de Shari—. ¿Conoces a Shari?».

Cuando se enterara de que era un tiburón, seguro que me preguntaría por la especie.

Continué hablando desconcertado:

—Soy un amigo suyo. Ella es algo así como el espíritu bueno del colegio, siempre tan alegre y sin reprochar nada a nadie. ¡La echaríamos muchísimo de menos si se fuera!

«Eres muy amable por decir eso sobre nuestra hija —comentó la madre de Shari, ya algo más calmada—. ¿Tú eres uno de los que la ayudaron en la ciudad con la metamorfosis?».

—Sí, claro, todos la ayudamos. Aquí no dejamos a nadie en la estacada.

Me di cuenta de que aquello les gustó.

«Nosotros, los delfines, también hacemos eso —añadió el padre muy contento—. Me alegro mucho de que estuvieras allí. ¿Qué te parece, Corali?».

La madre de Shari resopló.

«Vamos a necesitar un tiempo para pensarlo», contestó con voz escéptica.

—Gracias. Ojalá pudieran entenderlo —dije haciendo una pequeña reverencia, porque en realidad no tenía ni la más remota idea de cómo se despedía uno de los delfines. Luego caminé de nuevo a tierra mientras decía—: Ah, y por cierto, me llamo Tiago…

«¿Qué eres en tu segunda forma, Tiago?», preguntó la madre de Shari.

Hice como si estuviera demasiado lejos y no pudiera escuchar su pregunta.

Casi nadie había visto lo sucedido. Solo Chris, que estaba sentado debajo de una palmera.

—Eso ha estado muy bien; no sé si va a ayudar mucho, pero…

—Solo espero que no lo haya empeorado —contesté—. ¿Podrías, por favor, no contar nada de lo que he hablado con ellos?

—Vale, pero solo si tú no le cuentas a nadie lo que me has visto hacer con los turistas —dijo inclinando la cabeza—. Sí, lo reconozco, a veces imito a las focas. Para divertirme, en las fiestas y cosas así. Pero si el resto supiera que luego voy a ver a los humanos…

—¿Y por qué lo haces? —pregunté yo. En ese momento me acordé de lo lamentable que había sido toda la escena.

Chris pareció percibir lo que yo pensaba de todo aquello, luego se levantó dando un fuerte golpe en la arena.

—Penoso, sí. Puede ser. Pero soy un león marino y la gente me adora. En ocasiones necesito un poco de cariño. Tú no eres el único que tiene una familia desestructurada, ¿lo sabías?

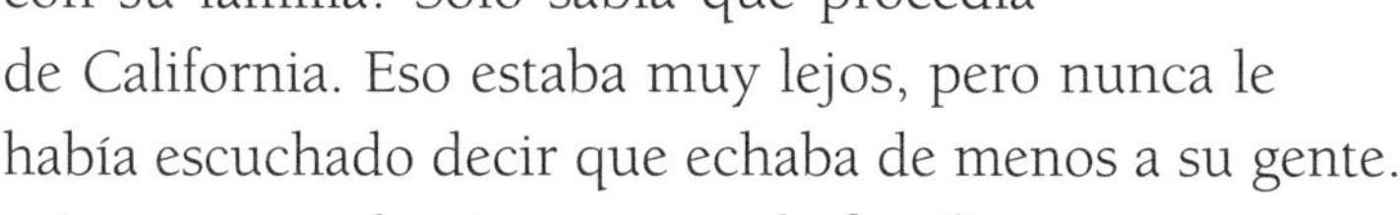

Asustado por su reacción, lo miré mientras se alejaba. ¿Qué habría pasado con su familia? Solo sabía que procedía de California. Eso estaba muy lejos, pero nunca le había escuchado decir que echaba de menos a su gente.

Aunque por lo visto tener a la familia cerca tampoco era lo mejor del mundo. Pobre Shari. Esperaba que sus padres se tranquilizaran. Con tristeza, cogí mis útiles de pintura y me senté delante de la cabaña, justo al lado de Jasper, que dormitaba en su montón de arena. Mientras pintaba a un pez mariposa dentro de un retrete, vi cómo Ralph salía del mar.

—*Bro*, me he enterado de cantidad de cosas que pasan ahí fuera —dijo después de metamorfosearse y coger un bañador que se encontró por ahí tirado.

Su voz me sacó de mis pensamientos y le presté atención.

—¿Qué? ¿Por qué? ¿Quieres decir dentro del mar? No tenía ni idea de que pudieras entender el idioma de los otros animales.

—Sí, sí, les entiendo perfectamente. Hay cantidad de chismes, están muy nerviosos, ¿sabes? —Ralph se peinó el pelo húmedo con los dedos—. Dicen que han visto un enorme tiburón blanco, pero no me lo creo.

—¡Guau!, ¿uno blanco? —Me puse muy nervioso y dejé a un lado el cuaderno donde estaba pintando—. ¿Por qué no te lo puedes creer? Bueno, he escuchado que no son muy habituales por esta zona.

—Lo primero por eso, tío. Además, a ellos les gusta el agua fría, por lo que es probable que solo esté de paso. Lo que más les gusta es comer focas, leones marinos y cosas semejantes. Y aquí no hay demasiadas.

Bueno, sí que había uno de esos animales. Pero por suerte ya se había resguardado en su cabaña, vivía en una habitación doble justo a nuestro lado.

—Bueno, me voy. *Live fast, die young!* —Ralph me enseñó su puño.

—¿Qué? Ah, sí. —Choqué el puño contra el suyo, aunque no tenía pensado morir tan joven.

Luego pude ver una aleta dorsal que desaparecía en mar abierto por el hueco que había entre los manglares. La aleta de Noah no era así, quizá era Blue. Lo mejor era que la avisara y dijera al resto del colegio que no era el mejor momento para hacer una excursión en el mar. Intenté hacer una llamada a distancia, pero no hubo respuesta. Sería mejor que le pidiera a alguien que lo hiciera por mí, yo no tenía mucha experiencia. ¿O quizá aquel delfín no era un *seawalker*?

Cuando me levanté, alguien pasó por delante y esta vez fui yo el que se asustó. Era Blue.

—¿Dónde está Shari? —dije—. ¡Pensaba que ya estaba en vuestra cabaña!

Blue sacudió la cabeza.

—Nooo, todavía está un poco nerviosa y se ha marchado a nadar, quería estar sola un rato, eso es lo que ha dicho. ¡Estar sola, puaj! Debe de ser una manía de su parte humana. ¿Quién querría estar solo voluntariamente?

Me levanté de golpe dejando caer al suelo mi cuaderno de dibujo.

—Ralph me acaba de decir que hay un tiburón blanco merodeando por ahí fuera.

La cara de pánico de Blue fue todo lo que necesitaba saber. Un animal que se alimenta de focas no le hace ascos a un delfín. Sobre todo a un delfín despistado y cansado después de haber tenido un día complicado.

Durante un instante, Blue cerró los ojos y se concentró.

—Mierda, está a más de un kilómetro de aquí, no puedo alcanzarla. —Abrió de nuevo los ojos y añadió con decisión—: Recojo a Noah y la buscamos por toda la costa sudoeste, en dirección a Cayo Plantation. ¿Podrías ir tú por la costa nordeste? Es posible que se haya ido nadando a Cayo Elliott. También el señor Clearwater, Shelby o Maris pueden echar un vistazo desde el aire —farfulló—. Tiago… ¿Tienes miedo?

Sí, si era sincero debía admitir que tenía un miedo terrible. Un poco penoso si tenemos en cuenta que en realidad soy un tiburón tigre.

Pero preferí ahorrarme la respuesta y solo dije:

—¡Venga, vámonos!

La trampa

Barry y Zelda estaban chapoteando en la laguna en su forma humana. Me acerqué a la orilla, me quité rápido la camiseta y los pantalones y, según me metía en el agua, tardé un segundo en transformarme.

Por suerte, últimamente lo conseguía al instante, como si fuera un talento natural. Barry, que siempre me tenía miedo cuando me veía en mi forma de tiburón tigre, se echó para atrás en dirección a la orilla y se mantuvo alejado, sin quitarme ojo. Luego se tropezó con Zelda, que se había transformado en medusa del susto. Lo malo era que, tal y como supe después, era una medusa sombrilla que no debía rozar a nadie.

—¡Cuidado, cacho de gelatina! —le gruñó Barry.

«¡Lo siento mucho!», dijo Zelda temblando, a pesar de que ella no tenía la culpa e intentaba alejarse de nosotros. Pero no lo conseguía; parece ser que las medusas no son precisamente nadadoras olímpicas. ¡Y menos aún si están medio atrapadas dentro de un bañador! Ella y Toco estaban sentados en la arena tronchándose de risa.

Me desesperaban esos tres, pero en aquel momento no tenía tiempo de discutir con ellos. Tenía que hacer algo mucho más importante: ¡debía encontrar a Shari antes de que la encontrara su enemigo! También el señor Clearwater se puso manos a la obra; una gran águila de cabeza blanca salió volando desde el balcón de su oficina, realizó un vuelo rasante sobre la laguna y, con un fuerte batir de alas, se elevó a las alturas.

«Hasta luego», dije y ya no volví a verlo. Shelby y Maris salieron volando en otras direcciones.

Por mi parte, salí de la laguna en mi forma de tiburón tigre y me metí en aguas profundas, luego giré hacia el este. Iba avanzando por el agua azul turquesa y, casi sin pensarlo, coloqué mis aletas pectorales de tal forma que me mantuvieran a diez metros de profundidad, sin subir ni bajar. El agua del mar corría fresca por mis branquias.

¿Dónde iría una delfín metamórfica que quisiera estar sola? ¿A nuestro escondite secreto, el barco hundido? Por si era el caso, me pasé por allí y enseguida vi el viejo pecio hundido apoyado sobre el suelo marino. Al acercarme a la entrada, pude comprobar que no había nadie.

Solo vi una pequeña bandada de peces amarillos con rayas azules y ojos saltones que me miraban desconfiados y una mantarraya marrón claro con manchas marrón oscuro tumbada en el suelo marino. Por suerte, en aquel momento no tenía tiempo ni ganas de comer. Estaba muerto de miedo. ¿El tiburón blanco estaría por la zona? Si apareciera en medio de esa masa azul, ¿qué podía yo hacer? De repente me acordé de cómo todos mis compañeros de clase se asustaban de mí.

«¿Shari?, ¿dónde estás?», dije en pensamientos esperando que mi amiga delfín pudiera escucharme.

Sin respuesta.

Seguro que no tenía ningún problema; ella había crecido en el mar y conocía aquello a la perfección, o al menos eso era lo que me decía para convencerme a mí mismo. Además, los delfines son muy rápidos y habilidosos. Seguro que mucho más que los tiburones blancos. Yo seguía ahí buscando como un loco, y seguro que ella ya estaba con sus amigos de regreso en el colegio.

Me encontraba en una zona del mundo submarino en la que no había estado antes y todo me resultaba completamente nuevo. Una fuerza invisible parecía empujarme desde un lado. ¿Qué era eso? Además, de repente allí olía distinto y el color del agua había pasado de ser de un azul turquesa turbio a una tonalidad azul clara.

Me empecé a poner nervioso. ¿Por qué no le había pedido a alguien que me acompañase? ¡Tampoco conocía tanto el mar! ¿Y qué pasaría si me transformaba en humano en las profundidades? ¿A qué distancia estaba la costa? Si tenía la necesidad, ¿sería capaz de llegar hasta allí nadando? Mientras pensaba en eso, un desagradable cosquilleo me recorrió todo el cuerpo y los nervios empezaron a dominarme. ¿Sería el cosquilleo de la transformación?

Sin pensarlo, me dirigí hacia arriba y casi mato del susto a un pelícano que descansaba, con las alas plegadas, sobre las olas. Dio un chillido de pánico y aleteó intentando escapar de allí.

«Estate tranquilo —me dije—. Lo de antes ha sido una simple corriente de agua y el cosquilleo es fruto del miedo. Te estás imaginando que estás en peligro. Pero lo mejor es que te tranquilices y encuentres a Shari».

Estas palabras me ayudaron mucho. Continué nadando a más profundidad hasta que vi algo en el suelo marino que me pareció particular. Un objeto estaba colgado en una roca; parecía una especie de pulpo muerto. Era alargado y de color gris oscuro.

La curiosidad hizo que me sumergiera un poco más, y me acerqué a aquel objeto, que tenía unos dos metros de largo. La verdad es que parecían los restos de una red de pesca. Probablemente se había enganchado en una roca picuda y se movía balanceada por las mareas. Pensé que quizá debería llevármela de allí para evitar que algún animal se enganchase. No, no tenía tiempo, ¡tenía que buscar a Shari! Shari, que seguía sin contestar a mi llamada.

Con un fuerte batir de mi aleta caudal, quise pasar delante de ese chisme... y de repente noté que algo estaba rozando mi piel de tiburón. Algo tiraba de mí hacia atrás, no podía seguir nadando, ¡estaba atrapado! ¡Maldita sea!, ¿aquella red se me había enganchado en la aleta? Desde luego que aquello podía ser un verdadero peligro para los animales marinos... ¡Y para mí el primero!

Las cuerdas con las que estaba hecha la red tenían un grosor de dos dedos y parecían de nailon o algún material similar. Tiré con todas mis fuerzas e intenté soltarme. Pero no pude. ¡Aquello no me podía estar pasando a mí! Me giré con energía, e intenté romper la red con los dientes y liberarme. Pero no era capaz de agarrar la cuerda, solo alcanzaba a morder el agua.

¡Mierda! ¿Y ahora qué? ¡Estaba atrapado a unos veinte metros de profundidad! Incluso si lograba permanecer en mi forma de tiburón, esa red acabaría conmigo. Si no conseguía seguir nadando, si el agua no pasaba por mis branquias, me quedaría sin oxígeno. En algún momento me ahogaría.

Por si aquello fuera poco, me asusté aún más cuando de repente me di cuenta de que en los alrededores había un tiburón. Por suerte, no era un gran tiburón. Había visto a algunos en televisión. Aquel depredador solo medía unos dos metros y parecía un perro curioso que olfateaba por los alrededores. Me alegró mucho verlo. ¡Oye, era el primer tiburón salvaje libre que veía en mi vida! «¡Hola, pariente!». Era un ejemplar precioso, con una forma aerodinámica perfecta. La buena compañía me dio fuerzas e intenté volver a tirar de la cuerda. ¡Craso error! En ese momento noté que había sangre en el agua. Mi piel de tiburón era resistente y áspera, pero la vieja soga o la piedra angulosa habían conseguido hacerme una herida. El miedo se apoderó de mí de nuevo.

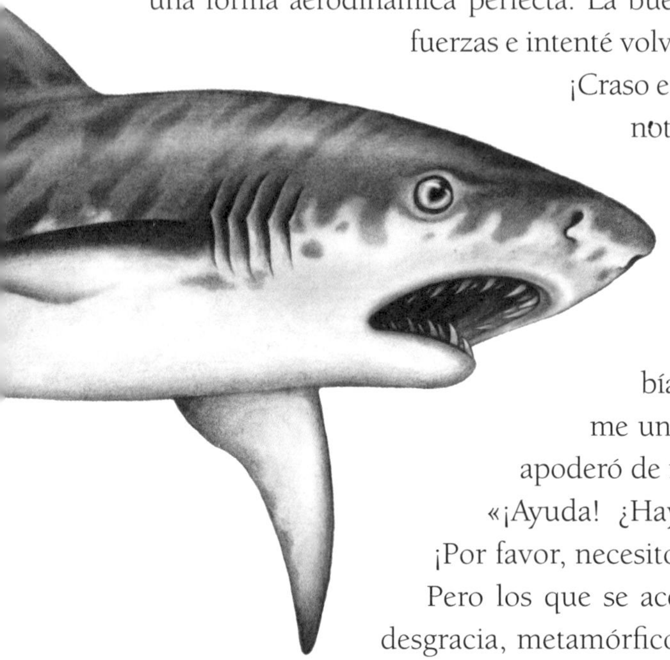

«¡Ayuda! ¿Hay alguien por aquí? ¡Por favor, necesito ayuda!».

Pero los que se acercaron no eran, por desgracia, metamórficos que pudieran ayudarme, sino más bien otros congéneres, dos tiburones grises. Bueno, claro, ellos sabían lo que significaba el olor a sangre en el agua, y mis aspavientos les habían dado claras señales de que había un pez en dificultades, como si lo hubieran escuchado por megafonía. Para esos tipos yo no era un pariente, sino más bien un posible banquete real.

«¡No, la sangre no es mía! ¡Estoy vivo, y en cualquier momento voy a soltarme de aquí!».

Aquellos escualos se iban acercando a mí nadando en círculo. Intenté morder a uno de ellos. Casi lo agarro por la aleta dorsal. Asustado, salió pitando de allí, como si fuera un perro salchicha que se hubiera encontrado con un pastor alemán y estuviera muerto de miedo. También el resto de los tiburones grises se mantuvieron a una cierta distancia mientras los seguía con la mirada, cosa nada sencilla, puesto que eran tres.

Cuando paré a descansar un momento y miré alrededor en busca de ayuda, volvieron a acercarse. De nuevo intenté liberarme; casi podía ver cómo babeaban al ver que yo era, sin duda, un animal en apuros.

Notaba que me iba quedando sin respiración. Abrí y cerré el morro varias veces intentando que el agua pasara por mis branquias. Pero no lograba que pasase tanta como quería. ¿Podría decirles de alguna forma a aquellos tiburones que mordieran la soga? Era una mala idea, pues lo más probable era que un segundo después también me faltase un trozo de aleta y, como humano, probablemente un pie. Además, no era capaz de hablar su idioma.

Sería fabuloso que Shari pasara por allí por casualidad y me ayudara a liberarme. Aunque se daría cuenta de que no era más que un estúpido bicho marino que ni siquiera podía apañárselas en el medio acuático.

Entonces lo vi. Un nuevo tiburón, mucho más grande y potente que el resto, se acercó a mí con unos fuertes movimientos. No era gris claro como el resto, sino que tenía el lomo gris oscuro y la barriga blanca. Sus ojos eran distintos a los de los tiburones grises, que tienen las pupilas como las de un gato. Los de ese tiburón eran grandes y negros. Antes de ver su morro lleno de dientes, supe que había fracasado en mi misión. No había encontrado a Shari. En cambio, el tiburón blanco sí me había encontrado a mí.

Grande y blanco

Mientras los otros tres tiburones se alejaban, el gran tiburón blanco daba vueltas a mi alrededor y se dedicaba a observarme, igual que habían hecho sus congéneres. Seguro que había olido la sangre en el agua, como cuando un humano huele un chiringuito de pollos asados a la hora de comer.

En un primer momento, me encontré paralizado por el miedo. Dejé de moverme y me dediqué solo a mirar al animal. Tampoco tenía más que hacer, no podía huir. «¡Suéltate! ¡Tienes que irte de aquí!», chillaba mi voz interior. Pero no había manera.

Lo mejor sería que me tranquilizara. Fijándome en los pequeños tiburones grises, aprendí que si no me movía demasiado no me convertiría en su presa. Me moví un poco, pero de forma muy suave, muerto de miedo, manteniendo en todo momento el contacto visual con el majestuoso animal. El tiburón blanco se dio cuenta y fue aumentando el tamaño de los círculos a mi alrededor.

¿Estaba empezando a respetarme? ¿O era solo que no tenía hambre? Los tiburones no suelen comerse entre sí; prefieren otro tipo de mamíferos marinos. Quizá tampoco le apetecía zamparse a un colega agotado. Casi no podía coger oxígeno y me notaba cada vez más débil.

«Bueno, es que con esta corriente no se ve nada de nada».

¡Un metamórfico! ¡Había algún metamórfico en la zona! Esperaba que no fuera Shari; era demasiado peligroso para ella... Y que tampoco fuera alguien del tamaño de un caballito de mar, con tan poca fuerza que no podría ni darle la vuelta a un mejillón. Nervioso, miré alrededor y vi a una gran tortuga marina que avanzaba por el agua moviendo sus patas delanteras. Justo en dirección a mí.

«¡Señora Pelagius!».

La tortuga debió de escuchar mi chillido de excitación dentro de su cabeza.

«Ya sé cómo me llamo —contestó mi profesora—. ¡Ay, estas malditas redes de pescadores! En mi próxima clase de Artes acuáticas os contaré cómo una vez me quedé atrapada en una de ellas».

Casi no estaba escuchando; me limité a mirar su pico, que era mucho más grande que el de un loro y que esperaba que estuviera muy muy afilado.

«¿Puede usted cortar la soga? ¡Por favor, dese prisa!».

La señora Pelagius colocó su cuerpo redondo y acorazado en el lugar adecuado, agarró la vieja red de peces con el morro y comenzó a morderla.

«Qué mala pata, está hecha de un material muy duro, no puedo romperla. Bueno, yo es que en realidad me alimento de hierba marina».

«¡Siga intentándolo, por favor!».

Intenté con desesperación que mi cuerpo obtuviera algo más de oxígeno.

El gran tiburón blanco parecía estar muy interesado en lo que hacíamos. Se movió haciendo unos círculos más cerrados, cada vez un poco más cerca. Del miedo que tenía, estaba a punto de hacerme pis encima.

«Tranquilo, voy a hacer todo lo posible», dijo la señora Pelagius.

¿Tranquilo? ¿Es que no se había dado cuenta de que estaba sangrando? Con la luz azul de las profundidades, vi como una especie de estela de humo, muy delgada y de color rojizo, salía de mi aleta caudal.

Quizá por ello el tiburón blanco de repente se acercó mucho a nosotros; su enorme morro blanco y negro estaba a menos de tres metros de distancia. ¿Iba a morderme? Intenté echarme para atrás, pero no pude.

Muy enfadada, la señora Pelagius soltó la cuerda que estaba mordiendo y se lanzó contra el tiburón, a pesar de que era al menos diez veces más pequeña que él.

«¡Márchate, palurdo! ¡Aquí no necesitamos mirones!».

«Y ahora es cuando el tiburón le arranca una pata», pensé histérico.

Error. El tiburón se echó hacia atrás y comenzó a nadar como si de repente se hubiera acordado de que tenía una cita importantísima. Un momento, ¿estaba huyendo? ¡Pero si era una criatura marina que no teme a nada ni a nadie!

La señora Pelagius emitió un ruido y siguió mordiendo la cuerda.

«Ja, ja, ja, si te enfrentas a ellos, los tiburones se quedan tan sorprendidos que se marchan».

«Seguro que pensaba que iba a arrearle en todo el morro», dije intentando absorber algo más de agua. Estaba mareado por la falta de oxígeno y solo esperaba no desmayarme.

«¡Exacto! Arrear en el morro a alguien es lo único que se puede hacer cuando ese alguien se está comportando de forma tan descarada. De todas formas, siempre es conveniente tener un palo a mano».

Mi profesora seguía mordisqueando la vieja soga, y poco a poco aquello empezaba a dar resultados. Algunas hebras se estaban soltando. Al final se quedó tan delgada que pude romperla de un potente tirón. Salí nadando de inmediato y noté que el oxígeno corría por mis branquias. Mi cabeza se iba despejando y noté que volvía a tener algo de fuerza.

«Gracias, gracias, gracias, gracias. Es usted maravillosa, señora Pelagius».

«Pero ¿qué hacías aquí, Tiago? —Durante un momento la vieja tortuga marina y yo nadamos juntos—. ¿No es un poco pronto para que te vayas a nadar sin compañía hasta la corriente del Golfo?».

«Yo…, bueno, había salido a avisar a Shari de que en los alrededores había un tiburón blanco», le conté, y me sentí aún peor que antes, cuando me había quedado atrapado en esa red.

Pero la señora Pelagius solo dijo:

«Eres muy amable, Tiago».

Y nadó a mi lado de regreso al colegio. Antes de irnos, y para que nadie pudiera volver a caer en la trampa de la red de pescadores, la agarró con el morro y se la llevó a rastras. Yo, que no iba a ser menos, vi una lata de refresco en el fondo marino que alguien habría arrojado, la apresé con el morro (lo cual la convirtió en un trozo de metal arrugado) y me la llevé para tirarla en la basura en el colegio.

En el viaje de vuelta empecé a notar un hambre terrible. La mantarraya marrón claro con manchas marrón oscuro seguía estando allí, donde la había visto antes. Por su tamaño sería un bocado perfecto para mí. Claro, si dejaba caer la lata. Aunque quizá resultase un poco cartilaginosa para mi gusto.

Eché una rápida mirada a la señora Pelagius. Tenía entendido que en el mar uno podía comerse lo que quisiera, ¿no es así? Solo tenía que respetar las reglas del colegio:

«Cuando queráis cazar a una presa, primero debéis aseguraros de que no se trata de otro metamórfico».

Sí, parecía que no había nada en contra de que me comiera a aquel animal. Pero primero le hice unas preguntas:

«¡Ey, tú, el de ahí! —grité mientras me sumergía hacia aquel tipo aplastado—. ¿Eres un *seawalker*?».

«No lo es —dijo mi profesora con voz seca—. Pero a mí no se me ocurriría ni tocarlo, a menos que te guste la sensación de meter los dedos en un enchufe. Es una mantarraya eléctrica».

«Vaya», dije y comencé a nadar más rápido. Aún me quedaba mucho por aprender acerca del mar.

Cuando llegamos al colegio me despedí de mi salvadora acorazada, como si no hubiera sucedido nada, como si no hubiera estado en peligro de muerte. Las rozaduras en los tobillos me abrasaban cuando, en forma humana, comencé a caminar por el agua salada. Pensé que a lo mejor tenía que ir a la enfermería.

Allí seguro que tenían tiritas resistentes al agua, pero también había que tener en cuenta que estarían la secretaria del colegio, la señora Misaki (que en su forma animal era una morena), y todos aquellos chicos que se estaban recuperando. Los estudiantes solo iban a la enfermería si pensaban que habían contraído peste, cólera o bien a causa de un envenenamiento por residuos químicos.

Tras echarles un vistazo más a fondo a mis pies decidí que lo mío no era tan grave. Pero tenía que resolver de inmediato el tema del hambre, de lo contrario asustaría a los estudiantes con los rugidos de mi estómago. Por suerte, era la hora de la cena y en la cafetería olía a curri, a coco y a pollo asado. Miré a mi alrededor con una cierta intranquilidad. Tan Li y otros chicos del segundo año estaban comiendo, y parecían encontrarse ya mucho mejor. Sin embargo, no se veía a los tres delfines por ningún lado. Era raro. ¿Seguirían en el mar? ¿Habrían encontrado a Shari?

No saber nada de ellos era una sensación muy desagradable, y mi cabeza estaba llena de preocupaciones que daban vueltas como en un carrusel a toda velocidad.

Jasper sí que estaba en la cafetería. Tenía, como siempre, el pelo alborotado y estaba sentado en la mesa de nuestro bote favorito. Su cara se iluminó al verme.

—¡Te he guardado un sitio! —me dijo orgulloso cuando me acerqué a él con un plato lleno a rebosar de fideos asiáticos.

Miré alrededor. Éramos los únicos que estábamos sentados en ese bote.

—Gracias, eres muy amable —dije, le sonreí y ataqué mi plato de fideos—. Dime, ¿sabes algo de Shari y del resto de los delfines?

Con la boca llena y masticando a dos carrillos, Jasper sacudió la cabeza, se quitó las gafas y las limpió.

—No, pero a veces se pasan la noche en el mar y al día siguiente van directos a clase.

«¿Quién es Shari?», preguntó Tomkin, el nuevo caimán. Tanto él como su amigo estaban probando una nueva técnica para comer. El chico alto y rubio, Jerome, lanzaba la comida desde el bufet y el caimán la cogía con el morro abierto.

—La chica delfín rubia —le contesté.

—Ah, ¿esa chica estúpida que siempre está metida en problemas? —comentó Jerome.

¡Cómo los odié!

Cuando Jerome se giró hacia mí, se dio un golpe con el dedo del pie contra la mesa del bote y empezó a chillar; al menos había recibido un pequeño castigo. Antes de que pudiera decir nada, Finny entró por la puerta de la cafetería en busca de una segunda ración de comida, pero antes se acercó a hablar con nosotros.

—Tiago, vienes del mar, ¿verdad? ¿Has visto por casualidad al tiburón blanco del que todo el mundo habla?

—Lo he visto —dije.

Se le abrieron muchísimo los ojos.

—¿De verdad? ¿Y os habéis enfrentado?

—Bueno, no —dije—. La señora Pelagius fue un poco desagradable con él y se marchó.

—¡Cuenta, cuenta! —dijo, y titubeó un poco antes de seguir hablando—. Si te hubiera pasado algo..., bueno, habría sido una verdadera pena, ¿sabes?

Me miró de una forma extraña y se puso un poco roja. No había sido un comentario desagradable, más bien todo lo contrario. ¡Finny era una de las personas del colegio que mejor me caían!

¿Debía contarle lo que me había pasado? Tenía mis dudas, había pensado en callarme todo lo relacionado con esa embarazosa excursión. Pero Finny se metió decidida en nuestro bote y se sentó a mi lado. Era una sensación agradable; ya no parecía tenerme tanto miedo como al principio. Olía a pescado fresco y ácido, como a lima; tal vez por el champú que utilizaba.

Zelda, Olivia y Leonora aparecieron también y permanecieron a una distancia prudencial.

—Aquí todavía hay sitio —les dijo Jasper, muy servicial.

—No, gracias —contestó rápidamente Olivia, y Leonora murmuró en bajito que era mucho mejor no acercarse a los depredadores. Zelda no dijo nada, ya que por el miedo se había transformado y ahora estaba en su segunda forma sobre el plato, como una ración de pudin tembloroso.

Leonora suspiró, la cogió y la tiró por el borde del bote.

—Bueno, empieza a contar —dijo Finny. Nuestros brazos casi se tocaban. Como era una mantarraya, su piel era de veras cálida. Aunque la mía tampoco era tan fría cuando estaba en mi primera forma.

Justo cuando empecé a contar la historia, vimos a través del cristal de la cafetería un águila marina de cabeza blanca que pasaba volando, extendiendo sus inmensas alas. Un minuto después el señor Clearwater entró en la cafetería dando grandes zancadas, se dirigió a la mesa de los profesores y se puso a hablar discretamente con el resto de sus colegas. Parecía inquieto. Todos se levantaron de inmediato y subieron por la escalera al primer piso, seguramente para tener una reunión privada. La señora Pelagius se quedó atrás vigilando.

Mi pulso se aceleró al máximo, y eso que ni siquiera había entendido de lo que estaban hablando. Pero mis oídos habían cazado la palabra «delfines» y supuse que Shari, Noah y Blue tenían problemas. Seguro que era eso. Algo tenía que haber pasado, de lo contrario los profesores no se habrían mostrado tan alarmados.

Muy intranquilo, me levanté y los seguí.

—Quiero saber lo que está pasando —dijo Chris, que había conseguido hacerse con una de las últimas raciones de comida y la estaba engullendo de pie—. La curiosidad me está matando.

«Si sigues comiendo así, lo que de verdad te va a matar es esa ración de pato», dijo Nox metiéndose en la conversación y nadando alrededor de nuestras piernas. Yo escuchaba a los profesores desde lejos. ¡Tenía que saber lo que ocurría! Me ponía enfermo solo de pensar que a Shari, la chica más maravillosa del mundo, le pudiera haber pasado algo. Así que sencillamente le corté el paso al señor Clearwater.

—¿Qué pasa con los delfines?

El director me miró furioso, pero al mismo tiempo compasivo. Quizá se había dado cuenta de lo que Shari significaba para mí.

—Hace media hora hemos visto a diez tipos metiendo a nuestros delfines en un barco. Si no me equivoco, van camino del delfinario.

Misión a medianoche

Shari y sus amigos habían sido capturados por pescadores, ¡ese era el motivo por el que no habían regresado al colegio!

—Pero una pregunta… ¿No está prohibido apresar delfines en el mar de Florida? —comentó Juna, impactada.

—A cierta gente esas prohibiciones le dan igual —contestó el señor García—. Con un poco de suerte podremos liberar a los tres delfines esta misma noche.

—¿Cómo se caza a un delfín? —preguntó Ella, que no parecía demasiado impactada, sino más bien intrigada—. Pensaba que eran lo bastante inteligentes como para no dejarse atrapar.

El señor García le lanzó una mirada asesina.

—No tiene nada que ver con la inteligencia. Cuando alguien tira una red, es muy fácil que los delfines se queden atrapados dentro. Jack, tenemos que formar de inmediato un equipo de rescate.

Jack Clearwater asintió.

—Yo iré con el equipo de rescate de los profesores. Farryn, tú te encargarás…

¿Solo profesores? No podía ser. ¡Tenía que formar parte de uno de los equipos para ayudar a Shari!

—¡Déjeme ir, por favor! —dije temiendo que el señor Clearwater me echase inmediatamente a un lado. Era obvio que no estaba muy en forma después de mi excursión al mar, pero estaba decidido a ir.

Es posible que la señorita White lo notara, puesto que agarró del brazo a nuestro director. Sus enormes y coloridos anillos de piedras semipreciosas brillaron a la luz del sol. Durante un momento ella y Jack se miraron sin decir ni una palabra, luego Jack Clearwater suspiró:

—Venga, vale. Alisha, tú serás la jefa del equipo de rescate. ¿Quién quieres que vaya contigo?

Nos señaló a mí y a otro par de alumnos de mi clase.

—Tiago, Leonora, Barry y Finny. —Depositó sus ojos oscuros sobre cada uno de nosotros—. Pensaos bien si queréis formar parte del equipo. Vais a dormir muy poco y puede ser bastante peligroso.

—Sí, pero no importa —dijo Barry y el resto asentimos sin decir nada. Notaba cómo la adrenalina invadía todo mi cuerpo. Me gustaba que Barry estuviera con nosotros, los dos éramos muy fuertes. También Finny era una opción lógica, tenía muy buena cabeza y mucha experiencia en el arte de camuflarse. Pero ¿por qué habría elegido a Leonora, la anguila eléctrica metamórfica? ¿Por si necesitábamos dar un corrientazo a alguien?

Olivia, la pez doctor, se acercó corriendo a nosotros haciéndose hueco entre el resto de los estudiantes.

—¿Puedo ir en vuestro equipo? Por si alguien se lesiona.

—La próxima vez —dijo Jack Clearwater para consolarla—. Pero ven conmigo, puedes ayudarme a preparar el equipamiento.

De repente me acordé de que Olivia no podía ni ver la sangre, a pesar de que quería estudiar Medicina.

—También podrías curarme a mí, hoy me ha picado una medusa —dijo Juna levantando el brazo izquierdo, lleno de manchas rojas.

La miré un tanto desconcertado; estaba seguro de que aquel día no había entrado en el mar. Las manchas parecían pintadas con rotulador.

Olivia esbozó una enorme sonrisa.

—Claro, yo te ayudo. Vuelvo enseguida, primero tengo que echar un cable con el equipamiento.

No pude más que sonreír. Pero pensar en Shari hizo que la sonrisa desapareciera de mi cara. ¿Qué habría ocurrido? ¿Habría resultado herida al capturarla? ¡Teníamos que liberar a los delfines lo antes posible! Lo mejor era que no supieran nada de mi aventura con aquella red... Si no hubiera sido tan patoso, quizá hubiera podido impedir que esos pescadores los atraparan.

Una golondrina de mar pasó volando a gran velocidad por delante de nosotros, dándome un susto de muerte. Detrás de ella iba un albatros con las alas muy extendidas, dejándose caer en picado. ¡Shelby y Maris, nuestros compañeros de segundo año, habían regresado de la misión de reconocimiento! Un instante después, los dos (en sus formas humanas de chico y chica) se acercaron a nosotros para hacernos llegar la información. Agucé el oído.

—Han llevado a los delfines al Sea Adventure —dijo Shelby, aún sin aliento, y Maris asintió—. Hemos estado con ellos tanto como hemos podido, hasta que se han percatado de nuestra presencia y nos han echado de allí.

—Mejor así —les dijo Jack Clearwater—. Gracias, muy buen trabajo.

Cuando el sol se puso por el horizonte, los miembros del equipo de rescate, vestidos con prendas oscuras, nos reunimos en el aparcamiento del colegio. La señorita White tenía un aspecto formidable, parecía un agente secreto. Llevaba ropa negra ajustada que resaltaba sus rasgos atléticos y se había recogido el pelo oscuro y sedoso en una cola de caballo.

Jack Clearwater se encontraba de pie; llevaba las manos metidas en los bolsillos de sus bermudas y nos miraba. Escuché que le estaba haciendo un par de peticiones a nuestra profesora de Lucha.

—Por favor, id con cuidado, Alisha, ¿vale? E intentad que no os cojan a vosotros.

—Claro que sí —dijo la señorita White, y le sonrió brevemente—. Relájate, Jack. Tendremos cuidado. Antes de que salga el sol habremos regresado y traído de vuelta a los delfines.

También Farryn García estaba con nosotros en el aparcamiento.

—Que las corrientes marinas os acompañen… —dijo.

—… y los vientos también —completó el señor Clearwater.

Nos subimos en un minibús de nueve asientos de color azul oscuro, propiedad del señor García. Después de las clases, nuestro profesor se pasaba las tardes trabajando en él. Leonora, que era muy alta, tuvo que sentarse delante, donde había suficiente espacio para las piernas. Yo estaba sentado más atrás y miraba los tres asientos que permanecían libres y que ocuparían más tarde los tres delfines.

Finny se dejó caer en el asiento de al lado mío. Llevaba una gorra oscura muy calada bajo la que se ocultaba su pelo de color azul brillante.

—¿Te has disfrazado? —pregunté, y Finny sonrió—. Bueno, todos vamos disfrazados… de ladrones.

—¿Muchos nervios? —preguntó Barry dándose la vuelta; estaba sentado en la siguiente fila de asientos. Hizo algo con los labios que podía parecer una sonrisa, pero que más bien era una mueca que enseñaba sus dientes.

—No —mentí—, ¿y tú?

—Nadie es capaz de controlar sus nervios mejor que una barracuda —afirmó.

—Ella no está aquí, Barry, no tienes que aparentar —dijo desde el asiento del conductor la orca metamórfica, que seguro que controlaba mejor sus nervios que todos nosotros juntos.

Barry le lanzó una mirada molesta, pero no dijo nada.

Así que nos fuimos de nuevo de excursión, pero esta vez una muy distinta. Después de tres cuartos de hora de camino, poco antes de la medianoche, llegamos al Sea Adventure. El parque se encontraba justo en la costa, en el extremo sur de Miami y nada lejos de Homestead-Miami Speedway, un circuito para carreras de coches.

A esas horas el aparcamiento del acuario estaba vacío por completo. Por lo que yo sabía, el Sea Adventure era un parque de atracciones bastante pequeño y no especialmente bueno; en alguna que otra ocasión había escuchado en las noticias que allí había muerto algún delfín. Seguro que ahora estaban encantados de haber conseguido tres ejemplares nuevos a un precio de risa, y no solo de una variedad, sino que uno de los delfines era azul, otro blanco y el tercero negro. Ni se habrían parado a pensar de dónde procedían los animales.

La señorita White condujo con lentitud por el aparcamiento, observando con detenimiento la entrada.

—Pues parece que por las noches no hay ningún servicio de vigilancia —nos dijo—. Tendremos que custodiar el parque durante toda la noche y comprobar si el recinto tiene guardias, a qué distancia se encuentran…

—¡Pero no podemos dejar allí dentro a Shari, Barry y Blue! —protesté.

¿Qué dirían los padres de Shari si se enteraran? Ya le habían advertido que acabaría en un delfinario si seguía comportándose así…, y ahora le echarían la culpa de lo sucedido. Si sus padres no la hubieran puesto tan nerviosa, Shari no se habría ido sola a nadar.

—No te preocupes, ahora mismo vamos.

Después de pasar dos veces por delante de la puerta, la señorita White aparcó el minibús a cierta distancia para que nadie pudiera verlo. Luego se quitó los anillos y los dejó en la guantera del autobús; ¿estaría pensando en metamorfosearse?

Cuando estábamos valorando cómo colarnos por la entrada del parque, de repente Finny dijo:

—¡Esperad!

Nos miramos desconcertados mientras ella echaba agua de su botella en un parterre de flores y hacía un poco de barro. Luego lo cogió con las manos y lo extendió por la matrícula del minibús.

—Buena idea, ante todo seguridad —la elogió la señorita White.

Avanzamos por el aparcamiento en dirección a la puerta. Por suerte, la entrada del parque, sobre la que había un gran arco colorido con la inscripción «Sea Adventure», no se podía ver desde la carretera. Nadie nos detectó cuando nos acercamos a la entrada, que por supuesto estaba cerrada. De hecho, tenía unos buenos cierres de seguridad. Aquello no pintaba bien.

Yo me puse a comprobar la valla, que tenía unos tres metros de altura y en la parte superior estaba coronada por pinchos metálicos muy afilados.

—¿Tenemos que trepar por ahí?

—Espero que no —dijo la señorita White. Avanzó hacia la izquierda de la puerta y recorrió la valla hasta llegar a una puerta más pequeña, que parecía estar destinada a la entrada del personal. Tenía un dispositivo de cierre electrónico. Entre nosotros y nuestros amigos capturados solo se interponía ese maldito teclado en el que había que introducir un código numérico.

—¿Y ahora qué? —preguntó Barry enarcando las cejas.

—Bueno, ahora tenemos que abrir esto. No nos queda otra.

La señorita White sacó una herramienta del bolsillo de su pantalón. Antes de que pudiera darme cuenta, ya había desatornillado el frontal de la pantalla, de donde salió un nido de cables enmarañados.

—Leonora, es tu turno. Barry, tu misión es vigilar por si viene alguien.

Muy concentrada, Leonora se acercó al aparato, medio transformó su mano en una aleta y respiró hondo. Luego tocó el aparato. Comenzó a oler a cable quemado, una nube de humo salió del cajetín y de repente se escuchó un clic.

Tiré de la puerta. Se abrió. ¡Guau! Ahora entendía por qué había ido Leonora. ¿Y dónde habría aprendido todo aquello la señorita White? ¿Antes de profesora habría sido policía? ¿Y qué diría tío Johnny si descubriera que había formado parte de una incursión secreta a un delfinario? Seguro que nada bueno, eso estaba claro. Y algo semejante sucedería si se enteraba de nuestra historia con los mafiosos de la basura. Pero teníamos que seguir con nuestro plan para salvar a Shari; además, tampoco tenía ni idea de cómo dar el siguiente paso en nuestras investigaciones sobre los mafiosos.

Durante un momento me quedé pensando y me detuve en el exterior de la valla. Sentí un escalofrío. ¡Allí estaban encerrados mis amigos, teníamos todo el derecho de ir a por ellos! Mientras que la señorita White se dedicaba a poner de nuevo todos los cables dentro del aparato, entré con el resto en el parque acuático.

Demasiados animales juntos

—Lo mejor es que bloqueemos esta entrada por dentro, así sabremos cuándo viene el servicio de vigilancia —susurró Finny una vez que la señorita White hubo entrado—. De este modo pensarán que la puerta se ha quedado atrancada y ganaremos tiempo.

—Buena idea —opinó la profesora de Lucha.

Barry, Finny y yo cogimos un bloque de piedra que decoraba una jardinera llena de flores. Lo dejamos caer delante de la puerta principal y pusimos otro en la de personal.

—Leonora, quédate aquí vigilando, transfórmate parcialmente y ve contándonos lo que sucede por llamada a distancia —le ordenó la señorita White. Leonora asintió.

Gracias a un gran cartel informativo descubrimos dónde estaba la zona de los delfines: teníamos que pasar al lado de una de las piscinas, luego por delante de varios acuarios y girar hacia la izquierda después del recinto de la vaca marina. A la derecha estaba el arrecife de los tiburones, que incluía un túnel de cristal, un café, una jaula para aves marinas y un recinto de juegos infantiles.

—Bueno, compañeros, ¿todo en orden? —dijo Finny metiendo la mano en una piscina donde nadaba, como si fuera una tortita, una pequeña mantarraya marrón claro. Finny estaba entusiasmada y acarició a la manta con la mano—. ¿Quieres que te llevemos al mar? —le preguntó, y se acercó para escuchar la respuesta.

—¿Qué dice? —pregunté yo.

—Me pregunta que qué es el mar —informó Finny suspirando—. Mejor la dejamos donde está. Allí fuera le serviría de desayuno a un tiburón martillo cualquiera.

—¿Por qué justo a un tiburón martillo? —quise saber.

—Porque suelen comer mantarrayas. Las agarran con su extraña cabeza y luego las presionan contra el suelo.

Cuanto más nos acercábamos a la piscina de los delfines, más aceleraba mis pasos y más fuerte me latía el corazón. Por fin llegaba mi oportunidad, iba a liberar a Shari de aquella cárcel de animales y con ello le demostraría que podía confiar en mí ante cualquier peligro.

—¡Anda, hola! ¿Qué hacéis por aquí? ¿Nos echáis una mano? ¡Lo estamos pasando de cine! —preguntó una de las tres figuras con pinta de náufragos que aparecieron vestidas con enormes telas y trozos de lona.

Los delfines metafóricos habían encontrado un cubo de pintura verde y se dedicaban a pintar la tribuna de los espectadores y a decorarla con frases como: «Cómete tu propio pez» y «Bésame en la aleta, entrenador». También habían escrito «Esta piscina solo tiene una estrella».

En medio de la oscuridad me encontré con Shari en su forma humana; la luz de la luna se reflejaba en su cara resaltando las suaves pecas de su nariz. Sus ojos brillaron de forma pícara.

—¿Os parece bien si nos liberamos nosotros mismos? —me preguntó con tono de preocupación al ver que esbozaba una sonrisa un tanto forzada.

—Pues claro —dije yo—. Pero igual es mejor que nos vayamos ya, a no ser que os falte por escribir alguna frase más.

—Nos gustaría, pero nos estamos quedando sin espacio. —Noah sonrió mostrando sus dientes blancos como la nieve, que brillaron en su cara redonda y morena. Agarró el pincel para escribir la última letra de la frase «Adiós y hasta nunca»—. Es una vergüenza que nos hayan metido en una piscina tan pequeña. Aquí no puedo ni dar un salto.

—Todo es cuestión de practicar —dijo Blue sonriendo. Hizo una señal a los dos grandes delfines que vivían allí y que habían sacado las cabezas del agua para poder observarlo todo más de cerca—. Pero ya no hace falta, nos vamos de aquí.

—Menos mal que os hemos encontrado enseguida —dijo la señorita White, aliviada—. ¿Estáis todos bien?

—Tenemos heridas en las aletas —comentó Noah—. Nuestros captores no fueron precisamente cuidadosos.

—Y también algunas uñas rotas —añadió Blue—. ¿Eso también cuenta?

—Un trauma severo —dijo Shari con una mueca.

—Ja, ja, ja, muy divertido, pero... —estaba diciendo Barry cuando, de pronto, nos llevamos un buen susto.

«¡Alguien está intentando entrar por la puerta pequeña de la entrada! —Todos pudimos escuchar la voz preocupada de Leonora en nuestras cabezas. Creo que son dos personas. Están maldiciendo porque la puerta está atascada. ¿Qué hago?

Una oleada de miedo invadió todo mi cuerpo. Al mismo tiempo empezó a proyectarse en mi cabeza una película en la que la policía nos detenía con unas esposas y nos llevaba a la comisaría. Fotografías, huellas dactilares, pruebas de ADN... A mi tío le daba un ataque al corazón allí mismo, o incluso dos.

«Tú sola no puedes detener a esos tipos, lo mejor es que te escondas», le dijo la señorita White, preocupada.

«No, todavía no, ¡tengo una idea!», gritó Finny, que se había transformado a medias para poder hablar con nosotros por telepatía. Lucía en la cabeza dos cuernos negros que nada tenían que ver con su naturaleza de mantarraya, sino que eran parte del disfraz que llevaba puesto.

«Señorita White, ¿quizá Leonora podría darle una corriente a la puerta? Creerán que se ha producido un cortocircuito en el dispositivo de apertura. Entonces Leonora podrá quitar rápido la piedra de detrás de la puerta y los vigilantes no se darán cuenta de que dentro hay alguien».

«Vale, me parece buena idea», decidió la señorita White, y Leonora asintió sin decir una palabra.

Unos segundos después se escucharon dos gritos en el parque acuático. ¡Gritos humanos! Shari y yo nos miramos con los ojos muy abiertos.

«Uy, me temo que le he dado demasiada corriente —dijo Leonora un poco avergonzada—. Voy a quitar la piedra y me escondo».

No teníamos tiempo para contestar, en la zona de la piscina había una actividad frenética. Noah y Blue estaban muy ocupados: la señorita White les había ordenado borrar sus huellas dactilares de todo lo que hubieran tocado. Sobre todo de los pinceles y de los cubos de pintura.

Yo había cogido una escoba e iba eliminando con ella las huellas húmedas de pisadas que salían de la piscina. Uno de nuestros delfines (que por el gran tamaño de la pisada debía de ser Noah) había metido el pie en el cubo de pintura y había dejado un rastro de huellas verdes. ¡Había que quitarlas o desdibujarlas, en cuestión de segundos! Shari iba por el borde de la piscina hablando con los delfines del parque.

—No quieren venir —dijo un poco turbada—. No conocen otra cosa que no sea este charco lleno de agua. Les he contado que si viven como delfines en el mar podrán comer peces crudos, y les ha parecido asqueroso.

—Alguien tendría que enseñarles, en primer lugar, a vivir en mar abierto —comentó Blue—. Y ya después podrían dejarlos libres. ¡Y ahora mueve las aletas y ayúdame!

Por desgracia, los vigilantes eran mucho más rápidos de lo que Leonora pensaba.

«¡Cuidado, ya vienen!», nos advirtió Barry, tan frío como un témpano, que había estado vigilando. Era increíble que no fuera presa del miedo.

—No llegaremos a la puerta sin que nos vean —murmuró la señorita White . ¡Escondeos! Cuando vuelva la calma, nos iremos de aquí.

En ese momento nos entró el pánico. Blue saltó a la piscina y se transformó en delfín, lo que probablemente fue muy inteligente; sin embargo, Shari y Noah salieron corriendo conmigo. O por lo menos lo intentaron. Noah se había puesto alrededor de la cintura una pancarta del Sea Adventure que decía «¡Vamos a chapotear!», pero cada dos pasos se le resbalaba y no paraba de despotricar. Shari también tuvo algún que otro problemilla: se había envuelto en una tela blanca arrugada que le hubiera quedado grande hasta a un cachalote. Como si fuera una señora con un vestido por los tobillos, intentaba correr a mi lado pisándose el borde de la tela y tropezándose cada dos pasos.

Cuando pasamos por delante de la piscina de la vaca marina, Shari volvió a trastabillarse, pero esta vez de verdad. Se cayó de cabeza en el agua, echó unas cuantas burbujas por la boca y luego desapareció debajo de la superficie.

Me paré con la boca abierta de la sorpresa, quise gritar y ayudarla, pero Noah tiró de mí:

—¡Ahí dentro no le va a pasar nada, rápido, tenemos que marcharnos!

Tratamos de escondernos en una cueva de la zona de juegos infantiles, pero no cabíamos, así que seguimos corriendo. Uno de los vigilantes corrió en dirección adonde nos encontrábamos; podíamos ver el reflejo de su linterna. Menos mal que nosotros no necesitábamos luz para orientarnos, y él no podía habernos visto en medio de la oscuridad. Giramos y nos dirigimos hacia un camino adyacente. Los pies descalzos de Noah y mis zapatillas casi no hacían ruido sobre el suelo asfaltado.

«Estoy en la piscina del principio del parque —nos informó Finny—. Esto está lleno hasta los topes».

«¿Quién más hay? —pregunté yo—. ¿Leonora y Barry? ¡Genial! ¡Mañana todos los niños que metan la mano en esa piscina recibirán descargas eléctricas y mordiscos!».

«No, ellos no están aquí —contestó Finny—. Solo estoy yo, pero con mi envergadura de dos metros ocupo toda la piscina».

«Bueno, no pasa nada, mañana no estaremos aquí. —La voz de la señorita White sonaba decidida—. ¡En cuanto tengamos la oportunidad, nos marchamos! Solo tenéis que esperar mi señal, ¿está claro?».

«Noah, Tiago, venid a la piscina de los arrecifes —nos dijo Barry con calma—. Aquí todavía hay algo de sitio, aunque no demasiado».

¿No había mucho sitio? Qué raro, en el plano de situación aquello me había parecido bastante grande.

—Aún nos queda un rato para llegar a esa piscina —dijo el joven maorí mientras corríamos uno al lado del otro—. Barry tiene razón, tenemos que transformarnos. ¿A ti se te da bien?

—Bueno, sí —dije yo, y me desnudé deprisa, hice un burruño con todas mis cosas y las escondí debajo de un arbusto.

Noah colgó en una valla la pancarta que llevaba enrollada alrededor del cuerpo. Luego nos ayudamos entre nosotros para pasar por encima de las paredes de cristal, caímos al agua y nos sumergimos. Contuve la respiración, imaginé mi forma de tiburón y noté que mi cuerpo se estiraba y se convertía en un tiburón tigre de tres metros de largo. Los peces que estaban a ambos lados de mí sufrieron un ataque de pánico y salieron pitando.

También Noah, que en ese momento daba una vuelta por la piscina en forma de delfín negro, se giró y dio un tremendo silbido, un sonido aterrador, pero no se debía a mi presencia.

«¡Tangaroa, quédate a mi lado, aquí dentro hay una orca!», le escuché decir.

«Tranquilízate, por favor, yo soy la orca —murmuró nuestra profesora de Lucha. Vi su inmensa silueta al otro lado de la piscina y la oí respirar con dificultad—. Escuchad todos: manteneos tranquilos para que los vigilantes no se den cuenta de que aquí hay demasiados animales».

Esperábamos que colase, pero ¿y si no funcionaba? No era sencillo que una orca pasara desapercibida, ¡sobre todo si apenas cabía dentro de la piscina! La señorita White y yo tendríamos que habernos escondido en nuestra forma de humanos.

Despacio y sin hacer ningún ruido, me desplacé por el tanque de agua intentando no llamar la atención. Desafortunadamente, no lo conseguí. Una morena me observaba con ojos desconfiados desde su cueva de roca y un mero gordo y viejo me lanzaba miradas asesinas mientras abría y cerraba la boca. Daba igual. Ya no podíamos hacer otra cosa.

«Shari, ¿estás bien?», susurramos Noah y yo casi al mismo tiempo.

«Sí, bueno, no, ay, ¡ahora mismo me están olisqueando dos vacas marinas!», contestó, y me di cuenta de que con mi morro de tiburón no era capaz de sonreír. Una pena. Por el contrario, parecía que los delfines siempre se estuvieran riendo, aun cuando en realidad tuvieran un humor de perros.

«Dime, ¿por qué no te has quedado con Blue o con Shari? —pregunté a Noah—. En la piscina de los delfines habrías estado más seguro».

«Bueno, tú eres nuestro amigo y no quiero que te pillen —murmuró Noah—. Además, eres nuevo y no sabía si te ibas a apañar bien con la metamorfosis».

No me lo podía creer. ¡Nunca nadie había hecho algo así por mí!

Pero antes de que pudiera darle las gracias, añadió en voz muy baja:

«¡Cuidado! Por ahí viene alguien».

Oh, mierda, uno de los vigilantes había entrado en el túnel de cristal que llevaba a la piscina de los arrecifes. Observé cómo se movía el halo de luz de su linterna y me moví hacia el extremo más alejado del tanque de agua.

—Aquí hay algo raro —le escuché decir por radio—. No sé muy bien qué es, pero algo no me cuadra. Será mejor que llamemos a la policía.

—Primero vamos a comprobarlo. No les va a gustar que los llamemos a estas horas si luego no pasa nada en esta... sopa de peces.

—¿Que no pasa nada? ¡La maldita puerta estaba rota!, ¿es que no te acuerdas?

—Sí, ha sido un fallo eléctrico, ya lo has visto.

—Dime una cosa, ¿cuántos tiburones tenemos? —El halo de luz de la linterna pasó por encima de mi cabeza—. Nunca me había fijado en ese grandullón de ahí.

Intenté parecer lo más pequeño posible.

—Además se mueve un poco raro. Quizá está enfermo. Seguro que es una importación barata de Asia —siguió hablando a través de la radio—: Lo han debido de comprar hace poco. Oye, colega, ¿cómo puedo contar a los delfines? Están todo el tiempo debajo del agua y se parecen muchísimo entre sí.

Un halo de luz blanca pasó por encima del cuerpo de la señorita White, que estaba muy quieta en la superficie en su forma de orca. La luz pasó de nuevo por allí..., se detuvo... y luego regresó. Gracias a mi visión nocturna pude ver cómo cambiaba la expresión de la cara del vigilante.

—¡Por todas las cacas de mono del zoológico! —dijo—. No te lo vas a creer, Martin. ¡Ven, tienes que ver esto con tus propios ojos!

La señorita White renegó y anunció:

«Bueno, chicos, ha llegado el momento del plan B».

Sabía que teníamos un plan B, pero de repente me había quedado en blanco. Ah, sí, consistía en que la señorita White, Barry y yo nos transformábamos en la oscuridad, llamábamos a los dos vigilantes para que fueran al túnel de cristal y luego atrancábamos las puertas externas con cuñas. Muy sencillo.

—Kevin, ¿dónde estás? ¿Qué es lo que tengo que ver? —preguntó el segundo hombre, y él mismo acabó metiéndose en la trampa que le habíamos preparado.

«Nos vemos en el autobús, ¡daos prisa! —gritó la señorita White a los que ya estaban retransformados y nos hizo una señal a Noah, a Barry y a mí para que fuéramos donde estaba ella—. Coged vuestras cosas, no nos conviene dejar ningún tipo de rastro».

—¿Los vigilantes de ahí abajo tienen cobertura en el móvil? —jadeó Noah.

—Me temo que sí —dije yo—. Van a llamar a la poli en cualquier momento.

—Exacto, así que vámonos de aquí. Tiago, ¿esos son tus calcetines?

Medio vestidos, respirando con dificultad y con el pulso acelerado, corrimos en dirección a la salida. Llevaba algunas prendas de ropa debajo del brazo. Mientras corría intenté ponerme la segunda zapatilla y casi me voy de narices al suelo. Pero no pasaba nada, allí estaba Shari, sana y salva y, además, de muy buen humor.

—Ha estado guay, ¿no? —dijo ella—. Eso sí, mis padres nunca, pero nunca, deben enterarse de que he estado en un delfinario, me van a montar una bronca enorme. ¡Va a ser como un tsunami! No os vais a chivar, ¿verdad?

—Yo os digo lo mismo —nos dijo Finny—. ¡Mi padre es policía! ¡Se volvería loco si se enterara de esto!

—Está bien, no diremos nada —les aseguré. En ese momento teníamos otros problemas mucho más graves de los que ocuparnos.

Pasamos a empujones por la puerta y echamos a correr por el aparcamiento vacío en dirección a nuestro autobús... A lo lejos ya se oían las primeras sirenas de la policía.

Muchos trucos

Nos metimos deprisa en el autobús, pero no lo suficiente para la señorita White, que salió derrapando con una puerta medio abierta. Barry y Shari consiguieron cerrarla y nuestra profesora de Lucha apretó a fondo el acelerador. Yo estaba sentado delante, junto a ella, y me quedé pegado al asiento por el acelerón. La señorita White torció el gesto y dijo:

—Me encantaría que este chisme tuviera algunos caballos más.

—¿Para dejar atrás a los coches de policía? —pregunté, desconcertado.

—¿Te refieres a mantener una verdadera persecución? ¡No digas tonterías, esto es solo un minibús!

Por suerte, todos habíamos conseguido ponernos el cinturón de seguridad y esperábamos con tensión a ver qué hacía la señorita White. Tomó un par de desvíos antes de llegar a una calle estrecha y recta que iba directa a la autovía. A esas horas estaba vacía.

—Bueno, ya estamos cerca. Si la alcanzamos, habremos tenido suerte. Espero que no hayan mandado coches de policía por las calles secundarias.

—¡Seguro que lo han hecho! —dijo Barry.

—Tonterías, todavía no sabemos lo que va a pasar. —Finny se metió en la conversación, se inclinó hacia delante y miró a través del parabrisas—. Si han recibido el aviso de que hay intrusos en el Sea Adventure, primero irán al parque de atracciones para comprobar lo que sucede. Una vez que hayan acabado allí, se desplegarán por la ciudad, pero entonces ya no podrán alcanzarnos.

Eso era lo que todos esperábamos. Un silencio de impaciencia se extendió por el minibús; el motor rugía como un loco bajo los mandos de la señorita White. Había apagado los faros; por suerte, en la calle no había nadie excepto nosotros, y los *seawalkers* no necesitamos luz para ver en la oscuridad.

En la calle paralela, a medio kilómetro de distancia, vimos unas luces azules: la policía. Parecía que solo había un coche. Iba en dirección al acuario. ¡Uf! Por ahora todo iba bien. No parecía habernos visto.

—¿Tu padre está de servicio esta noche? —pregunté a Finny con tiento.

Ella respiró profundamente.

—Pues la verdad es que no lo sé. Pero da igual. Si nos pilla, nos podemos dar por perdidos. Antepone siempre el deber a todo lo demás.

Cuando giramos en una zona llena de matorrales pude reconocer las enormes farolas y los edificios del circuito de carreras. Pensé que la señorita White igual entraba, aunque no parecía buena idea: allí solo se podía conducir en círculos y no tenía pinta de ser lo más adecuado si estabas huyendo de la policía.

No nos encontramos con ningún coche patrulla..., bueno, de momento... ¡Nos faltaba un minuto, o quizá dos, y estaríamos a salvo!

De repente, apareció detrás de nosotros un coche de policía blanco y negro. Salió de detrás de uno de esos enormes carteles de publicidad que había desperdigados por toda la carretera. El sonido de la sirena nos perforó los oídos y sus luces azules lo iluminaron todo, a nosotros y la calle. ¡Una emboscada!

—¡Peste de algas! —gritó Leonora.

La señorita White se mordió el labio y apretó aún más el acelerador. Con las ruedas chirriando, giramos por una calle, luego por otra y luego otra. Fue una competición salvaje, pero el maldito coche de policía seguía detrás de nosotros.

Llegamos a un barrio de elegantes casas unifamiliares, en hilera una detrás de otra. Los habitantes de esas viviendas ya debían de haber cogido el teléfono para llamar a la policía y quejarse por el ruido. No tenía ni idea de por qué la señorita White se había metido por allí, había que conducir mucho más despacio por esas calles llenas de árboles y badenes.

—¡Nos van a pillar! —Era la primera vez que Barry también parecía intranquilo—. No sabéis lo que me va a hacer mi padre cuando me recoja en la comisaría...

—¡Bajad la cabeza! ¡Sujetaos! —ordenó la señorita White.

Fuimos directos hacia un gran lago en el que se reflejaban las luces de las estrellas. Pasamos por encima de la hierba que estaba junto a la orilla, pero la señorita White seguía pisando el pedal del acelerador. Quería gritar, pero no me salía ni un mísero sonido de la garganta. Me agarré por instinto al borde del asiento.

¡Menos mal que llevábamos puesto el cinturón de seguridad! El minibús se metió en el lago haciendo un ruido enorme y una ola de espuma reventó contra el cristal delantero. Con un rápido movimiento, la señorita White presionó un pequeño botón del salpicadero... y nuestro vehículo siguió avanzando despacio, en forma de barco con ruedas.

Seguimos avanzando a buena velocidad por el agua y, con toda la tranquilidad del mundo, nuestra profesora de Lucha puso los limpiaparabrisas. Por el retrovisor vi cómo los policías se bajaban del coche y nos miraban alucinados. Me hubiera encantado fotografiar la expresión de sus caras.

—¿Esto lo pueden hacer todos los coches? —preguntó Shari un tanto desconcertada.

—No, en realidad no lo puede hacer ninguno. —La señorita White se rio por primera vez en todo el trayecto—. Farryn ha estado haciendo algunos arreglitos.

—¡Esto es muy guay! Es como en una película de acción, ¡me encanta! —Leonora no podía contenerse. Miraba por encima de la superficie del agua, que no estaba demasiado lejos puesto que el minibús se encontraba sumergido hasta la altura de las ventanillas—. Lo malo es que la policía nos puede ver, y eso no es muy bueno, ¿no te parece?

—No es tan malo —dijo la señorita White—. Lo importante es que hemos escapado. Al otro lado del lago hay una carretera bastante grande; podemos marcharnos por ahí.

—¿Ya lo había probado antes? —preguntó Barry—. Me refiero a esto de avanzar por el agua…

—Claro —dijo la profesora de Lucha—. Pero solo en un río estrecho, y la verdad es que resultó muy bien.

Continuamos por el lago; la orilla cada vez estaba más cerca y nos callamos para que nuestra profesora pudiera concentrarse. Las ruedas del vehículo se amoldaron al fondo lleno de barro y piedras y, tras un ligero tirón, llegamos a tierra. Antes de que pudiéramos darnos cuenta, estábamos en una carretera ancha en dirección a la ciudad, e incluso llevábamos los faros encendidos. Había más coches por allí, pero ni rastro de la policía.

Tenía claro que los agentes ya habrían avisado a todos sus colegas. Y la señorita White también. Tan pronto como nuestro vehículo se secó un poco y ya no dejaba huellas tras de sí, comenzó a conducir con enérgicos movimientos en zigzag por una zona llena de edificios y supermercados; luego giró con brusquedad en la parte de las tiendas traseras de un centro comercial, detuvo el minibús y apagó los faros.

¿La policía sería capaz de encontrarnos allí? El escondite parecía bastante bueno.

A pesar de mi nerviosismo, me salió un bostezo, y no fue el único. Claro, ya eran las dos de la mañana. Habían pasado millones de cosas. Desde el martes por la mañana había ido de excursión a Miami, había salido al mar a buscar a Shari y luego habíamos vivido aquella huida. El miércoles había empezado hacía ya dos horas y yo no había dormido ni un solo minuto. Me sentía como un trapo mojado. Pero no importaba. Shari y los demás estaban a salvo.

—¿Y ahora qué? —preguntó Finny—. Seguro que nuestra matrícula vuelve a estar limpia, ¿quiere que la vuelva a embadurnar de barro?

—No, ahora vamos a esperar aquí —nos dijo la señorita White—. Podéis dormir un rato, ¡mañana espero que estéis todos bien despiertos en mi clase!

De inmediato se escuchó un coro de protestas:

—¡Nooooooo!

—¿Pero no vamos a empezar un poco más tarde?

—Al menos deberíamos saltarnos la clase de Mates.

Mientras que el resto se dedicaba a charlar sobre lo sucedido, yo me quedé tranquilo y pensativo. ¿Qué clase de profesora sabía cómo reventar un dispositivo de cierre y escapar de la policía? Me encantaba la señorita White, y aquella noche nos había salvado, pero aquellos pensamientos me hicieron sentir inquieto.

Decidí no hacerle ninguna pregunta. Tan pronto como me apoyé y cerré los ojos, me quedé dormido.

Vampiros de coral

Algo me rozó la cara. ¿Un morro? Y olfateó dentro de mi oreja, a modo de aspiradora.

—¡Oye, márchate! —dije medio dormido.

«¿No te vienes? —escuché la voz de Jasper en mi cabeza—. ¡Se nos va a pasar la hora del desayuno!».

—No quiero desayunar, estoy malo —dije medio gimiendo.

«No estás malo, estás cansado, que es bien distinto».

Jasper, en su estado de armadillo, daba saltos sobre mi manta, justo encima de mi estómago.

—¡Uf! Ahora no tengo ni hambre —dije.

«Vale, pues nos veremos luego en clase de Metamorfosis. Es fabuloso que hayáis podido liberar a los delfines, la gente no para de hablar de ello. ¡Lo conseguiste! Adiós».

Con un gran salto, se bajó de la litera y salió corriendo de la habitación. Yo me volví a quedar dormido.

Me encantó que volviera después a despertarme, lo hizo colocándome un *bagel* con cobertura de chocolate justo delante de las narices. Le di un mordisco y luego lo devoré en tres bocados. El tentempié consiguió animarme; me eché agua fría en la cara y me peiné pasándome los dedos por el pelo; luego nos fuimos.

No mola nada estar en clase hecho polvo. Los miércoles a primera hora teníamos Metamorfosis con el señor García y él sabía lo que habíamos vivido la noche anterior, así que no me lo tuvo en cuenta. En estado casi comatoso, vi que Ella no era capaz de transformarse y se convertía en una enorme serpiente con dos brazos y dos piernas.

«Mucho cuidado con reírse», dijo justo en el mismo momento en el que Jerome, Tomkin, Chris y Finny soltaban una carcajada.

Un segundo después tuve que saltar y ponerme a cubierto en una esquina del aula de Metamorfosis, pues las cosas se empezaron a liar entre los reptiles.

Toco y Barry se enfrentaron a los nuevos para defender a su idolatrada amiga, y tuvieron que pasar varios minutos hasta que el señor García consiguió tener la situación bajo control. Con aquel alboroto ya me terminé de despejar.

—¡Sentaos! —tronó la potente voz del señor García mientras el nuevo caimán metamórfico y el joven pitón daban vueltas alrededor de la arena de Metamorfosis. Para divertirse iban tirando todas las sillas vacías…, ¡e incluso aquellas en las que había gente sentada! Mara y Olivia se cayeron al suelo con el consiguiente enfado.

«¿Por qué tenemos que sentarnos?», preguntó Tomkin, el caimán, destrozando el estuche de Ralph con su mandíbula repleta de dientes largos y afilados. Nestor, que en su segunda forma también era un caimán, lo miró con el ceño fruncido.

—Porque en este colegio hay que seguir ciertas reglas. Así que te sientas o te marchas de aquí, ¿está claro? —Los ojos del señor García centelleaban por el enfado—. Además, tendrás que reponerle el estuche a Ralph.

«No puede ser, no tengo dinero», dijo Tomkin con indiferencia, y trató de comerse un par de rotuladores más.

Sin embargo, no había contado con Noemi, que, como siempre, estaba en clase en su forma de pantera negra. Dando un fuerte gruñido, saltó desde su asiento hasta la espalda de Tomkin y colocó sus colmillos alrededor de su nuca acorazada.

«¡Devuélvele sus cosas! ¡Ya!».

Más por el susto que por el dolor, Tomkin abrió el morro y Ralph consiguió por fin sacar de sus fauces el resto de sus pertenencias.

Algo avergonzado, mi colega tiburón se secó las lágrimas de los ojos, echó al reptil una mirada iracunda y luego dijo:

—Muchas gracias, Noemi.

—Sí, Noemi, muchas gracias, pero ya es suficiente, suéltalo —apostilló el señor García.

Noemi regresó a su asiento con unos pasos ágiles, y el amigo de Tomkin, Jerome, se retransformó en un muchacho bastante corpulento con ojos marrones y los pelos alborotados como un plato de espaguetis.

—Cuando vengan los demás no os vais a atrever a hablarnos así —dijo en voz baja el joven, la serpiente metamórfica, echando a Ralph y al señor García una mirada asesina.

—¿Qué otros? —preguntó Juna, asustada.

Jerome contestó:

—Los otros son mis hermanos, mis primos y primas, los amigos de Tomkin y alguno más. ¡Pronto vendrán todos y entonces mandaremos nosotros en este colegio!

La mayoría de los chicos de la clase esbozaron una sonrisa; no se lo estaban tomando en serio. Shari y yo intercambiamos una mirada de intranquilidad. Había muchos más metamórficos en los Everglades a los que Ella había invitado al colegio. No quería ni imaginármelo.

—Exacto, así es. —Ella se cruzó de brazos, soltó una carcajada y luego se reclinó sobre el respaldo de su silla.

¿Acaso Ella conocía los planes terroríficos que tenía su madre para el colegio? En el siguiente recreo, mientras los dos nuevos y Toco estaban tumbados sobre unos juncos en la orilla del lago de agua dulce, aproveché la ocasión para quedarnos a solas y hablar un poco con la pitón.

—Tú invitaste a todos los reptiles metamórficos a que vinieran al colegio, ¿verdad? —dije tranquilamente.

—Claro, ¿por qué lo preguntas? —Me puso cara de asco, como si yo fuese una medusa medio podrida o algo semejante—. Les dije que en el colegio se vive bastante bien y que les iba a gustar. Tú seguro que les habrías dicho lo mismo a tus primos, los tiburones. Bueno, pobre pececillo, tú seguro que no tienes ni primos.

Intenté no tomarme demasiado en serio sus palabras.

—Pero le has contado al señor Clearwater que los has invitado, ¿verdad? Deberías tener en cuenta su opinión.

—¿Pero acaso viste en los Everglades al señor Clearwater para que le pudiera consultar algo? —Y comenzó a alejarse como si no le interesara nada de lo que le estaba contando—. ¿Qué quieres de mí?

—Quiero saber qué significa esa frase que dijiste el otro día... Que nosotros, los animales acuáticos, no siempre vamos a tener el control de este colegio —le dije, y noté que comenzaba a enfadarme—. Me parece un poco sospechoso que tu madre vaya pagando las tasas escolares a todos los reptiles que aparecen por aquí. Creo que tiene un plan, ¿no es cierto? Relacionado con este colegio.

—¡Vaya tontería! —En ese momento Ella se dio la vuelta hacia mí—. Mi madre siempre ha ayudado a este colegio y ahora aparece un perdedor como tú cargado de ideas estúpidas. Mi madre es fabulosa, ¿te enteras? Es la mejor madre del mundo, por si no lo sabías. No como la tuya, que me parece que es la peor que se pueda imaginar.

Me tuve que morder la lengua. Parecía que Ella se había enterado de que no tenía apenas contacto con mis padres. Y también que le divertía restregármelo por las narices. Pero esta vez no me iba a sacar de mis casillas, de ningún modo. No le iba a contestar. Me supuso un gran esfuerzo, pero al final me di la vuelta y me marché de allí. Y fue lo mejor que pude hacer, porque justo en ese momento vi que Toco se me acercaba con mirada agresiva.

¿Tenía que creerme todo lo que había dicho? Lo del ataque contra mi madre… ¿habría sido una maniobra de distracción? Igual solo fue para evitar que le siguiera haciendo preguntas.

Me parecía un error que todo el mundo en el colegio pusiera buena cara ante todo aquello relacionado con Ella y Lydia Lennox. Al principio yo también lo hice, pero pronto pagué las consecuencias… ¿Tío Johnny habría conseguido ya un nuevo piso para que viviéramos en Miami? Si no era así, ¿dónde me iba a quedar cuando fuera a visitarlo los fines de semana?

En la clase de Biología del señor Clearwater ya no me quedaba ni una pizca de energía. Pero sí que logré escuchar lo que preguntaba Jerome:

—¿Vamos a estudiar algo sobre Francia? Mi abuelo estuvo una vez allí y por eso tengo nombre francés —dijo levantando orgulloso la barbilla.

—No, ahora mismo no vamos a estudiar nada sobre Francia —le explicó con calma Jack Clearwater—. Quizá en otro momento. Ahora tenemos clase de Biología.

En ese momento Jerome desconectó. Y yo también. Era francamente embarazoso, pero no lograba mantener los párpados abiertos…

En algún momento me desperté con la cabeza apoyada sobre la mesa. Asustado, me levanté y me limpié los restos de saliva que tenía en las comisuras de los labios. Shari me miró preocupada, lo que me resultó aún más violento.

Jack Clearwater me sonrió.

—Qué bien que te hayas despertado, Tiago. ¿Podrías explicarnos por qué los tiburones matan cada año a diez humanos, pero los humanos matan a cientos de miles de tiburones?

—Es un horror, ¿no os parece? —dije yo—. En una ocasión leí que era más sencillo que te alcanzara un rayo a que te mordiera un tiburón. Y a pesar de eso, los humanos les tienen un miedo increíble a los tiburones y hasta les cortan las aletas para hacer sopa.

No solo los hombres tenían miedo de los tiburones, los metamórficos también. La mayoría de los de mi clase me miraban con cautela. Como si les incomodase que un gran tiburón rondase por ahí.

Después de clase, Shari se acercó para hablar conmigo.

—¿Te lo puedes creer? Mis padres han venido esta mañana temprano a visitarme —me contó.

Del susto, Noah casi se traga de golpe el bocadillo de algas verdes biodinámicas que se estaba comiendo.

—¿Se han enterado de que estuviste en el delfinario?

—No, todo en orden —dijo Shari, que nos sonrió y le dio una palmadita a Noah en la espalda—. No me lo podía creer, pero me dijeron que lo habían estado pensando y habían decidido que era importante que adquiriera todos los conocimientos que nos enseñan aquí. Así que van a permitir que me quede en el colegio… ¡Un problema menos para el señor Clearwater! ¿No os parece guay?

Todos respiramos aliviados.

—Qué raro que de repente hayan cambiado de opinión —dijo Blue sorprendida.

Shari se encogió de hombros.

—Pues sí, ni idea de por qué lo han hecho. ¡Pero me parece de lo más marítimo!

Justo cuando estaba abriendo la boca para contarnos que la decisión de sus padres podría ser resultado de su conversación con ellos, llegaron Jerome y Tomkin. Peleaban entre sí y, de repente, se chocaron conmigo. Me caí al suelo, con gran suerte de no irme de boca. Los chicos no se molestaron en disculparse; ni siquiera se habían percatado de mi presencia.

—¡Id más despacio, pedazo de macarras! —les gritó Shari.

—Un momento, esto ya es demasiado —dijo Finny, que se encontraba en los alrededores. Cuando Tomkin y su colega pasaron por su lado, estiró la pierna. Los dos chicos se tropezaron y fueron directos al suelo.

—¿¡Quién ha sido!? —bramó Tomkin. Nosotros le pusimos mirada inocente.

En ese mismo instante se escuchó el cuerno que anunciaba el comienzo de la siguiente clase, Historia. La señora Pelagius, que, como siempre, daba su clase en forma de tortuga marina, seguía muy afectada por el envenenamiento que habían sufrido algunos estudiantes del colegio.

«¿Estáis de acuerdo con que hoy, en lugar de la clase de Historia, demos Artes acuáticas? Después del caso del agua envenenada, me es bastante complicado hablar de la historia. Con todas esas acciones van a acabar con nuestro entorno». En la clase hubo un murmullo de aprobación, y Juna levantó el dedo para pedir la palabra.

—Señora Pelagius, ¿ya han pillado a los que han estado envenenando el agua con los vertidos químicos?

«Por desgracia no, todavía no. —La voz de la señora Pelagius sonaba irritada—. La policía ha estado interrogando al señor Clearwater al enterarse de que algunos de nuestros estudiantes habían enfermado. Sin embargo, parece que los agentes no tienen más pruebas».

—Entonces van a seguir haciéndolo. —Daphne, la gaviota risueña, no parecía precisamente feliz—. ¡Esto es terrorífico!

—Exacto. ¿Y qué significa? —Ella parecía aún más cabreada que de normal—. ¿Que no podremos ir a los Everglades por si el agua está de nuevo envenenada?

Shari, Jasper y yo nos miramos compungidos.

—Oye, nosotros tendríamos que ir a visitar esa tienda, Sweet King, ¿no te parece? —me susurró Jasper al oído—. ¡Seguro que es una pista!

—No, no lo es —le contesté, un poco molesto; no entendía que siempre propusiera seguir pistas que llevaran a esa tienda de caramelos y piruletas. Seguro que lo que quería era comérselos—. Esos residuos químicos no provienen de la fabricación de chucherías... Lo mejor es que nosotros...

«Pero ahora regresemos al tema de las Artes acuáticas».

La voz de la señora Pelagius sonó bastante severa cuando sacó la cabeza del agua y me miró, única y exclusivamente a mí. Me asusté. ¡Madre mía, seguro que ahora iba a contar cómo me ayudó a liberarme de la red de pescadores! ¡Todos se enterarían de que puse en peligro mi vida por localizar a Shari!

Permanecí inmóvil en la silla; estaba muy nervioso. La señora Pelagius no apartaba la mirada de mí ni un solo momento.

«Hoy os voy a contar cómo me hice este arañazo en el borde del caparazón —empezó a decir—: fue una vez que me quedé atrapada en una red de pescadores».

«¿Los pescadores lo hicieron aposta?», preguntó Linus muy asustado.

«No, un barco había perdido una red, que seguía capturando peces por sí sola, como una red fantasma en el océano», nos dijo la profesora.

Contó cómo había podido sobrevivir gracias a la ayuda de un tiburón zorro metamórfico que mordió una soga para liberarla.

«Sí, puede suceder que te salve alguien que no te esperas», comentó, y nuestras miradas se cruzaron durante un instante. Pero fue tan corto que nadie se dio cuenta.

No, no iba a delatarme. En aquel momento entendí que ella había devuelto el favor que una vez le hizo aquel tiburón zorro. Y yo había sido el agraciado.

La tortuga continuó con su historia; descubrimos que el tiburón zorro tenía una técnica de caza bastante particular: chocaba su enorme aleta caudal contra el agua y dejaba fuera de juego a todos los peces que estaban a su alcance.

Después de la clase, la señora Pelagius se acercó a mí, pero no precisamente para hablar de tiburones.

«¿Cómo llevas tu presentación? —me preguntó sacando su cabeza de tortuga del agua—. Ya sabes que supone la mayor parte de la nota final».

Volví a tensarme de inmediato. ¡Madre mía, la presentación!

—Sí, bueno…, la llevo bastante bien…, la semana que viene lo tendremos todo listo —dije de carrerilla y sin pensar.

«¡Bien, muy bien! Entonces propongo que seáis el primer grupo que la exponga», dijo como si tal cosa.

En ese mismo momento decidí que era mejor dejar de lado durante un tiempo nuestros trabajos detectivescos y me dediqué a organizar la quedada para el trabajo sobre los corales. Por suerte, aquel día Chris no se había saltado las clases. Me acerqué a él justo después de la sesión, cuando estaba a punto de marcharse a hacer quién sabe qué. Quizá recibir unos cuantos pescados de manos de los turistas.

—¿Tienes un momento? Es importante que quedemos para hacer el trabajo.

—¿De verdad? —bostezó.

Perfecto, el entusiasmo brotaba por todos los poros de su piel…

—Si Nox está de acuerdo, podemos empezar con el trabajo ahora mismo. —No tenía intención de dejarlo escapar. Si se metía en el mar en forma de león marino, ya me podía olvidar del trabajo de la señora Pelagius.

—Bueno, si no hay más remedio… —aceptó Chris, y media hora más tarde ya estábamos en la sala de Proyectos I del primer piso. En el acuario de la pared, Nox nadaba.

Decidí empezar con algo positivo para que hubiera buen rollo en el grupo.

—Es fantástico, Chris; tú conoces el mar a la perfección —dije—. Lo mejor será que cada uno escriba lo que sabe de los arrecifes de coral y así tendremos el trabajo muy avanzado.

Chris me miró desconcertado.

—Entonces va a ser un trabajo cortísimo —comentó—. Soy de California y allí no hay arrecifes de coral. El agua está demasiado fría.

—Anda —respondí, decepcionado—. Bueno, entonces lo mejor es que busquemos información en un ordenador con acceso a internet y cojamos algunos libros de la biblioteca.

«Un momento, vosotros dos. ¡Yo sé mucho de arrecifes! —dijo Nox, enfadado, desde el acuario—. ¿Es que os habéis olvidado de mí? Solo porque no soy tan grande como vosotros...

—Perfecto, entonces tú eres nuestro experto, Nox —contesté—. ¿Se te ocurre alguna propuesta para empezar? Es fabuloso compartir...

«¿Mi caca?», propuso Nox y excretó un chorro de granos de arena blanca.

—Eso te divierte mucho, ¿verdad? —preguntó Chris, riéndose—. ¿Qué tal si llevamos unos pólipos de coral de verdad?

—¡Perfecto, por fin esto se pone en marcha! Tendremos que hacernos con unos cuantos —propuse—. ¿Caben en un táper?

«Creo que sí —dijo Nox—. ¡Menos mal que no nos ha tocado hacer una exposición sobre ballenas azules!».

Chris se rio.

—Bueno, todo depende del tamaño del táper.

—Es cierto. Solo habría que hacerse con uno del tamaño de un avión y listo... —bromeé.

«Tiago, ¿te ocupas tú de cogerlos? —preguntó Nox—. Yo me los comería todos».

Asentí, pero Chris me miró un poco escéptico.

—Debes saber que los pólipos solo salen al mar por la noche. ¿Has estado alguna vez de noche en el mar?

—Bueno, no. —¿Por qué me metía en esos líos?—. ¿Acaso los vampiros tienen miedo de la oscuridad?

«Por las noches extienden sus deliciosos bracitos en la corriente y así consiguen el alimento —nos explicó Nox—. Por el día hay muchísimos peligros; ellos mismos son pasto de otros animales. Y cuando brilla el sol se alimentan de algas domesticadas que producen comida a partir de la luz.

—Ah —dije yo—. Unas algas domesticadas. Bueno. Cada uno tiene la mascota que quiere. Muchas personas tienen perro. Incluso perros de aguas.

—¡Ja, ja, ja! —se rio Chris sacándose un chicle de la boca—. Si tú te ocupas de coger los pólipos, yo busco en el mar algunos trozos bonitos de corales duros que podamos enseñar al resto de la clase. Hace poco que he visto un pedazo roto bastante grande, un animal enorme se ha debido de chocar contra él, a lo mejor era una ballena azul un poco despistada o...

—¡No importa! —Noté que me ponía rojo—. Me parece muy buena idea.

Me pareció que Chris tenía muchas más ideas.

—Puesto que Nox no escribe muy bien, mejor dicho, no puede escribir, tú podrías tomar algunas notas sobre corales, Tiago —continuó—. Seguro que mientras buscas información encuentras fotografías que nos sirvan.

Unos milisegundos antes de asentir, me di cuenta de que casi todo el trabajo recaía sobre mí.

—Bueno, tengo una idea mucho mejor, ¡*tú* te ocupas de las fotografías y las traes!

—Hecho —gruñó Chris de mala gana.

Bueno, habíamos conseguido organizar el trabajo. Me aplicaría, obtendría una buena nota y mi beca estaría a salvo.

De todas formas, tenía la horrible sensación de que estaba cometiendo algún fallo.

Ni siquiera cuando me reuní con el grupo de investigación en el palmeral me abandonó ese extraño presentimiento. Llevaba mi teléfono móvil; había marcado en un mapa todos aquellos lugares protegidos donde se habían encontrado residuos químicos. Estuve mirando atento todas las anotaciones.

—Lo malo es que tenemos colegio y no podemos saltarnos las clases. Pero este fin de semana iré a Miami a visitar a mi tío y allí podré investigar un poco más, ¿os parece bien?

—Perfecto —dijo Shari—. ¿Pero qué quieres investigar exactamente? ¿Dónde viven otros Sweetling? Esa es nuestra única pista. Y si Lennox nos ha mandado a sus guardaespaldas, significa que algo hemos hecho bien.

—Solo me gustaría saber el qué —añadí.

Cosquilleo en todo el cuerpo

—¿De verdad tengo que luchar contra Ralph? —Era martes, teníamos clase de Lucha y Supervivencia y estábamos dentro de la laguna, en forma humana, con el agua hasta la tripa. Juna estaba al borde de las lágrimas y la señorita White la miraba desconcertada—. En mi forma de pez mariposa, me engulliría de un solo bocado, ¡es un tiburón de arrecife!

Ralph tenía un aire avergonzado.

La señorita White miraba a Juna impasible.

—Piensa una cosa, no solo eres una pez mariposa. Y ese es precisamente el tema de nuestra clase de hoy: que cada uno de vosotros debe decidir por sí mismo en qué forma debe estar para tener las mayores posibilidades de supervivencia.

—¿Quiere decir que debo intentar mantener a raya a Ralph, el tiburón, en mi forma humana? —preguntó Juna, muy desconcertada.

La señorita White asintió para animarla.

—¿Ralph, puedes metamorfosearte? —dijo.

Un momento después se transformó en un tiburón con el morro afilado y las puntas de las aletas de color negro, luego preguntó: «*Bro*, ¿y ahora me va a atacar?».

—Eso espero. —La señorita White miraba ansiosa a nuestra delegada de clase.

Juna no era precisamente una chica cobarde. Se abalanzó sobre Ralph…, pero por desgracia solo lo agarró de la aleta caudal. Él, que era muy ágil, se curvó formando una U y la sujetó por el brazo. Juna lo soltó de inmediato.

—Siguiente intento. —La señorita White no conocía la compasión.

En esta ocasión, Juna agarró a Ralph colocando los dos brazos alrededor de la parte central de su cuerpo, por detrás de las aletas dorsales. Ralph golpeó nervioso con la aleta caudal e intentó liberarse, sin ningún éxito.

«*¡Bro!*», se quejó, pero Juna no tenía pensado soltarlo. Al final no le quedó otra que darse por vencido.

—El punto va para Juna —anunció nuestra profesora de Lucha. Mi compañera irradiaba felicidad.

«¡Ya veremos a quién puedo ganar yo! —Linus, el caballito de mar metamórfico, estaba aún incubando y por eso no podía transformarse. En su segunda forma, se elevó mucho, como si fuera un caballo de carreras marino muy salvaje—. Jasper, venga, ¡métete al agua! ¡Me voy a colgar de tu oreja hasta que te rindas!».

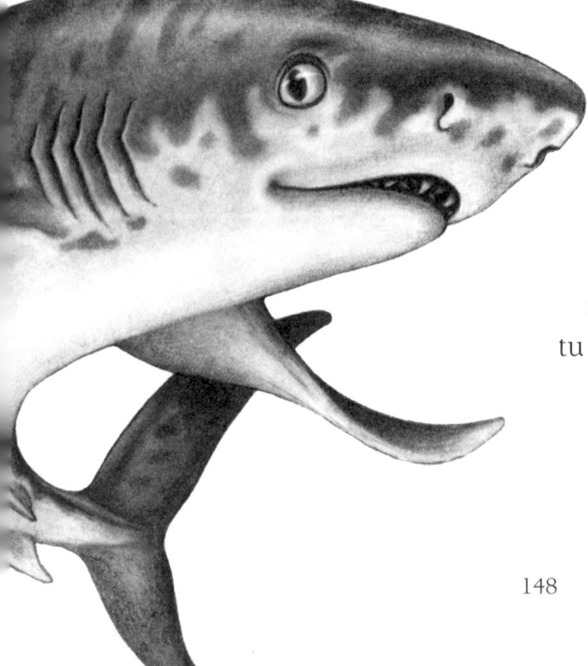

«Vale», dijo Jasper, e incluso la señorita White se rio.

Nos pusimos por parejas. Lancé un vistazo hacia mis amigos y me di cuenta de que Finny me estaba mirando, pero al final me puse de compañero con Leonora. Se la veía muy segura de sí misma mientras me observaba en su forma de anguila eléctrica. Desde aquella escapada nocturna en la que había utilizado las corrientes eléctricas se sentía muy fuerte.

«¿Puedes darte prisa en dejarte ganar? ¡Odio el agua salada!».

Ella sabía que no podía tocarla si no quería recibir una potente descarga. ¿Cómo iba a ganarle sin tocarla?

—Bueno, empecemos —dije y permanecí instintivamente en mi forma humana. ¿Quizá había por allí un cazamariposas con el que sacarla del agua? No parecía. Así que empecé a nadar delante de sus narices llevando en la mano el objeto perfecto: ¡una camiseta de Mara!

La pasé por el agua, de manera que se hinchó, y un instante después el pez marrón oscuro se quedó enredado dentro con gran fastidio.

«No, no, olvídate».

Leonora se lanzó contra el agujero de una de las mangas, metió dentro el morro e intentó escapar. ¡Pero no podía, era demasiado estrecho!

—¿De qué tengo que olvidarme? —pregunté de forma irónica y levanté al pesado pez para sacarlo del agua. Desafortunadamente, Leonora había logrado encontrar el agujero del cuello de la camiseta para salir y comenzó a chapotear por el agua.

¡Mierda! Me transformé. Pensé que debía contraatacar, a pesar del riesgo de descarga. Leonora se echó hacia atrás cuando me vio en forma de tiburón. Era tres metros más larga que ella.

«Acércate si te apetece sentir un cosquilleo por todo el cuerpo», dijo, obstinada.

Comencé con un primer ataque lateral… y recibí una corriente eléctrica en todo el morro. Un dolor punzante me recorrió todo el cuerpo, pero solo durante un momento. Debía de ser un espectáculo dantesco ver a un tiburón tigre nadando con la barriga hacia arriba, como si fuera una carpa muerta.

«¿Te crees más astuto que un zorro? ¿Qué, te ha gustado?».

Leonora se abalanzó sobre mí para continuar con su trabajo. A pesar de que ya no me estaba tocando, debido a su campo eléctrico noté unos pequeños calambres en el morro.

¿Un zorro? ¡Un momento! Aquella palabra me hizo acordarme del tiburón zorro. Yo no tenía la aleta caudal tan grande como él, pero era posible que también funcionara con una normal como la mía. Me di la vuelta, avancé un poco hasta que Leonora estuvo justo detrás de mí y di un fuerte golpe con la aleta caudal contra el agua. ¡Se formaron unas olas enormes!

Comencé a nadar en círculo y pude ver que la anguila eléctrica, desconcertada, nadaba en zigzag.

«¿Dónde estoy? ¿Qué ha pasado? ¿He ganado?», murmuró.

—Pues me temo que no —le dijo la señorita White—. Ve al agua dulce para recuperarte, Leonora.

Shari también ganó: con un salto increíble había agarrado en el aire a Daphne, la gaviota, y la había sumergido en el agua un par de veces hasta que se había rendido.

Al terminar las clases, Jasper, Shari y yo nos reunimos en la playa.

—He tenido una idea —les dije—. ¿Qué os parece si echo un vistazo por los alrededores del despacho de Lydia Lennox? Podría hacer como si fuera a entregar un paquete, para hablar con la gente y enseñarles mi retrato robot.

Jasper dio un salto enorme por la excitación, a pesar de que estaba en su forma humana. —¡Buena idea! Tal vez ese tipo sea un delincuente que ha contratado los servicios del despacho de abogados y por eso Ella lo conoce.

—Pero Ella dijo claramente que el tipo trabajaba para su madre, y no a la inversa —repliqué.

—Lo mismo lo entendió mal —dijo Jasper—. ¡Prométeme que también vas a pasarte por la tienda de chucherías!

—Bueno, vale, si a mí también me gustan mucho los caramelos... —Era evidente que el armadillo me iba a dar la tabarra hasta que me pasara por la dichosa tienda.

—Creo que es demasiado trabajo para ti —dijo Shari—. ¡Necesitamos el apoyo de un *woodwalker*! ¿No puedes escribir a Carag y pedirle que venga a ayudarnos? En su forma de puma es muy fuerte. Por si las gemelas tigresas volvieran a aparecer...

—Buena idea, voy a mandarle un correo electrónico —contesté, pero primero fui a preguntarle al señor Clearwater si le parecía bien que invitara de nuevo al puma.

—Claro, ¡es un chico muy agradable! —contestó el director.

Le escribí un correo electrónico y la respuesta llegó al instante:

Hola, Tiago, Shari y Jasper:

Perfecto, encantado. Sería fabuloso que pudiéramos pillar a esos tipos, ¡y mearnos en su pata, como dirían los lobos! ¿Me llevo a algunos amigos? Es probable que necesitemos más ayuda.

Le voy a preguntar a la señorita Clearwater si podemos marcharnos a principios de la semana que viene y le prometeré que vamos a estudiar día y noche para sacar todas las asignaturas.

Saludos gatunos,

Carag

—¡Anda!, unos amigos… —comentó Shari cuando leí el *mail* en voz alta—. ¿Qué metamórficos serán? ¿Serán animales terrestres de esos raros?

—¿Qué significa eso exactamente? —preguntó Jasper con un cierto mosqueo.

—Shari no quería decir eso —me metí rápido en la conversación—. Seguro que los amigos de Carag son fantásticos, aunque vivan en tierra o en los árboles.

—¿Pero hay animales que viven en los árboles? —Mi amiga delfín me miraba con los ojos como platos—. ¿Y no se caen?

—Solo cuando quieren —le contesté y escribí a Carag:

Claro, tráetelos. Estaremos encantados.

Llegarían la semana siguiente. Eso significaba que el sábado y el domingo teníamos que seguir trabajando solos, pero ya contábamos con ello.

Aprovechando que me había puesto a escribir correos electrónicos, decidí mandar algunos más. Tenía pensado hacer un par de cosas en la ciudad, pero no se lo había contado a los otros. Era mejor así, Shari y Jasper no sabían nada de mi vida anterior y no lo entenderían. Pero había dos asuntos de aquella otra vida que no me dejaban dormir. Necesitaba aclararlas, cuanto antes mejor. Y tenía que hacerlo solo.

Guerra de manchas

¡Sábado! Tenía ganas de ver a tío Johnny, pero cuando me dirigí al aparcamiento a encontrarme con él me topé con una desagradable sorpresa. Sin hacer ningún ruido, Ella salió de detrás de un arbusto de la zona de agua dulce. Estaba en su forma humana: una figura delgada que se desplazaba con movimientos lentos y engañosos. El pelo rubio le llegaba hasta la barbilla, llevaba una minifalda violeta que le sentaba muy bien y unas sandalias brillantes a juego.

Cuando me vio se hizo la sorprendida.

—Anda, hola, Tiago. —Miró hacia nuestro viejo Toyota y puso una expresión compasiva—. La búsqueda de piso con tu tío no va muy bien, ¿verdad?

La miré desconfiado. Sí, era cierto. A pesar de que tenían buenos precios, tío Johnny no había podido conseguir ninguno de los dos apartamentos que había visto; los arrendadores habían aceptado las condiciones en un primer momento, pero de repente se habían echado para atrás. ¿Cómo podía saberlo Ella? Solo había una explicación posible.

—¡Ah, claro, tu madre tiene que estar detrás!

—Mi madre me quiere mucho —dijo sin dejar de mirarme—. Va a hacer todo lo necesario para que esté bien y no puede soportar que alguien me haga daño, ni que lo intente.

—¿También mataría por ti? —se me ocurrió decir—. Hace poco tuvimos un encuentro bastante desagradable con sus guardaespaldas en la ciudad.

Durante un momento, Ella me miró asustada. Luego se llevó un dedo a la frente para indicarme que estaba loco.

—Haces preguntas estúpidas —susurró, se dio la vuelta y se fue de allí.

Mi pulso se fue ralentizando poco a poco mientras me dirigía al aparcamiento.

—Gracias por recogerme —dije a tío Johnny, y nos abrazamos. Su cuerpo ya no parecía fofo, sino firme y musculoso; estaba muy fuerte. Cuando era la tía Jenny siempre se estaba quejando de su figura, pero como tío Johnny había dejado de hacerlo.

También él se alegró mucho del reencuentro, aunque no dejaba de tener cara de malas pulgas. Los meros, por naturaleza, siempre tienen gesto de mal humor, lo cual corroboré con aquel mero que me encontré en el Sea Adventure. Su mandíbula inferior era tremenda.

—¿De verdad has quedado con tus padres el domingo por la tarde? —preguntó tío Johnny con curiosidad cuando le conté que había hablado con mi madre por teléfono.

—Ya veremos si aparecen —dije—. ¡Ja, ja, ja! Si lo hacen podrán probar la nueva fuente de chocolate. La van a poner en la cafetería el domingo, o al menos eso he escuchado.

Tío Johnny se echó a reír.

En realidad, hacía tiempo que me preguntaba qué sucedería. ¿De verdad en solo dos días iba a conocer por primera vez a mis verdaderos padres? ¿Serían ellos en carne y hueso? ¿Nos entenderíamos? ¿Les parecería bien que me quedase en el Colegio Blue Reef?

—¿Dónde vamos a dormir? —pregunté a Johnny para quitarme de encima aquellos pensamientos—. Si no podemos alquilar un apartamento, ¿nos alojaremos en tu motel?

Él trabajaba desde hacía años en el motel Orange Blossom, cuyo dueño era un verdadero tacaño. No me sorprendí en absoluto cuando Johnny sacudió la cabeza a modo de negativa.

—No te preocupes, primero nos quedaremos en casa de Nisha, una vieja conocida —aclaró.

—¿Ella es... una humana?

Semanas atrás no se me hubiera ocurrido hacer una pregunta semejante.

—De los pies a la cabeza. Es un poco exigente en cuanto al tema del orden y la limpieza, así que lo mejor es que muestres tu mejor cara en ese sentido. Si nos echa de su casa, sí que tendremos un problema.

No estaba seguro de ser capaz de mostrar «una mejor cara» en cuanto al orden. Pero tendría que intentarlo, estaba claro.

La vieja amiga de tío Johnny resultó ser una señora corpulenta; aquel día llevaba un vestido estrecho con un estampado de flores. Su sonrisa me tranquilizó, pero pude notar que no le hacía demasiada gracia tener dos invitados en casa.

—Bueno bueno, ¡así que este es tu sobrino! —dijo—. Cuando te vi la última vez no llegabas ni a la altura de la mesa y todos los días querías ponerte la misma camiseta de Bob Esponja. ¡Eras taaaan mono!

Sonreí avergonzado, puesto que ahora, a mis catorce años, ya no era tan mono y mi camiseta tenía el dibujo de una calavera sonriente.

—Hola, Nisha —dije, dándole la mano, y luego me quité los zapatos en la entrada de la casa.

Pude comprobar que tío Johnny dormía en el sofá. Yo dormiría en un saco en una pequeña habitación, junto a la lavadora. Los sintecho tampoco podemos ponernos exquisitos… Era la segunda vez ese día que me mordía la lengua pensando en mi antigua habitación, que era bastante pequeña pero muy cómoda. Cuando Nisha me enseñó el baño, constaté que tío Johnny no exageraba: la alfombrilla blanca de la ducha estaba colocada con precisión milimétrica y las toallas rosas de las manos, con flores bordadas, colgaban perfectamente dobladas al lado del lavabo. Me entró un poco de canguelo.

—Venga, tomemos un aperitivito. ¿Tienes hambre, Tiago?

Nisha colocó una inmensa fuente de nachos con queso encima de la mesa. También había guacamole y té helado de melocotón. Me senté donde me indicó y comencé a comer.

Tengo que reconocer que no siempre soy muy habilidoso comiendo. Tío Johnny tampoco. Cuando vi que el ceño de Nisha se arrugaba, miré para abajo y noté algo terrible. ¡Estábamos tirando migas al suelo!

—Voy a por la aspiradora de mano —dijo, y se empleó a fondo en pescar hasta la última miga que vio.

En ese mismo momento descubrí algo verde al lado de mi pie, del tamaño de una uña. ¡No! ¿Sería una mancha de guacamole encima de la alfombra? No estaba seguro de si ella la había visto e intenté frotarla sin que se diera cuenta. Pero, claro, la mancha quedó como si un canguro acabara de hacer allí mismo sus necesidades.

—¡Nooo! —gritó Nisha, aterrada. Me dio un golpe en la mano y salió en busca de un enorme bote de limpiador en espray. Un segundo después, había una montaña de espuma sobre la alfombra.

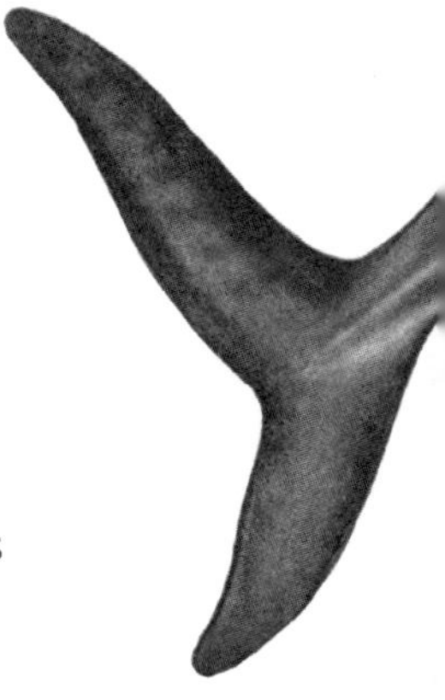

—¿Os he dicho que he quedado? —murmuré e intenté no respirar porque estaba literalmente rodeado de una nube aromática de rosas pochas.

—Puedo llevarte si quieres, Tiago —dijo mi tío. Estaba deseando salir de allí, igual que yo.

—¡Anda, pensaba que íbamos a ver unos capítulos de *Gossip Girl*! —Nisha parecía decepcionada—. Antes te encantaba, Jenny…; digo..., quiero decir Johnny. ¡Ya tengo la nueva temporada!

—La vemos esta noche. Antes tengo que trabajar un poco —respondió Johnny, que me hizo una señal para que me montara en su viejo Toyota. Me adelanté y me senté veloz en el asiento del copiloto.

Cuando salimos de allí, los dos respiramos aliviados.

—¿Aguantas esto todas las noches? —pregunté.

Él solo suspiró.

—Tengo que hacerlo. Es una especie de alquiler, pero diferente. ¿Con quién has quedado? ¿O era solo una excusa para salir corriendo?

—Primero he quedado con Lando —le dije.

Esa era una de las dos cosas que quería solucionar antes de comenzar con mi trabajo de detective. Lando era una especie de amigo que tenía; lo que pasaba era que me medio transformé delante de él en una excursión que hicimos a Miami Beach. Una verdadera birria, puesto que, tal y como descubrí después, es imprescindible guardar el secreto de que los *seawalkers* y los *woodwalkers* existimos. Durante mucho tiempo había evitado hablar con él del tema. ¡Esperaba que no le hubiera contado a nadie lo que había visto! De lo contrario, tendría bastantes complicaciones.

—¿Y con quién más has quedado? —preguntó Johnny.

—Rocket, ya sabes, ese chico de mi antigua clase. No tengo mucha idea de cómo se llama en realidad.

Tío Johnny me miró extrañado.

—¿El que se dedicaba a zurrarte en el otro colegio?

—Exacto —le dije.

Si no me equivocaba, lo que percibí durante aquellas peleas era que él también era un metamórfico.

Cohetes y planetas

Sabía que Rocket vivía en nuestro barrio porque por las mañanas lo veía salir de su casa, al lado de la pequeña tienda de ultramarinos. ¿Qué haría al verme? ¿Me daría con la puerta en las narices? A lo mejor ya había descubierto que era un metamórfico. O igual yo estaba confundido. Todo era posible.

Lo primero que hice fue asegurarme de que Logan, el amigo de Rocket, no estuviera por los alrededores. Y por suerte no estaba. Así que llamé a la puerta de la que colgaba un cartel con el apellido Albright. Esperé nervioso con las manos en los bolsillos del pantalón. Pero no fue Rocket el que abrió la puerta, sino una chica de unos diecinueve años con el pelo castaño oscuro, mechas y muchas pecas en la cara.

—¿Está Rocket en casa? —pregunté.

Frunció los labios.

—¿Quién? Ah, te refieres a Edward. ¡Vaya mote estúpido le habéis puesto! ¿Qué quieres de ese perdedor? Porque tú no eres uno de los imbéciles de sus amigos, ¿verdad? Conozco a todos esos idiotas.

—Bueno…

—Además, le toca limpiar el baño. Se debe de creer que Shaniqua y yo somos sus sirvientas, y está muy equivocado.

Nunca me imaginé que Rocket me pudiera dar pena.

—¿Podría hablar solo un instante con él?

—¡Eddddwaaaard! —gritó girándose hacia el interior.

Apareció con aire intranquilo. Era delgado, tenía una barba incipiente, los ojos marrones, los dientes un poco torcidos y la nariz angulosa. Me miró como si no se pudiera creer lo que estaba viendo.

—¡Anda, esta sí que es buena! —dijo finalmente al ver que no me marchaba—. ¿Vienes a vengarte por el puñetazo que te di? ¡Pero si ya se te ha curado!

—Sí..., no..., quiero decir, sí, ya se ha curado, y no, no quiero vengarme de ti —contesté mientras intentaba percibir si de verdad era un metamórfico. Pero no se me daba muy bien y desde esa distancia no notaba nada—. Yo... solo quería preguntarte algo.

—¿Qué haces por aquí? Pensaba que te habían metido en un internado, sabelotodo.

Eso me llegó al alma. ¿Por qué me llamaba sabelotodo? Me acordé de que el último día había contestado un par de preguntas del profesor para tener una salida del colegio un tanto honrosa, pero solo eso.

—¡Ja, ja!, vale, entra.

Resulta que Rocket no tenía una hermana mayor, sino dos. La que me había abierto la puerta estaba ahora tumbada en el sofá hablando por teléfono. La otra zapeaba entre los canales de televisión y nos lanzó una sonrisa forzada.

—¡Eddie! Ya te he dicho que te toca limpiar el baño, y todavía no has empezado —dijo esta, que tenía el pelo de un color rojo imposible—. ¡Eres un desastre!

Rocket hizo una mueca y aceleró sus pasos. Desde la puerta de su habitación me lanzó una mirada amenazante.

—Cuidadín, o vuelves a recibir.

—Ni de coña, mi cara está bien como está —dije levantando las manos.

En la habitación había un olor ácido, como a moho y a unas patatas fritas rancias que había en una bolsa sobre el escritorio. Lo primero que me llamó la atención fue que tenía muchas maquetas de cohetes y aviones. Algunas estaban colgadas del techo y otras en las estanterías, al lado de su cama y sobre el escritorio, lleno hasta los topes. Un planeta Saturno confeccionado con una vieja pelota de baloncesto colgaba por encima de mi cabeza; parecía pintado con rotuladores de colores.

Lo segundo que despertó mi interés fue que parecía que a Rocket le gustaba mucho comer polos y roer luego el palito. Había palos mordidos y tirados por todas partes.

—¿Quieres ser astronauta? —le pregunté

—¡Y a ti qué te importa! —bramó. Su expresión de cara se tornó un poco más amable cuando le comenté mi impresión al ver la maqueta del vehículo lunar Apolo y le dije:

—¡Ostras, qué pasada!

—Puede. ¿Qué quieres ser tú?

Tenía que acercarme un poco más a él; de lo contrario no notaría nada. Me acerqué a la pared como para ver las maquetas con más detalle y así sentirlo más de cerca.

—¿Qué es eso?

—Una nave espacial rusa. —Por desgracia se echó hacia atrás, un poco desconfiado—. Con ella abastecen a la Estación Espacial Internacional.

—¿Te gustaría viajar en ella? —Hice como si no me hubiera dado cuenta de que se había echado para atrás, me quedé parado y volví a acercarme a él.

En aquella ocasión, dio un paso a un lado para alejarse de mí y apoyó la espalda contra una estantería en la que había gran cantidad de novelas de ciencia ficción. Ahora ya lo tenía. Acerqué un poco más la cabeza para poder leer los títulos. Echó la parte superior del cuerpo hacia atrás y abrió la boca como si estuviese a punto de gruñirme.

—Oye, dime una cosa, ¿por qué te acercas tanto a mí?

Vaya, ¡qué embarazoso! Di un par de pasos hacia atrás.

—Lo siento.

En esa ocasión sí había percibido algo. Era una sensación que ya conocía del colegio, de Jasper y el resto de los chicos. Era un olor especial que no se olía con la nariz, sino con la cabeza. Pero no estaba del todo seguro.

—¡O me dices lo que quieres, o te largas de aquí enseguida! —dijo Rocket con voz enérgica y entrecortada.

Todavía tenía una última oportunidad. Fingí que miraba la maqueta de Saturno, me tropecé aposta y caí contra Rocket.

—¿¡Qué haces!? —se quejó.

Sí, ¡ya estaba seguro! Era un metamórfico, ¡igual que yo! ¡Bingo! En ese momento estaba tan cerca que Rocket me cogió por el brazo y por la camiseta e intentó sacarme de su habitación.

—Ya me parecía que aquí había algo raro, pírate, ¡ahora mismo!

Lo cierto es que era mucho más fuerte que él, y además lo sabía. Pero como estaba distraído con lo que acababa de descubrir, consiguió empujarme por la habitación hasta la puerta. Sus hermanas nos miraban como si no fuéramos más que dos manchurrones en la alfombra.

—¡Espera! —grité cuando ya casi estaba fuera de la casa—. Lo he hecho porque quería estar seguro.

Tenía que avisarlo. ¿Qué pasaría si era un *seawalker* y viera por casualidad una imagen de su segunda forma? Se encontraría con que era un pececillo sobre una alfombra y seguramente moriría. ¡Y por mi culpa!

—¿Seguro? ¿Seguro de qué?

Bajé la voz.

—Eres uno de nosotros. ¡Tienes capacidades especiales!

—¡Ja, ja, ja, muy divertido! —dijo Rocket mirándome con cara asesina—. La verdad es que siempre he sabido que soy un superhéroe.

—No, en serio. Volvamos dentro, te lo contaré todo.

Cuando entramos de nuevo en su habitación, sus hermanas me miraron aún más desconcertadas.

—Edward, ¿qué pasa con el maldito baño...? —comenzó a decir una de ellas, y Rocket avanzó más rápido.

—Cierra la boca —murmuró dando un fuerte portazo.

Le expliqué con toda tranquilidad que algunas personas teníamos una segunda forma como animales.

—Soy un tiburón tigre. Pero esto es un secreto absoluto, ¿me has entendido? Solo te lo digo porque tú eres un metamórfico, y eso se puede sentir.

—Tú estás mal de la cabeza —se quejó Rocket—. Así que tú eres un pez, ¿y yo también? Ja, ja, ¡eso cuéntaselo a tu abuela!

Sabía que podía hacer allí mismo una semitransformación. Aquello no me suponía un riesgo, siempre que recordase que no debía convertirme por completo en tiburón tigre dentro de la habitación.

Así que probé a transformar mis dientes. A pesar de que solo noté mi mandíbula de tiburón (no podía verme porque no había ningún espejo), debía de tener un aspecto terrorífico. Los ojos de Rocket se abrieron muchísimo y se puso pálido.

—Vale —dijo—. Me parece muy bien. Pero yo no soy así.

—Claro que sí —le aseguré—. ¿No quieres saber qué segunda forma tienes? Ser un águila, un jaguar, un delfín o algo similar es una pasada. Te das cuenta de lo que eres cuando te sientes atraído por una especie en particular, notas el cosquilleo cuando ves una imagen de ese animal...

—¿Te puedes marchar, por favor? —Rocket se puso las manos sobre las orejas y se dio la vuelta.

—Bueno, vale —le contesté, decepcionado. Tenía verdadera curiosidad por saber qué tipo de animal era. Pero también podía imaginarme cómo se sentía en ese momento; a mí me pasó algo semejante cuando Johnny me contó la verdad hacía algunas semanas. Le escribí con premura mi número de teléfono en un papel de una pizzería que había en medio del caos de su escritorio—. Piénsalo con calma y me llamas.

—¡Lárgate de aquí! —me gritó a la cara.

Así que me marché.

—Si seguís andando de acá para allá, vais a dejar un surco en la alfombra —dijo en tono irritado la hermana de pelo oscuro—. Edwaaaaaard, vete ahora mismo a hacer el baño, o si no...

Me apresuré a cerrar la puerta detrás de mí.

Secretos

Ver de nuevo a Lando se me hacía un poco raro. Era el único amigo que me quedaba de mi vida anterior, y a pesar de eso había evitado hablar con él durante semanas; solo habíamos intercambiado algunos correos electrónicos en los que no nos decíamos casi nada. No tenía disculpa por no haber intentado hablar sobre lo que pasó en Miami.

Quedamos en el Dunkin Donuts de Liberty Square. Cuando entré en la tienda miré alrededor y olfateé el olor a azúcar y café. Lando todavía no había llegado. Busqué una mesa, me senté… y de repente eché de menos el mar, tanto que lo noté en todo el cuerpo. Quería que el agua me rodeara y sentir como se movía a mi alrededor, quería ver el juego que hacían los rayos de luz sobre el suelo marino y bucear en aquella inmensidad azul en la que había millones de cosas por descubrir. Nunca antes lo había notado tan fuerte, y es que, en realidad, yo era un *seawalker* y no un humano. ¿Cómo podía haber aguantado tantos años en tierra sin haberme vuelto loco?

—¿Todo en orden, joven? —me preguntó alguien, y asentí. Agarré con fuerza el vaso de papel con agua del grifo que llevaba en la mano.

Por suerte, en ese momento llegó Lando, con su pelo moreno grasiento, su camiseta negra de *Star Wars* y sus ojos oscuros. ¡Sí, echaba de menos a ese tipo!

Los dos estuvimos muy prudentes y nos saludamos con un apretón de manos. Él mantuvo cierta distancia; no parecía haber olvidado aquel percance en Miami Beach. Estuvimos charlando sobre el viejo colegio, sobre la última historia de ciencia ficción que había estado escribiendo y cuyo protagonista era Chewbacca, sobre libros y películas nuevos…, hasta que conseguimos relajarnos y acostumbrarnos de nuevo el uno al otro. Luego cogí aire con fuerza.

—Dime…, ¿has pensado alguna vez más en aquella excursión que hicimos a la playa? Aquella en la que dieron la alarma por tiburón.

—Bueno, intento decirme a mí mismo que fue un sueño.

Estaba encantado, ¡él mismo me estaba dando la excusa perfecta!

—Sí, exacto. Es posible que ese día hiciera demasiado calor. O igual te habías tomado alguna movida de esas que vende tu hermano.

Lando entrecerró los ojos.

—No, no me había tomado nada. Ni tampoco estaba soñando.

—Bueno…, sí, tú sabes…, es que hay cosas… que de verdad no son lo que parecen.

Lando puso los ojos en blanco.

—Mira. —Apreté muy fuerte los dientes—. Si le cuentas a alguien lo que viste aquel día, voy a tener serios problemas, ¿lo entiendes?

Mientras lo decía me di cuenta de que no me estaba escuchando.

—De todas formas, tampoco te creas que tengo ni la más remota idea de lo que vi —contestó, y aquello sonó entre desamparado y escéptico—. Todo es muy raro. Ya no sé qué debo pensar de ti.

Aquello estaba resultando muy desagradable. No me gustaba cómo se estaban sucediendo las cosas. ¿En el futuro solo podría tener amigos metamórficos o que supieran que existían?

De repente me di cuenta de que no quería perder a Lando como amigo. Él era el único humano normal al que conocía y apreciaba.

—Bueno, esto... —Estaba pensando cómo seguir la conversación—. Es un poco como al principio de todo, cuando Luke conoce a Han Solo. No sabe si puede confiar en él, pero Obi-Wan Kenobi le dice que no tiene otra elección. Y luego les merece la pena, pero mucho.

La cara de Lando se fue relajando por momentos.

—Exacto —dijo mordiendo su dónut de chocolate.

—Y en ocasiones hay cosas que uno no sabe sobre sus amigos. Por ejemplo, durante mucho tiempo Luke no tenía ni idea de que estaba emparentado con Leia...

Lando me miró y sonrió.

—De lo que estoy seguro es de que no soy tu hermano gemelo.

—Yo también lo estoy —le devolví la sonrisa y miramos nuestros brazos, uno al lado de otro; el suyo era marrón oscuro, el mío marrón claro—. No estoy ciego. Pero te quería preguntar algo: ¿serías capaz de aceptar que tengo un secreto del que no puedo hablar?

—¿Se puede confiar en alguien que come cosas tan asquerosas? —Señaló mi dónut relleno de manzana y con glaseado verde, también de manzana, por encima.

—No creo, ¿pero harías una excepción?

Justo en ese momento alguien me llamó al móvil con número oculto. Pude notar que a Lando le molestó la interrupción. Pero tenía que cogerlo, sospechaba quién podía ser.

—Solo un segundo, ¿vale? —dije, luego me fui hacia la puerta y presioné el botón verde para responder la llamada.

—¡Rata! —gritó una voz que reconocí como la de Rocket—. No soy un maldito jaguar ni un delfín ni un águila, ¡soy una rata!

Se me cortó la respiración.

—Pero… ¿Cómo lo sabes? ¿Te has transformado?

—Sí. Noté ese cosquilleo del que tú me hablaste y de repente todo se volvió oscuro a mi alrededor.

—¿Por qué? ¿Te quedaste sin conocimiento?

—Nooo. Me quedé sepultado por mi ropa.

Me sentí aliviado de que no fuera un *seawalker,* de lo contrario es posible que no hubiera sobrevivido a ese primer intento, no habría sido capaz de retransformarse. Y seguro que sus hermanas hubieran intentado arrearle con un bate de béisbol. ¡Pero no, era una rata! Yo le había nombrado una cantidad de animales fantásticos a los que podía pertenecer en su segunda forma. Esperaba que no estuviera enfadado conmigo…

No parecía ser así, pues continuó hablando:

—¿Puedes pasarte por mi casa? No te preocupes, no te voy a dar un puñetazo. En realidad, todo esto me parece guay. Ya sabes, eso de la segunda forma o como se llame. Uno puede husmear por donde quiera sin que nadie se dé cuenta.

En ese mismo momento se me ocurrió algo. Alguien que pudiera espiar sin ser visto, era increíblemente valioso para nuestras investigaciones.

—Paso por tu casa en cuanto pueda —le prometí—. Pero…

Incluso a través de la línea telefónica pude notar que hacía una mueca.

—No te preocupes, las histéricas de mis hermanas se han marchado. Y además, también he limpiado el baño.

Me eché a reír.

—Bien —dije, aliviado.

Mientras tanto, Lando me había pedido un segundo dónut. Él sabía que siempre iba muy corto de pasta. Le sonreí agradecido y, antes de que nos diéramos cuenta, estábamos hablando como en los viejos tiempos.

—¿Amigos? —pregunté justo antes de irme.

—Amigos —me dijo, y me marché aliviado.

Un momento después volvía a estar rodeado de maquetas de naves espaciales y planetas. En esa ocasión Rocket estaba mucho más majo que en nuestro primer encuentro, incluso fue al congelador a por unos helados. Escogí uno de sabor a cola y él uno de frambuesa.

—Una pregunta: ¿hay muchos de esos metamórficos?

Negué con la cabeza.

—No muchos. Además, hay una distinción: los *woodwalkers* son metamórficos de tierra mientras que los *seawalkers* son animales acuáticos.

—Ah, vale. —Se comió su helado en un tiempo récord dejando las huellas de los dientes marcadas en el palo del polo. En ese mismo instante se dio cuenta de lo que estaba haciendo, agarró aquella cosa mordida y la miró—. Mmmm. Claro, soy un roedor…

—Las ratas son muy inteligentes y, además, unos animales muy sociales —le expliqué.

Me miró con los ojos entornados.

—Déjate de estupideces, Tiago. Casi todo el mundo odia a las ratas. Ni son bonitas ni son agradables. Pero para mí no supone un problema, ¿me entiendes? Como humano tampoco soy una estrella de cine; ya sabes lo que quiero decir. Y ahora cuéntame lo que pasa por tu estúpida cabeza. Sé que tienes un plan.

Así que le conté que queríamos pillar a unos tipos que tiraban basura venenosa a la naturaleza, pero que hasta entonces no habíamos conseguido descubrir nada.

Rocket entendió de inmediato lo que quería de él.

—Bien, bien, y entonces necesitas un pequeño espía como yo. Hacemos un trato, ¿te parece bien? Yo te ayudo a ti y luego tú me ayudas a mí.

—¿Con qué? —pregunté, intrigado.

Me pareció, por cierto, muy conveniente que en su forma animal fuera marrón y no blanco o con manchas, lo que hubiera llamado demasiado la atención.

—¿Todavía te atreves a preguntármelo? ¡Ya has conocido a mis hermanas! Por suerte solo somos medio hermanos, las dos son hijas del primer matrimonio de mi padre. Bueno, ¿qué es lo que debo descubrir?

Le expliqué mi plan y le mostré el retrato robot del que llevaba varias copias encima. Mi nuevo aliado abrió mucho los ojos.

—¿Este tipo está relacionado con Lydia Lennox? Mierda, he oído hablar de ella en la tele. He escuchado que defiende a gente que no querríamos conocer. El peor de todos es Carl Bittergreen, seguro que lo has leído en los periódicos, ¿no? Un tipo pequeño con ropa elegante. Estuvo condenado un par de veces por asuntos turbios, pero ella consiguió salvarlo.

—Sí, he escuchado hablar de él en alguna ocasión —dije—. Por desgracia, Lennox es la madre de una chica de mi clase con la que siempre estoy discutiendo. Es muy posible que mi tío y yo tengamos que agradecerle a esa señora nuestra imposibilidad para encontrar casa. —Y antes de darme cuenta, se lo había contado todo.

—Ostras —es lo único que dijo—. Vaya mierda.

—Los que han estado envenenando las ciénagas van a recibir su merecido, da igual lo poderosos que sean —dije.

Tan pronto como articulé aquellas palabras, me percaté de que sonaban rebuscadas, arrogantes e ingenuas.

—Bueno, esperemos que no sea al revés y recibamos nosotros nuestro merecido —murmuró Rocket.

Me alegré mucho de que hablara de «nosotros» en plural.

En casa del enemigo

Yo no era un detective. O por lo menos no uno bueno. Esto se hizo evidente cuando me coloqué delante de la elegante puerta del despacho de abogados, situado en el Downtown de Miami, y donde Lydia Lennox había establecido su cuartel general de abogacía.

También me di cuenta de que mis pies no querían seguir andando. En realidad, ese no era mi mundo…, quería buscar algo allí, pero no se me había perdido nada.

Escuché un ruido proveniente de mi mochila.

«Oye, ¿qué pasa?».

Era la voz telepática de Rocket. Le había explicado cómo se hablaba de cabeza a cabeza, y la verdad es que lo entendió bastante bien.

«No estarás pensando en darte la vuelta, ¿verdad? Acuérdate de que quieres pillar a esos malditos envenenadores».

—Sí, está claro —murmuré e intenté visualizar la imagen del hombre que estábamos buscando. Un tipo delgado, con poco pelo, una boca muy grande y barba oscura. El cabecilla de los matones con el que habíamos estado luchando en los Everglades. En caso de que fuera cierto lo que Ella les había contado a sus amigos, que su madre estaba relacionada con él, quizá alguien sabría cómo se llamaba.

«¿Te has quedado pasmado o qué pasa? ¡Eres un tiburón metamórfico, no una planta metamórfica! —Rocket me dio una patada con sus diminutas patas a través de la tela de la mochila—. Venga, muévete».

—Como sigas dándome patadas se lo digo a tus hermanas —amenacé, y Rocket murmuró algo que no entendí sobre un tipo con la piel gris.

No sé si fue por la patada o no, el caso es que mis pies volvieron a funcionar. Me llevaron desde un aparcamiento lleno de palmeras, pasando por el Boulevard Biscayne, hasta una pequeña tienda 24 horas en la esquina del edificio del despacho de abogados. Era el único cliente.

Durante un instante estuve caminando indeciso entre las estanterías llenas de sándwiches y bolsas de patatas, pastillas para el dolor de cabeza y desodorantes. Luego me dirigí a una señora mayor que llevaba un florido vestido veraniego y estaba sentada como una reina en su trono.

—Discúlpeme —dije, y la señora se me quedó mirando como si ya me hubiera metido en la categoría de ladrones de tiendas. De repente, me sentí como uno de ellos, torpe y muy culpable.

—¿Sí? ¿Estás buscando algo? —preguntó, desconfiada, mirando mi mochila. Quizá pensaba que ya me había guardado en ella el botín. Hasta me entraron ganas de que mirara dentro, aunque solo fuera para escuchar su chillido.

«¡Venga, atrévete, seguro que tiene un bate de béisbol debajo del mostrador!», Rocket continuaba hablando.

«Oye, un momento, ¿me has leído los pensamientos? —protesté—. ¡Deja de hacerlo ahora mismo o lanzaré la mochila por los aires tan pronto como salgamos!».

«Puaf», contestó él, significara aquello lo que significara.

Me volví a concentrar en la reinona de la caja.

—Bueno, en verdad no estoy buscando algo sino a alguien —le dije y saqué una cartera de cuero de aspecto fabuloso—. A un señor se le ha caído esto del bolsillo y he visto que entraba en uno de estos edificios.

En realidad, mi tío se había encontrado esa cartera hacía dos semanas en una habitación del Orange Blossom, y por el momento nadie la había reclamado.

Puesto que la señora todavía me miraba sin mucha confianza, continué hablando:

—¿Sabría decirme quién podría ser el dueño? Poco pelo, barba oscura, mirada fría...

—Ni idea, por aquí trabajan muchos así —me dijo sin prestarme mayor atención.

Ya que no podía enseñarle el retrato robot, cogí un viejo recibo de la caja y dibujé al tipo por la parte de atrás.

—Tiene más o menos este aspecto.

Su silencio me hizo levantar la cabeza. La reinona de la caja nos miraba a mí y a mi obra de arte con una sonrisa fascinante.

—Pero bueno, ¡eres un verdadero artista! ¡Yo también sé pintar! Hace poco asistí a un curso. Fue francamente divertido, a pesar de que el profesor me dijo que no debía usar tanta cantidad de pintura...

—Bueno, eso es cuestión de gustos. —Le devolví la sonrisa y le pasé el dibujo—. ¿Lo reconoce ahora?

—No, lo mejor es que preguntes dentro, a los abogados. Mi hermana también hizo un curso de dibujo y se quejaba de que la mayoría de la gente solo quería estúpidas pinturas abstractas. Pero si te digo la verdad, yo también he pensado en probar ese estilo...

—Muchas gracias —le dije, y me moví con torpeza hacia la salida—. ¡Adiós!

«Espera un momento, ya que estás aquí, ¿podrías comprarme una bolsa de patatas y meterla en la mochila?», dijo Rocket.

—Olvídate —le dije.

—¿Qué debo olvidar? —preguntó la reinona de la caja—. ¿No me crees capaz de pintar cuadros abstractos?

Lo mejor era que me marchase rápido de allí.

La cosa se estaba poniendo seria. Miré hacia arriba, a la fachada de cristal del edificio de oficinas.

—Ahora tengo que entrar en esas oficinas para descubrir algo más —dije y casi pude escuchar cómo Jasper, Shari y Carag lo celebraban.

«Tienes un talento fabuloso. —Rocket parecía un poco enfadado, probablemente porque no le había comprado las patatas—. ¿De verdad crees que va a haber alguien trabajando en domingo?».

—Ja, ja, ja, eso es que no conoces la actividad frenética de los bufetes de abogados. Mira esto —le dije.

Un morro marrón con sus bigotes salió de la mochila y observó las sombras de las figuras que caminaban por los pasillos al otro lado de la pared de cristal. También había mucha gente sentada en las mesas de las oficinas.

«Todos adictos al trabajo, se dedican a ganar pasta y luego les da un infarto a los cincuenta —murmuró Rocket—. ¿También está ahí la señora Lennox?».

—¿Te crees que estoy loco? Claro que no está, ya lo he comprobado por teléfono —le informé.

Sus guardaespaldas no estarían tampoco allí, sino con ella. Podían estar donde quisieran, menos aquí. De lo contrario hubiera sido demasiado peligroso. Las palabras de Lydia Lennox se habían quedado grabadas en mi cerebro, como si fueran una horrible canción pegadiza que no logras quitarte de la cabeza: «¿Acaso no sabes que lo que le haces a una pitón te vuelve con el doble o el triple de intensidad?».

Con el corazón a mil por hora y la cartera en la mano, entré en el edificio, tomé el ascensor y pasé por una puerta de cristal en la que estaba escrito con letras doradas «LENNOX & PARTNER». Miré alrededor. Nunca había visto una oficina tan elegante: gruesas alfombras de color gris oscuro, sillas de cuero suave, acero en la zona de la recepción e impresionantes cuadros colgados en las paredes. La mayoría de ellos eran cuadros abstractos, seguro que a la reinona de la caja le habrían gustado. Sin embargo, a mí no me decían nada. En concreto, había uno gris y rojo sangre que parecía plasmar las consecuencias de un grave accidente.

No me podía creer que uno de los mafiosos de la basura trabajara allí, no cuadraba en absoluto. En ese momento dos tipos repeinados y con traje de chaqueta oscuro pasaron delante de mí, embelesados en su conversación. ¿Quién sabe? A lo mejor llevaban una doble vida y se dedicaban a envenenar zonas naturales protegidas por la noche. Estaba decidido a seguir con nuestro plan. Una mujer joven con un traje blanco ajustado me miró desde detrás de su escritorio.

—¿Sí, por favor? ¿Traes algún envío?

En un primer momento había pensado decir que era un mensajero. Pero en los envíos siempre figuraba un nombre y no conocía a nadie más que trabajara en esa oficina. Además, la mayoría de las veces se dejaba el paquete en la recepción y luego uno tenía que irse sin más.

—No —le dije. Repetí mi historia de la cartera perdida, dibujé en un papel la cara del tipo y esperé a recibir el segundo «no» del día.

Pero la secretaria echó un vistazo al dibujo y me contestó:

—Podría ser Marconi. Un momento, te acompaño a su despacho. Es posible que te dé una pequeña recompensa. —La secretaria miró mis zapatillas, que no eran precisamente nuevas, como si estuvieran llenas de caca de perro. ¡Y eso que las había limpiado! La empleada de Lydia Lennox, con sus altos tacones, me indicó que la siguiera.

Aquello era un verdadero golpe de suerte. No me lo podía creer. ¿Me encontraría con aquel infecto destructor del medioambiente? ¿Sería mejor que escapara antes de que fuera demasiado tarde? ¿Desconfiaría de mí o me reconocería? ¿Por qué narices no me había disfrazado? ¡Seguro que Finny me habría ayudado encantada de la vida!

—Bueno, ¿qué?, ¿vienes? —La secretaria se giró hacia mí con impaciencia.

Las rodillas me temblaban mientras trataba de seguir a aquella mujer.

«No te olvides de mirar también al resto de la gente», me recordó Rocket.

«No soy un ingeniero de la NASA, pero tampoco soy del todo tonto», le respondí con telepatía.

«Anda, ¡te da envidia que yo lo sepa todo sobre los cohetes espaciales y tú no!», respondió Rocket, y seguramente la secretaria se sorprendió del gesto que hice con los ojos.

Pasamos por un montón de oficinas con puertas de cristal. Miraba a izquierda y derecha, veía a bastante gente, pero no reconocía a nadie. ¿Alguna de esas personas sería un metamórfico? Mierda, ¡por qué no me habría traído a Juna! Ella era capaz de reconocerlos desde largas distancias y me lo hubiera confirmado de inmediato.

—Bueno, ya hemos llegado —dijo la secretaria interrumpiendo mis pensamientos, y llamó a una puerta de cristal.

Con la cartera en la mano, entré en la oficina... y vi a un personaje al que no conocía de nada. Estaba sentado detrás de un escritorio, dictando un texto a un teléfono móvil. No tenía mucho pelo en la cabeza, pero sí tenía barba. No se parecía en nada a nuestro sospechoso; era mucho mayor y más delgado que el tipo con el que nos habíamos peleado. Cuando entré en su oficina, se me quedó mirando.

—Perdón, no quería molestar —dije, di unos cuantos pasos hacia atrás y me choqué con la mochila contra el marco de la puerta.

«Ay. ¿No puedes tener más cuidado? —se quejó Rocket—. ¡He estado a punto de chillar y a ver cómo explicas eso!».

«Cierra el pico», le respondí y le conté a la secretaria con timidez que aquel no era el hombre que había perdido la cartera.

Puesto que allí no había nada más que nos pudiera servir de avance, me dirigí hacia la salida del despacho de abogados pensando en cómo iba a explicarles este nuevo fracaso a Jasper y a Shari. Estaba contento de salir de aquella oficina; allí dentro me estaba ahogando. La secretaria me escoltó a través de la puerta con las letras doradas, quizá para cerciorarse de que me marchaba de verdad. Luego se abrió la puerta del ascensor... y me topé de frente con los ojos de Lydia Lennox.

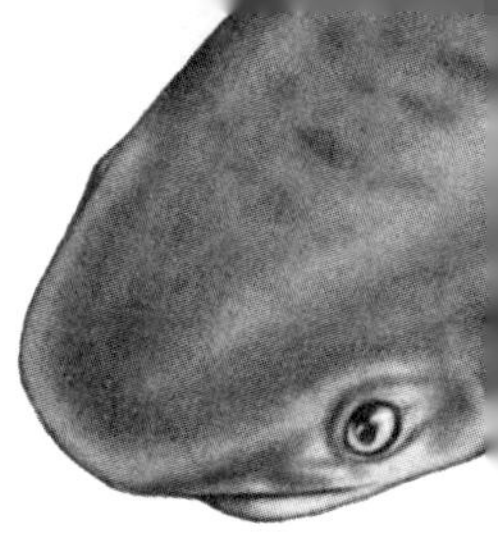

Mirarse a la cara

—¿Ya ha regresado? —preguntó, asombrada, la asistente de Lydia Lennox.

—Sí, un cliente me ha anulado la cita, la silla eléctrica ha tenido la culpa —explicó Lydia Lennox y, cuando a su colaboradora casi se le salen los ojos de las órbitas, añadió—: ¡Era un chiste! Desde luego que no tienes ningún sentido del humor, Laura.

—Ah, bueno, sí, quiero decir, no. —La asistente parecía una niña de primer curso a la que estuvieran regañando.

Por supuesto, Lydia Lennox me había reconocido. Mientras hablaba me observaba con una mirada que hubiera congelado un cazo de agua hirviendo. Pero en ningún momento perdió la sonrisa.

—¡Qué bien que te hayas pasado por aquí, Tiago!

Intenté encontrar un camino para huir. Si saliera corriendo hacia el ascensor y pulsara un botón cualquiera, ¿conseguiría escapar de allí?

Pero antes de que pudiera pensar en moverme, la madre de Ella me agarró por la muñeca. Era increíblemente fuerte, a pesar de que estaba en su primera forma. Sentía como si me hubiera agarrado una pitón y me estuviese apretando con todas sus fuerzas. Luego Lydia Lennox se giró hacia su asistente.

—Este joven me va a acompañar a mi despacho. ¡Por favor, ocúpate de que nadie nos moleste!

¡Bueno bueno, aquello no sonaba nada bien! ¡Tenía que salir al instante de allí! Pero Lennox tiraba de mí y no tenía otra opción que caminar a su lado, puesto que me llevaba cogido del brazo. Nadie se dio cuenta de que algo no iba bien, y no me atreví a pedir ayuda. Había empezado a sudar, a pesar de que la oficina tenía el aire acondicionado a todo trapo.

—¿Os hago un café? —gritó la asistente detrás de nosotros.

—No, gracias. —Lydia Lennox hizo un gesto negativo con la mano sin parar de sonreír.

La madre de Ella no debía enterarse por nada del mundo de que había venido con un aliado y la forma que él tenía; de lo contrario Rocket ya no podría servirnos de espía. Rocket se movió dentro de la mochila, y entonces comencé a susurrarle en pensamientos, tal y como me había enseñado el joven puma Carag:

«¡Estate quieto!», dije, y lo entendió de inmediato. Ya no hizo ningún chiste ni dijo nada que pudiera delatarlo.

Lydia Lennox me condujo hasta su oficina, cerró la puerta con llave y bajó la persiana que tapaba la pared de cristal, de modo que nadie pudiera vernos. Luego me llevó hasta una silla detrás de su escritorio, donde por fin me soltó. Me toqué la muñeca roja y dolorida.

Tan pronto como nos quedamos solos, la sonrisa desapareció de la cara de la señora Lennox y supe que la cosa iba en serio. Nadie que mirara desde fuera notaría nada sospechoso. Solo vería a una mujer de negocios vestida con un traje verde y unos rizos rubios de peluquería sentada en el borde de la mesa y a un joven de piel color café con leche.

Probablemente pensarían que la abogada tenía como cliente a un delincuente juvenil.

—Ya me imagino a qué has venido —dijo Lydia Lennox—. Pequeña basura insignificante… ¿Estás olfateando en mis asuntos y los de mis clientes?

—No, lo cierto es que da la casualidad de que estaba por la zona —le aseguré.

—¡Ja, ja, ja, seguro! ¿Qué has descubierto en tu estúpido juego de detectives?

—¿Qué tendría que descubrir? —interrumpí—. ¿De qué me está hablando?

¿Acaso sabía que estábamos buscando a los matones de la basura? ¿Sería eso?

—¡Venga ya! Lo que quieres es vengarte de Ella y de mí, y has venido a mi oficina con la idea de ocasionar algún destrozo.

—¡Eso no es cierto!

—¿Ah, no? Te voy a sacar toda la verdad, sea lo que sea.

Sin dejar de mirarme, cogió su móvil y marcó un número.

—¿Latisha? Os necesito a ti y a Natascha aquí, en mi despacho. Traed el líquido.

Tragué saliva. ¡Las gemelas tigresas! ¿Y a qué se refería con el líquido? ¿Sería una droga de la verdad? Allí, dentro de esa oficina, esas tres podrían hacerme lo que quisieran y nadie se enteraría. ¡Tenía que escaparme antes de que vinieran!

Por suerte, se me ocurrió una idea. Cuando Lennox me empujó para que me sentara en la silla, la mochila se me escurrió del hombro y aterrizó en el suelo. En ese momento me la acerqué y la puse debajo de la silla con el pie, como si intentara esconderla sin que ella me viera. Era divertido imaginarse el caos que se formaría en la oficina si de repente una rata saliera de mi mochila y corriera por debajo de las mesas. Por desgracia, eso solo podía ocurrir en mi imaginación, puesto que ni Lennox ni el resto de la gente podría saber que tenía como aliado a una rata metamórfica.

Sin embargo, la cosa transcurrió de una manera muy distinta.

—¿Qué tienes en la mochila? —preguntó Lydia Lennox de manera agresiva.

—Nada especial —afirmé.

Seguro que no creería lo que llevaba, y era lo mejor que me podía pasar. En cierto modo era verdad, solo teníamos el equipamiento necesario para la retransformación de Rocket: su ropa, un peine y desodorante. Como no se lo iba a creer, le dije:

—Solo algo de beber y un piscolabis, por si me entra hambre.

—Bueno bueno, así que tienes hambre… —Una sonrisa particular apareció en sus labios y cogió el teléfono móvil por segunda vez—. ¿Señor Lee? Tiene menús para clientes especiales, ¿verdad? Nos encantaría que nos trajera dos raciones de sopa de aleta de tiburón. ¡Tengo un chico en la oficina que está muerto de hambre! —Se echó a reír —. Mándemelo a la dirección habitual, ¿de acuerdo?

¿Sopa de aleta de tiburón? Sí, era cierto, había escuchado que en China los ricos presumían de comer ese tipo de sopa y que en Asia se servía en los banquetes de las bodas.

—Es asqueroso —le dije.

—¿Eso piensas? —me guiñó un ojo; era posible que mi reacción le hubiese alegrado el día—. Pero, mira, es verdad, los tiburones son asquerosos, me alegro de que los dos tengamos la misma opinión.

—Nunca tuve la intención de hacerle daño a Ella —dije, y sonó a excusa.

Volví a echar la mochila hacia atrás con el pie y en esta ocasión funcionó, sus ojos se dirigieron hacia ella de inmediato.

—¿No tendrías pensado…? ¿Acaso es una disculpa? Es la más estúpida que he escuchado jamás. —Su voz sonaba aún más agresiva—. Es una pena que el Consejo te haya dado una beca, porque alguien como tú no debería quedarse mucho tiempo en el colegio. No lo vas a conseguir, de eso me voy a ocupar yo, y entonces habremos acabado con este problema. Además, el colegio Blue Reef pronto sufrirá grandes cambios, queráis o no.

Me miró a los ojos, llena de ira. No pasaba todos los días que alguien me considerara un problema. No, no iba a fracasar, eso se lo podía prometer en ese mismo instante. Aun cuando las cosas se pusieran muy complicadas en el colegio, lo iba a aguantar. ¿A qué se refería con eso de que las cosas iban a cambiar? En ese momento me di cuenta de que tenía un plan, aunque Ella no lo supiera.

—Eso no lo puede decidir usted, sino el señor Clearwater —le contesté, y de nuevo no sonó convincente.

Lydia Lennox hizo una señal de negación.

—Olvídate del señor Clearwater; no tiene idea de lo que es mejor para el colegio, no me extrañaría nada que en breve dejara de ser el director. —Soltó aire con mucha fuerza—. Todos vosotros estáis utilizando los recursos del colegio en vuestro beneficio, y eso lo está mermando… ¡Alguien tiene que cambiarlo! —Me lanzó una mirada de asco—. ¡Y ese alguien no va a permitir que un estúpido estudiante becado se cruce en sus planes! Y ahora, dame la mochila y enséñame lo que llevas dentro.

—No —le respondí mientras mi cerebro intentaba procesar lo que acababa de decir.

En los siguientes segundos todo sucedió muy rápido. A través de una rendija de la celosía vi que dos personas se acercaban por el pasillo. Por sus movimientos elegantes, sospeché de quiénes se trataba y mi cuerpo se tensó. Al mismo tiempo, Lydia Lennox se hizo con mi mochila, que estaba debajo de la silla, abrió la cremallera y metió la mano dentro. Dio un grito ensordecedor, y sacó la mano con gotas de sangre. ¡Yuju, parecía que Rocket había mordido bien!

Pegué un salto, agarré la mochila y salí corriendo de allí. Con tan mala pata que me había olvidado de que la puerta estaba cerrada con llave. Intenté abrirla, pero no pude. ¡Estábamos atrapados!

A pesar de ello, sucedió algo como por arte de magia. Las gemelas tigresas escucharon los gritos de su jefa y un instante después bajaron el picaporte. Como la puerta no se abría, empezaron a darle patadas. Me aparté justo en el momento en el que la puerta se abrió con un estruendo, soltando una lluvia de astillas. Muy elegantes y en posición de combate, las dos chicas se colocaron delante del escritorio mientras yo desaparecía por la puerta.

—¡Detenedlo! —gritaba histérica Lydia Lennox.

Corrí por el pasillo con mi mochila y la rata en el interior, pasé por delante del escritorio de la secretaria y di un tremendo golpe con el hombro a la puerta de letras doradas. Se escuchó un timbre y alguien bloqueó el paso. Pero era demasiado tarde, había conseguido llegar al pasillo y salir corriendo de allí. Las gemelas tigresas se estamparon contra la puerta cerrada.

¿Bajo por las escaleras o cojo el ascensor? Estaba en un décimo piso. No, por las escaleras mejor no, las tigresas me alcanzarían enseguida. Jadeando por el miedo y el cansancio, me dirigí al ascensor que se estaba abriendo en ese mismo instante y del que salía un tipo vestido de traje. Sorprendido, miró cómo me acercaba a toda velocidad. Me lancé dentro del ascensor y presioné el botón de la planta baja. Las puertas comenzaron a cerrarse muy despacio... ¿Iban a cámara lenta o qué? «Más rápido, más rápido», les pedí, pues las dos guardaespaldas se acercaban a toda prisa. ¿Llegarían a poner el pie en la puerta y bloquear el ascensor?

Sin hacer el más mínimo ruido, la puerta se cerró justo a tiempo. Escuché que Latisha (¿o sería Natascha?) gritaba enfadada porque había conseguido escapar.

En el séptimo piso, el estúpido ascensor se detuvo de nuevo porque una mujer con traje de ejecutiva y bolso de Gucci quería entrar. ¡Pero bueno!

«Es nuestra oportunidad —dijo Rocket, nervioso—. ¡Lo mejor es que nos bajemos aquí, seguro que piensan que hemos ido hasta la planta baja!».

Me pareció muy buena idea y la mujer me miró perpleja cuando salí corriendo. Muy agobiado, miré a mi alrededor. Parecía que en la séptima planta no trabajaba casi nadie. Había un carro lleno de productos de limpieza y un cubo lleno de agua sucia sobre el suelo de mármol gris claro, pero no se veía nada más. De pronto tuve una idea y cogí un bote de limpiacristales. Con cuidado, me dirigí hacia la escalera, abrí la puerta para comprobar si se oían pasos. Y en efecto, así era, pero aún sonaban bastante lejos. ¿Serían las garras de un felino?

Rocket preguntó:

«¿Qué es ese ruido? Suena como el lanzamiento de un cohete, pero con muchos cristales rotos».

Le hablé de las gemelas tigresas.

«Mierda, ¿y son dos? —La voz de pensamiento de Rocket sonaba inquieta—. Seguro que una ha subido por las escaleras y la otra ha bajado. Si no te encuentran, rastrearán todo el edificio hasta que lo hagan».

«Siento mucho haberte metido en semejante lío», pensé.

«Escucharé después tus estúpidas disculpas, ¡rápido, escondámonos!».

«Sí, señor», le respondí comprobando cada uno de los pasillos y los despachos de empresas que había en ese piso. Una de las oficinas (una agencia de publicidad) tenía la puerta abierta; debía de haber alguien limpiando. Me metí en esa oficina con olor a alfombras nuevas y tóner de impresora y cerré la puerta con cuidado detrás de mí. Para tapar todas mis huellas de olor, rocié abundante líquido limpiacristales. Luego me encerré en un armario ropero de la entrada, me golpeé la cabeza con la barra y todas las perchas cayeron sobre mí. Cerré la puerta del armario, me puse la mochila delante de la tripa e intenté no respirar.

«Bueno, ya estamos escondidos», dije a Rocket, y él farfulló:

«Cuidado, ¡este escondite no nos va a servir para nada!».

«Pues claro que sirve, y si alguien nos encuentra aquí, me como mis propias palabras», le aseguré.

Durante cuatro o cinco minutos no pasó nada; de repente tuve ganas de ir al cuarto de baño, noté que mi camiseta olía a sudor y oí que en la oficina alguien tarareaba mientras limpiaba el polvo. Poco a poco, me fui tranquilizando.

Luego escuché que la puerta de la agencia de publicidad se abría y alguien aspiraba muy fuerte. Parecía un animal que quisiera husmearlo todo. Un escalofrío me atravesó el cuerpo. Aparentemente una de las tigresas metamórficas me había seguido el rastro desde el ascensor. ¿Pero es que no había echado suficiente limpiacristales? Pensé que con esa cantidad era más que suficiente para camuflar mi olor, pero no, parecía que no. ¡Madre mía! Unos pasos lentos y suaves se movían justo hacia donde me encontraba… y entonces activé mi plan de emergencias. Abrí la puerta del armario con todas mis fuerzas, golpeando justo en la cara de una de las tigresas, y salí corriendo de allí. Un instante después vi que llevaba los colmillos y las garras medio transformados. Solo me quedaba correr para intentar salvar mi vida.

«¿Y ahora qué pasa, no te tenías que comer tus propias palabras?», se quejó Rocket.

—¡Estamos en peligro! —dije jadeando, puesto que Latisha nos iba pisando los talones. Pero allí estaba el carro de la limpieza, un verdadero regalo del cielo. Lo lancé en dirección a la mujer y, con un estruendo terrible, cayó en medio de su camino. El agua sucia y espumosa se extendió por el suelo de mármol y aquello se convirtió en una pista de patinaje… Latisha se disponía a saltar por encima del carro caído, pero no pudo hacerlo, puesto que patinó y fue a dar con su perfecta nariz contra el suelo.

Rocket salió de la mochila a toda velocidad, patinó con sus cuatro patitas hasta llegar a nuestra adversaria y se le metió por debajo de la ropa.

—¿Qué estás haciendo? —gritó espantada. La tigresa metamórfica intentaba ponerse en pie, pero descubrió a la rata y comenzó a rasgarse toda la ropa.

«¿Qué te parece? ¡Yo la sujeto y así tú puedes rociarla con el desodorante!».

Aquello fue una idea genial, seguro que el olfato de la tigresa quedaría fuera de combate al menos durante algunas horas. Abrí rápido la mochila, agarré el desodorante y apreté el botón del espray, rociándolo en toda su cara. En ese preciso instante, el ambiente empezó a apestar a desodorante de hombre. Latisha no paraba de gritar:

—¡Pedazo de asqueroso! ¡Te cogeré!

Con una habilidad gatuna, consiguió al final levantarse; estaba a menos de metro y medio de mí. Casi me podía tocar.

Entonces la rocié por segunda vez en la nariz justo en el momento en el que, desde su espalda, y como salido de la nada, apareció un chico desnudo que la hizo caer al suelo con su peso. ¡Rocket se había colocado como rata sobre sus hombros y luego se había retransformado!

«¡Ahora vámonos!», me gritó.

Pero no era tan fácil: le acababa de estampar a Latisha la mochila contra la cabeza. Cuando fui a cogerla, me gruñó y me enganchó con las zarpas. Casi pierdo el equilibrio y la metamórfica me quitó la mochila de las manos.

Daba igual. Yo solo quería salir de allí. No tenía ni idea de dónde estaba la otra tigresa, pero me arriesgué a bajar por las escaleras. El problema es que una *woodwalker* era capaz de bajar los escalones de tres en tres si de verdad tenía prisa.

Sexto piso, quinto piso. ¡Más rápido! En la planta baja encontraría alguna forma de salir del edificio. Cuarto piso, tercer piso.

Tenía un cargo de conciencia terrible. ¿Rocket? Esperaba que Latisha no lo siguiera; en realidad era contra mí contra quien tenían algo.

Segundo piso, primer piso, ¡planta baja! Me detuve, abrí con cuidado la puerta del vestíbulo e intenté salir a una velocidad normal para no llamar demasiado la atención. Por desgracia, no sirvió de nada. Las tigresas habían cogido el ascensor y ya me habían alcanzado. Se pusieron delante de mí con sendas sonrisas en sus bonitos rostros; sin embargo, sus ojos verdes almendrados brillaban amenazantes y sin compasión. Tampoco era el mejor momento para que Latisha hiciera una sesión de fotos: tenía los ojos rojos y la nariz magullada.

Tanto ella como su hermana me cortaron el camino hacia la salida.

El monedero y yo

Sudaba incluso más que antes. La salida estaba realmente cerca, pero no podía acceder a ella. ¡No cabía ninguna duda, me habían pillado!

Pero las tigresas no eran las únicas personas que estaban en el vestíbulo; dos policías con camisas negras de uniforme habían entrado y miraban a su alrededor. ¿Podrían ser ellos mi salvación? ¿Debería tirarme a su cuello? ¿Pero qué narices les iba a contar?

—Nos han llamado, parece que hay un poco de jaleo por aquí —dijo uno de los policías, y me lanzó una mirada a mí, luego a las guardaespaldas y, por último, se fijó en una repartidora que llevaba una camiseta roja con la inscripción «Hong Kong Kitchen». Estaba esperando el ascensor para entregar un pedido.

—A mí no me miren, estoy trabajando —dijo de muy malas maneras.

—¿Saben lo que ha pasado? —preguntaron los policías a las dos tigresas metamórficas. Si no hubieran entrado al edificio, ya me habrían hecho carne picada, era evidente. Me observaban con sus miradas penetrantes sin hacer ni el más mínimo caso a los funcionarios. Seguro que no les hacía ninguna gracia que se enteraran de que acababan de destrozar el décimo piso.

Aunque tampoco a mí me iba a servir de nada; en cualquier momento podía aparecer Lydia Lennox y desacreditar todo lo que yo pudiera decir. Les contaría a los policías alguna historia espeluznante sobre mí, franca y convincentemente.

Y estoy seguro de que ellos creerían mucho antes a una reconocida abogada que a un chico de la calle al que nadie conocía.

—¡Les voy a contar lo que sucede! —se escuchó una voz muy enfadada. Giré la cabeza y me quedé perplejo; allí estaba Rocket, vestido y en su forma humana, con mi mochila colgada de un hombro. Sus ojos brillaban mientras me señalaba con el dedo índice—. ¡Ese chico me ha robado el monedero! Hemos tenido una persecución salvaje en el décimo piso. ¡Oficiales, deténganlo antes de que escape, deprisa!

Con un rápido movimiento, los policías me agarraron por los brazos, uno de cada lado.

—Bueno, me temo que nos vamos a la comisaría —me dijo uno de ellos.

Hice todo lo posible para no reírme y puse la típica cara de un tipo al que acababan de pillar con las manos en la masa mientras me conducían fuera, pasando por delante de mis enojadas enemigas.

A pesar de todo, que te detengan no es algo especialmente agradable. Los policías me metieron en el asiento trasero del coche de patrulla y la supuesta víctima, Rocket, se sentó en el delantero. A través de las puertas de cristal de la entrada pude ver que Lydia Lennox salía del ascensor. Un pelín tarde, ya que el coche arrancó y nos fuimos de allí. De todas formas, no debía de estar del todo disgustada... Al fin y al cabo me habían detenido, ¿o no?

Esperaba que Rocket tuviera algo previsto al llegar a la comisaría para sacarme de allí. Pero... ¿era posible (me aterraba la idea) que aquella fuera una estratagema para devolvérmela? En realidad, hasta hacía solo un día éramos enemigos...

Sin embargo, no debí preocuparme antes de tiempo. Cuando uno de los policías pidió ver la documentación de Rocket, este se puso a rebuscar dentro de sus bolsillos, puso cara de desconcierto y sacó su monedero.

—¡Anda, pues no me lo había robado! ¡Lo tenía en el otro bolsillo!

Antes de que los guardianes de la ley, que se habían quedado perplejos, se dieran cuenta de lo que había ocurrido, ya estábamos fuera de la comisaría. Nos marchamos de allí; ¡no me podía creer que hubiéramos salido de aquel embrollo sin un mínimo arañazo!

—Puff —dije, respiré profundamente un par de veces y miré a Rocket—. Menos mal. ¿Siempre tienes un plan B?

Él sonrió:

—Casi siempre.

—¿Y qué plan tenías en el colegio cuando te dedicabas a zurrarme todo el rato?

—Solo quería enseñarte quién ponía las normas en clase, ¿qué pasa? —dijo Rocket, y siguió avanzando tan tranquilo por la calle.

—Ah, por cierto, muchas gracias —dije intentando no ponerme nervioso. Había sido alucinante lo que Rocket había hecho por mí durante el ataque de la tigresa. Se acababa de convertir en mejor amigo que Lando, al que apreciaba, pero que me había dejado en la estacada en mi primera metamorfosis parcial en Miami Beach.

Yo no estaba de muy buen humor. Lo sucedido en el bufete de abogados había supuesto un terrible fracaso; no habíamos descubierto nada acerca de los matones de la basura ni tampoco sobre Lydia Lennox y su posible relación con aquel asunto.

—¿En qué estás pensando mientras me miras con esa cara? —preguntó Rocket—. ¿En la sopa de aleta de tiburón?

—¡Ni me lo recuerdes! Me pongo de los nervios solo de escuchar esas palabras. No, solo estaba pensando cómo les voy a contar a Shari y a Jasper que he fracasado en mi misión especial como detective en Miami.

Me miró con cara de sorpresa.

—¿Quién es Shari?

«La chica más maravillosa del mundo», pensé yo.

—Bueno, una delfín metamórfica bastante maja —le dije—. Juntos intentamos pillar a los matones que envenenan el agua.

—Ya. —El labio superior de Rocket temblaba, lo que recordaba bastante a una rata aun cuando estaba en su forma humana—. ¿Te acuerdas de que ahora te toca a ti ayudarme?

—¿Qué tienes pensado hacer? —Sentía curiosidad por saber cómo pensaba quitarse de encima a sus perversas hermanas.

—Ya lo verás —dijo—. Pero primero necesitamos el equipamiento adecuado. Así que vamos a comprar bombones.

—Vale —dije, y de repente se me ocurrió que podíamos ir a aquella tienda llamada Sweet King, ese nombre que recordaba bastante al que había dicho Ella Lennox a sus colegas del colegio. No tenía nada claro que aquello fuera una pista, pero le había prometido a Jasper que iría a comprobarlo, así que se lo propuse a Rocket.

Él estuvo de acuerdo.

—Una cosa: voy a entrar en forma de rata —me dijo—. Como soy tan pequeño, un simple pedacito de chocolate me parecerá como una tableta entera y con un único bombón ya estaré lleno. ¿Te parece buena idea?

—Claro que sí —dije, y en el patio trasero de una casa se transformó de nuevo. Era sorprendente lo bien que le salía.

«Lo único es que no me apetece nada volverme a meter en la mochila», se quejó.

—También puedes ir andando —le dije, pero no le pareció bien.

Sweet King era una tiendecita que tenía un cartel torcido y pasado de moda sobre la puerta de entrada. Dentro olía a palomitas quemadas y a aroma de cerezas artificial. Había un par de estanterías llenas hasta los topes de chucherías, una nevera con limonadas y helados y dos pequeñas mesas de plástico pegajosas en las que uno se podía sentar a tomar algo, siempre que no fuese demasiado escrupuloso. No me extrañó que fuéramos los únicos clientes.

«Voy a ver la zona de los helados —dijo Rocket en voz baja—. Coge mi monedero, aunque en realidad ya me lo has robado una vez».

Nos repartimos el paquete de helados, dos para él y ocho para mí. Me senté en una de las mesitas y sin que nadie me viera eché su parte de los helados por una abertura de la mochila. Mi acompañante se puso manos a la obra.

—¿Podrías dejar de hacer tanto ruido? —murmuré.

Mientras tomábamos nuestro botín pensé que en aquella tienda había algo raro. Daba la impresión de que aquella gente no tuviera el más mínimo interés en vender sus productos. Los vendedores suelen alegrarse cuando llegan clientes, pero en ese caso el tipo de detrás del mostrador parecía más bien molesto con nuestra presencia. Se mostró más animado al ver entrar a una señora con el pelo cano y una camiseta azul desteñida. No parecía que fuese a comprar nada. Me lanzaron una mirada como deseando que me largara de allí lo antes posible.

«Algo no va bien aquí», dijo Rocket.

«¿Eso crees? Es solo una tienda cochambrosa».

Hice como si estuviera concentrado comiendo mis helados, pero en realidad solo intentaba percibir si aquellos dos eran metamórficos. No, parecía que no. Aunque me hubiera colocado delante del mostrador, tampoco habría notado nada. Luego, Rocket me dijo:

«¿Puedes quedarte aquí mientras voy a ver de qué hablan? En esta tienda de mala muerte una rata llamará menos la atención que en un despacho de abogados…».

«Vale».

Rocket salió de mi mochila y se escondió debajo de una estantería. Yo me levanté, compré unos bombones con el dinero de Rocket y me marché de allí. Por suerte no hacía mucho calor, de lo contrario los bombones se habrían convertido enseguida en una pasta asquerosa. Pero no quise irme muy lejos, así que me detuve en la siguiente esquina y me apoyé en un poste de la luz.

«¿Y qué, descubres algo?», pregunté intrigado a Rocket.

«¡Pero bueno! ¡Esto es increíble! —contestó—. ¡Espera, ahora te lo cuento! Oh, mierda…».

«¿Qué?», pregunté alarmado, pero no obtuve respuesta.

Un grito retumbó en mi cabeza. ¡Oh, no, parecía que habían descubierto a Rocket!

Abandoné mi poste de la luz y salí corriendo.

Nada de champán

Cuando llegué a la tienda, la puerta se abrió de golpe y una rata marrón salió disparada como si la persiguiera el mismo diablo. Eso era justo lo que sucedía: una figura greñuda salió hecha una furia detrás de la rata e intentó arrear a Rocket con un bate de béisbol mientras gritaba:

—¡Bicho asqueroso!

Del interior de la tienda salían botellas a modo de bala (eran botellas vacías de limonada) que caían alrededor de Rocket y estallaban contra el suelo. Los cristales volaban como cuchillos transparentes.

«Demonios, a esta gente no le gustan los roedores —se quejó Rocket—. ¡Rápido, haz algo, que me van a matar!».

—¿Puedo ayudarla? —pregunté a la mujer y me interpuse en su camino—. ¿Tiene usted algún problema?

—¡Quita de en medio, tarado! ¡Casi había pillado a esa bestia!

—¿Qué bestia? —dije mirando alrededor, haciendo unos movimientos tan torpes que la mujer se chocó contra mí y el bate de béisbol cayó al suelo con un sonoro «¡cloc!». La mujer comenzó a insultarme sin parar.

En ese momento, Rocket tuvo la oportunidad de meterse en un arbusto que había en la acera. Unos diez minutos después, cuando parecían haberse tranquilizado un poco y habían barrido con la mirada el exterior a través de los cristales, me dirigí hacia él y lo metí en la mochila. No fue complicado, pues aún estaba paralizado y como un trapo por el susto.

«Gracias, tío», fue lo único que pudo decir.

En el cuarto de baño de una hamburguesería, Rocket se transformó de nuevo. De regreso a su casa, pudimos hablar con más calma de lo sucedido.

—Justo cuando te fuiste, el tipo comenzó a meter dinero en la caja como un loco —empezó a contar Rocket—. Pero allí no había ningún cliente.

—Tío, qué ingenuo eres. ¡Están blanqueando pasta! Seguro que ganan cantidades ingentes vendiendo productos prohibidos y usan la tienda como tapadera. ¿Y qué más? —pregunté con la boca seca.

Una amplia sonrisa apareció en la cara de Edward Albright, que era como en realidad se llamaba Rocket. Luego dijo:

—Brad me ha dado todos los detalles para el vertido de la siguiente carga. Será el próximo martes a medianoche.

Resulta que la mujer había preguntado: «¿Cuántos barriles?». Y el tipo había respondido: «Dieciocho. Los que caben en una furgoneta». Y luego la mujer volvió a preguntar: «¿Y sabes lo que hay dentro esta vez, Caleb?». El tipo se rio y le contestó: «Desde luego, llenos de champán no están».

Y después dijo que lo último que vertieron olía a limpiador de váteres, y que debía de haber dejado relucientes las gargantas de los malditos caimanes.

Me quedé perplejo e incapaz de articular palabra. La pista que me había parecido una tontería desde el principio y que no quise valorar era en realidad la correcta. Por fin estábamos tras los pasos de los envenenadores del medioambiente.

—Son ellos, ¡los tipos que estamos buscando! —De lo nervioso que me sentía, no me estaba enterando ni de por dónde íbamos. Ese tal Brad parecía ser el jefe, pero Caleb y la mujer también estaban metidos en el ajo—. ¿Han dicho dónde van a tirar los barriles?

—No, por desgracia no. —Rocket torció el gesto—. O sea que la información, en realidad, no es tan útil, ¿no te parece?

—Claro que lo es, es superútil. ¡Por fin estamos haciendo avances! —Me sentía flotar sobre el asfalto—. Tengo que decírselo de inmediato a los demás. Shari y Jasper ya no se sentirán decepcionados conmigo, ¡todo lo contrario!

—Me muero de ganas de saber qué va a pasar —continuó Rocket—. El próximo fin de semana me ayudas con lo de mis hermanas, ¿vale?

—Vale —le dije.

No me gustó nada volver a dormir aquella noche en el suelo del trastero de aquella señora que se ponía histérica por cualquier manchita. Menos mal que pronto volvería a estar en mi cabaña de la playa.

¡Y además esa misma tarde se la iba a enseñar a mis padres! De repente me puse nerviosísimo. ¿Iría todo bien? ¿Vendrían al final?

—Bueno, ¿qué...?, ¿inquieto? —preguntó tío Johnny sonriéndome mientras agarraba con una mano el volante de su vieja tartana y avanzábamos por la autovía en dirección al colegio—. Esperemos que tus padres aparezcan de verdad. ¿Has sabido algo más de ellos?

Eché un rápido vistazo a la bandeja de entrada del correo electrónico.

—No, nada.

Cuando llegamos al Blue Reef, estaba tan contento de volver a verlo que me hubiera abrazado todas y cada una de las palmeras. El aparcamiento estaba casi vacío, mis padres no parecían haber llegado aún. Jasper me estaba esperando y salió corriendo a mi encuentro.

—¡Tiago! ¿Qué has descubierto?

Miré alrededor para asegurarme de que no había nadie por allí, en especial Ella y sus colegas.

—He descubierto un millón de cosas, ahora te lo cuento, pero deberíamos esperar a Shari —le susurré.

Mientras tío Johnny iba a la cafetería a tomar algo, Jasper y yo nos dirigimos hacia la laguna; a lo lejos se oían los silbidos, los aplausos y los chirridos de los delfines. No podía estar ni un segundo más sin Shari. Me quité los zapatos, saqué el móvil del bolsillo del pantalón y me metí hasta las rodillas en el mar sin darme cuenta de que se me estaban empapando las bermudas. ¡Qué maravilla sentir el agua en mi piel!

Shari echó a nadar hacia mí, me miró con sus ojos oscuros y alegres y pasó por delante con su enorme cuerpo de color gris. Le acaricié el lomo y ella, con su aleta, tiró de mí en dirección a la laguna.

«¿Vas a contarme lo que has descubierto?», preguntó.

Sus amigos delfines también se acercaron deslizándose entre las olas. Jasper se subió a lomos de Noah a modo de pasajero de cuatro patas.

Les conté a mis amigos lo que nos había pasado a Rocket y a mí en el despacho de abogados de Lydia Lennox y en la tienda Sweet King.

«¡Qué marítimo, ahora sabemos muchísimas más cosas!», celebró Shari en bajito para que nadie pudiera escucharla.

«¿En la tienda Sweet King? ¡Y tú pensabas que esa pista era una tontería! ¡Incluso hiciste unos chistes malísimos sobre los mafiosos y los caramelos de limón! Te habrás dado cuenta de que me tienes que hacer más caso, ¡si es que yo lo sabía!», se alegró Jasper.

—Está bien, admito que fui un poco tonto —contesté de mala gana.

«Pero ahora eres un héroe», dijo Blue ofreciéndome su aleta caudal para que pudiera surfear entre los dos delfines. Era una sensación fabulosa, sobre todo porque Blue siempre me había tenido mucho miedo. A lo mejor se atrevía porque estaba en mi forma humana.

«Bueno..., ahora ya sabemos cuándo va a ocurrir, pero no el sitio, ¡no podremos impedir que vuelvan a derramarlo en la naturaleza!», dijo Jasper, que ya no parecía tan contento.

—Tendremos que seguir investigando —dije con voz triste—. Pero al menos tenemos un punto de partida. Lo van a tirar el próximo martes.

—¡Tiago! —Alguien me estaba llamando desde tierra—. Tus padres han llegado, ¿puedes venir?

Mi corazón empezó a latir con fuerza.

«Oh, ¿tus padres? ¡Eso es fabuloso!», dijo Shari, que nadó haciendo un gran arco y aumentó la velocidad para dejarme rápido en la playa. La ola que formaba con su aleta me empapó y me agarré

con fuerza al borde delantero de su aleta caudal. Cuando volví a pisar tierra, anduve hasta la playa. De repente me encontré al lado de Johnny, empapado hasta la médula, con la camiseta pegada a la piel, los pantalones cortos completamente calados y con dos personas desconocidas delante de mí..., además de un águila marina de cabeza blanca posada en la rama de un árbol. Bueno, al menos el señor Clearwater también estaba allí.

La primera en la que me fijé fue en la mujer, que era delgada y no demasiado alta, e iba vestida con un traje de diseño azul acero bastante elegante. Su piel era algo más oscura que la mía, pero podía reconocer sus radiantes ojos azules; eran iguales a los que veía cuando me miraba por las mañanas en el espejo. Mi madre tenía unos preciosos labios marcados y el pelo negro a la altura de los hombros. Se acercó con movimientos gráciles para darme la mano.

—Iris Anderson —me dijo sonriendo—. En mi segunda forma soy un tiburón azul.

Su fría actitud me dejó sin palabras. ¿No podría haber dicho sencillamente «mamá»? Era increíble.

—Hola, Tiago, soy Scott Anderson —dijo el hombre que estaba de pie a su lado y que le sacaba una cabeza. Todo su pelo era cano, a excepción de algunos mechones morenos en las sienes; su traje parecía hecho a medida.

—Hola —dije yo. No podía creerme que estuviera conociendo a mis padres.

Scott me pasó una gran bolsa llena de salmón ahumado, galletas, yogures líquidos, nubes de caramelo y otras cosas.

—Te hemos traído unos detalles, por si te apetece tomar algo que no haya en el colegio.

«Muy bien… ¿No queréis ir a la cafetería? —propuso Jack Clearwater desde su rama—. Allí podréis relajaros y hablar con calma hasta la hora de la cena».

Scott le lanzó una mirada a su mujer. Cuando Iris asintió, entonces dijo:

—Vale.

—¡Ahora voy, necesito cambiarme de ropa! —grité. Cogí mis zapatos, el móvil y la bolsa que me acababan de dar y salí corriendo hacia mi cabaña. Necesitaba tener un momento para mí mismo y tranquilizarme.

¿Me explicarían por qué me habían abandonado cuando era solo un bebé? «Eso espero», pensé mientras me sacaba la camiseta empapada por la cabeza.

Lo que significa ser un tiburón

Busqué por toda la cafetería a mis padres hasta que los encontré sentados a una mesita al lado de la pared de cristal con maravillosas vistas al mar.

Tío Johnny y el señor Clearwater, que ya se había retransformado, estaban con ellos.

—¿Qué tal va Tiago en el colegio? —preguntaba Scott justo cuando me acerqué a la mesa.

—Bien, además tiene un don para la metamorfosis —aseguró Jack Clearwater, y no añadió nada referente a los problemas que había tenido. Mis padres asintieron, aunque tampoco parecían especialmente impresionados.

—Solo llevo aquí unas semanas y me encanta —dije mientras me sentaba.

—Eso está muy bien, es importante saber adaptarse a ambos mundos —comentó Iris con cierto desinterés.

Por casualidad, algunos de mis compañeros pasaron por allí y nos lanzaron miradas de curiosidad; entre ellos, Shari y sus amigos delfines, Chris y Finny. Ella y Toco se acercaron a ver la pizarra. La señorita White les echó una mirada severa y se marcharon de allí enseguida.

—Ahora os dejo para que podáis hablar tranquilos vosotros solos —dijo Jack Clearwater lanzándonos un último vistazo antes de levantarse. Me alegré sinceramente de que tío Johnny se quedara con nosotros y, a pesar de que estuvo callado y quieto como una estatua todo el tiempo, me tranquilizaba sentirlo a mi lado.

—¿Vosotros crecisteis como animales o como humanos? —pregunté a Iris y a Scott.

—Mis padres vivían en las Bahamas y salían a nadar por el mar en forma de tiburones solo por las noches —me contó mi padre—. A mí me llevaban en muy pocas ocasiones, pero no sé por qué. Siempre me dijeron que la vida en la tierra no les convencía y que solo querían vivir en el mar.

—¿Por qué? —pregunté yo.

Por primera vez la comisura de los labios de Scott esbozó una ligera sonrisa.

—Bueno, supongo que porque a mi padre le gustaban demasiado las patatas fritas, la cerveza y el béisbol.

Intercambiamos una sonrisa y por un momento tuve la sensación de que nos acercábamos un poquito más.

—No teníamos mucho dinero, pero gracias a mis buenas notas conseguí una beca para Harvard —siguió contando Scott.

—Yo también tengo una beca; me la paga el Consejo —le expliqué.

En ese momento Iris comenzó a hablar. Cada vez que la miraba me recorría un escalofrío, y es que nos parecíamos mucho.

—A mí mi madre me crio sola, luego me mandó a un internado estupendo y después a una buena universidad —relató. Scott la escuchaba con atención—. Pero, por desgracia, nunca me contó mucho sobre mi segunda forma.

Yo seguí haciendo preguntas. Los tiburones azules eran animales solitarios que cazaban en aguas profundas. Había leído en internet que no tenían demasiada conexión con su descendencia, lo que en aquel momento resultaba evidente.

—Pero de mayor habrás estado a menudo en el mar en forma de tiburón, ¿no?

—En el mar es donde mejor me siento —dijo Iris—. Tenemos un yate en las Azores con el que salimos a navegar y también recorro largas distancias a nado.

Scott le dedicó una mirada de satisfacción.

—Debo reconocer que lo del yate fue una fabulosa idea por tu parte.

—¿Tú también cazas? —le pregunté a Iris.

—Sí, claro.

—¿Y no te supone ningún problema la idea de matar?

—¿Y por qué debería suponerme un problema? —Sus ojos fríos me miraban fijamente—. Somos tiburones, es lo que hacemos.

Mi madre: una asesina de sangre fría como el hielo. Guau. Los miraba a los dos y me preguntaba cómo podía ser que llevasen décadas juntos como tiburones metamórficos. ¿Se querrían? Y si eran capaces de amar, ¿por qué me habían abandonado sin pensárselo dos veces?

—¿Y qué tal has estado con Johnny? ¿Se ha ocupado bien de ti? Es que los tiburones tigre necesitan grandes cantidades de comida.

Menos mal que por fin Scott se animaba a hacerme alguna pregunta. Ya pensaba que no le interesaba nada que tuviese que ver conmigo.

—No se ha atrevido a dejarme morir de hambre —bromeé sonriendo a Johnny. Me sentó muy bien que él me devolviera la sonrisa; su cara ancha y llena de arrugas era un paisaje de confianza donde me sentía muy tranquilo.

—Exacto. Prefería servirle cualquier cosa, aunque estuviera quemada, antes que no darle nada —murmuró Johnny—. La verdad es que hemos pasado un tiempo fantástico juntos, ¿verdad, Tiago?

—Claro que sí —dije sin dudarlo. Quería dejar claro a mis padres que durante aquella época me había ido genial, aunque ellos no estuvieran.

—¿Qué asignatura te gusta más? —preguntó Iris.

—Artes acuáticas, creo —le contesté—. La profesora es una tortuga marina que nos cuenta un mogollón de cosas interesantes. Dentro de poco tengo que presentar un trabajo sobre los arrecifes de coral junto con otros compañeros como los que están allí.

Chris se encontraba en ese momento charlando con nuestro cocinero y bedel, Joshua; cuando se dio cuenta de que estábamos hablando sobre él, nos hizo una seña y sonrió. Mis padres le lanzaron un breve vistazo y luego lo ignoraron.

Estuvimos hablando un rato más y durante aquel tiempo me enteré de que trabajaban como importantes juristas y que estaban siempre de viaje alrededor del mundo, pues los requerían en distintas partes del planeta. ¿Tenían el mismo trabajo que Lydia Lennox? Fabuloso…

Les conté que en mi tiempo libre me gustaba pintar, leer y salir por ahí con mis amigos, y que Johnny me había prohibido ir al mar durante toda mi niñez.

Conversamos durante mucho rato, pero no tenía la sensación de que estuviéramos intimando de verdad. En algún momento, la pared que había entre nosotros tendría que romperse. Estuve pensando cómo impresionarlos y ganarme su respeto, y por fin tuve una idea. A los dos les encantaba ser tiburones… ¡Lo mejor era enseñarles cómo era en mi forma de tiburón tigre! A ambos les pareció fabuloso cuando se lo planteé.

—Claro, transfórmate —dijo Scott, y salimos de la cafetería.

Por casualidad, Jasper estaba en el palmeral en forma de armadillo. Me deseó «suerte infinita» y sonreí burlón mientras me quitaba la camiseta. ¡Esperaba que la metamorfosis me saliera a la primera!

Me concentré en mi imagen mental de tiburón tigre, pero estaba tan nervioso que en un primer momento no pasó nada. ¡Mierda, mierda, mierda! Mis padres esperaban en silencio y me observaban con mucha atención. Cada vez me ponía más nervioso, no lograba transformarme tan rápido como en clase.

Al final lo conseguí y eché a nadar en forma de depredador por las aguas tranquilas color turquesa; poco a poco me fui relajando. Con golpes rítmicos de mi aleta caudal (izquierda, derecha, izquierda, derecha) fui atravesando la laguna, al tiempo que algunos de mis compañeros escapaban asustados.

«¡Ay, me piro!», dijo Olivia, y se dirigió a tierra.

Cuando mi morro apuntó hacia Blue, esta salió pitando hacia mar abierto, a pesar de que Shari le gritaba por detrás: «¡Para, espérame!».

Había llegado el momento: tenía que mostrarles a mis padres lo que podía hacer.

«Jasper, por favor, tira al agua desde ahí algunos palos de madera», le pedí a mi amigo, que sacó junto con Chris algunas ramas gruesas que habían sobrado de la clase de Lucha y las tiraron al mar.

Cogí impulso y me lancé. Golpeé el agua con la aleta caudal y ataqué a la rama como si fuera mi peor enemigo. Con el primer mordisco se convirtió en un amasijo de astillas. ¿Alguien estaba aplaudiendo? Debajo del agua era muy difícil de escuchar. Me di la vuelta, agarré la segunda rama… y casi me choco contra Barry, que en ese momento nadaba tranquilo justo por delante de mí, en su forma de barracuda plateada. No parecía darse cuenta de que en ese mismo instante estaba ocurriendo algo de verdad importante. Esto me obligó a girarme y con ello perdí tanto impulso que golpeé la rama solo con el morro. Se sumergió en el agua antes de que pudiera agarrarla con los dientes. Eso ya era demasiado, así que, incapaz de contenerme, exploté:

«¡Barry, maldito filete de pescado! ¿Es que no te puedes quitar de en medio? —grité con la irá y la frustración corriendo por mis venas—. ¡Lo has estropeado todo!».

«¿Yo? No. Lo estás estropeando tú solito», respondió Barry mordaz; no parecía tener intención de marcharse de allí y dejarme el espacio libre.

Lo perseguí con agresividad hasta que por fin surtió efecto; con unos rápidos aletazos desapareció en mar abierto profiriendo un: «¡Relájate un poco!». Al menos ya tenía vía libre y podía demostrar los efectos de mi mordida en mi segunda forma.

Muy orgulloso, nadé en dirección a tierra, saqué mi cabeza ancha y gris del agua para mirar a mis padres, que estaban en la playa. Sorprendido, me di cuenta de que no se sentían en absoluto impresionados con mi representación. Su expresión era más bien de irritación; mi madre incluso tenía la mirada un tanto lúgubre.

—Ya veo que el autocontrol no es tu fuerte. Tienes que trabajarlo un poco, Tiago. Es una pena. Quizá en algún momento descubras lo que significa ser un tiburón.

Un escalofrío recorrió todo mi cuerpo. Sin darme cuenta, había arruinado la primera visita de mis padres. ¿Por qué había perdido los nervios a pesar de haber practicado una y otra vez con la señorita White?

«Pero... yo...», fue lo único que pude decir.

Por suerte en ese colegio había alguien a quien no se le trababa la lengua.

Amigos

Shari se acercó nadando como un gran torpedo gris, tan rápido que las olas cristalinas chocaban contra su frente de delfín.

«¿Pero qué tipo de padres son ustedes? ¡Nunca había visto tan poca compasión! ¡Tiago estaba emocionado con su visita al colegio y lo ustedes lo han estropeado! ¡Claro que estaba nervioso! Le puede pasar a cualquiera, ¿no les parece? ¿Es que no lo entienden?».

Yo escuchaba asombrado cómo mi amiga delfín daba su opinión a mis padres, y estaba increíblemente agradecido. Shari estaba diciendo justo lo que yo pensaba y que nunca me atrevería a decirles. ¿Acaso mi amiga delfín sabía que había estado hablando con sus padres? No, seguro que no, solo decidió comportarse así porque éramos amigos.

—La chica tiene razón —añadió Johnny con voz sosegada—. Quizá todos esperábamos más de este encuentro.

Lo miré y luego me fijé en la cara de mis padres. En un primer momento casi no cambiaron su expresión. Luego mi padre enarcó las cejas.

—¿Tu amiga es una delfín, Tiago?

«Sí», respondí.

¿Les parecería indigno que hubiese trabado amistad con un mamífero marino? ¿O estarían sorprendidos de que una delfín metamórfica quisiera ser mi amiga?

—Es verdad —dijo al final mi madre. Su tono de voz sonaba más calmado—. ¿Quién sabe cómo reaccionaría yo en la piel de Tiago?

—Es cierto, tú no eres lo que se dice amable cuando alguien se interpone en tus planes. —Scott parecía divertirse; cuando me miró, una sonrisa se dibujó de nuevo en su cara—. Me temo que tenemos que marcharnos. Nos llamamos por teléfono, Tiago. ¿Vale?

«Vale», contesté con voz apagada. Le di las gracias a Shari y nadé por el borde de la laguna para retransformarme sin ser visto.

Me tumbé en la cama del piso superior de la litera, apoyé la cara sobre los brazos y me quedé como hipnotizado. Me sentía abatido, vacío. Mi nariz estaba a solo un par de centímetros del botón rojo de alarma que se usaba en caso de transformaciones involuntarias durante la noche. Pero en realidad no lo estaba viendo; no quería saber nada, no quería sentir nada.

Pero sí que noté algo. Jasper, en forma de armadillo, saltó y se puso de cuclillas sobre mi espalda; sus garras me atravesaron la camiseta.

«¿Quieres venir a cenar? Seguro que tienes hambre, ¿verdad? Después de una transformación siempre tienes hambre».

—Ve tú solo —le dije, a pesar de que mi estómago llevaba un buen rato haciendo unos ruidos insoportables—. No tengo ganas de nada.

«Bueno, vale. ¿Quieres que te traiga algo? Seguro que pronto te encontrarás mucho mejor. Los padres pueden ser realmente cansinos. Mis padres se separaron una vez, pero medio año después ya estaban de nuevo juntos, comiendo lombrices».

De repente se me quitó la poca hambre que tenía.

Jasper puso cara de preocupación y saltó desde la cama superior hasta el montón de tierra que había en el suelo, luego se revolcó encima de él.

Alguien había llamado a la puerta de la cabaña.

—¿Tiago? Sé que estás ahí —escuché decir a la señorita White, pero no tenía energía para contestarle.

Sin embargo, ella continuó hablando:

—Ha sido un duro golpe, pero seguiremos practicando, ya verás como lo conseguimos, ¿vale?

Enterré la cara en la almohada. ¿De qué me serviría ahora aprender autocontrol? En la vida solo hay una oportunidad para dar una buena primera impresión, y yo la había perdido.

Me quedé tumbado en la oscuridad una eternidad, sintiéndome fatal, hasta que de repente la luz del techo se iluminó.

—¡Eh! —dije—. Déjame en paz.

—Créeme, quieres venir a la cafetería —escuché decir a la afable voz de Shari.

De repente, me volvieron las ganas de hablar.

—¿El señor Clearwater ha puesto la fuente de chocolate? —Había estado deseando que llegara aquel momento, pero ahora me daba igual.

—No es eso —contestó Shari—. ¡Carag y sus amigos acaban de llegar!

Cinco minutos después, entramos en la cafetería saludando a los recién llegados, que se encontraban en la cola del bufet. Reconocí de inmediato al puma, que se encontraba en su forma humana de chico rubio con ojos verde dorado.

—Hola, Carag —le dije muy contento, y nos abrazamos.

Carag me contestó:

—Me gustaría presentarte a Tikaani —dijo cogiendo la mano de una chica con rasgos asiáticos. Los dos se miraron embelesados. Luego Carag señaló a otra estudiante que los acompañaba—. Y ella se llama Holly, también es de mi clase.

«*Kia ora,* Holly» dijo Noah. Yo sabía que eso significaba «Hola» en maorí.

—¿*Kia* qué? —La segunda chica, de menor tamaño y con una mirada pícara y gran cantidad de rizos pelirrojos, miró por toda la cafetería—. Vamos a comer algo y nos contamos cuáles son nuestras segundas formas.

—¿Un *cocker spaniel*? —preguntó Noah cuando nos sentamos a cenar en nuestro bote preferido de la cafetería. Carag y Tikaani se echaron a reír.

—Nada más lejos —dijo Holly—. No soy ningún animal que diga «Guau». Te vas a enterar muy pronto.

—Mmm…, ¿eres una marta?

No soy tan arisca —contestó Holly—. Solo que las nueces sí me tienen miedo, pero mucho. —De repente solo vimos una montaña de ropa en su asiento y una ardilla pelirroja comenzó a pasearse por el bote. Luego saltó al hombro de Noah y lo miró a la cara.

«¿Y tú? ¿Eres un inuit, como Tikaani?

—No…, vengo del otro lado del mundo, soy un maorí de Nueva Zelanda —dijo Noah mientras miraba fascinado a la ardilla. Levantó la mano, como para acariciarla, y ella le arreó un puñetazo de ardilla en la oreja.

«Sí, soy muy suave, pero eso no significa que pueda tocarme cualquiera».

—Perdón —dijo Noah poniéndose rojo como un tomate.

Shari se moría de la risa, y yo también me tronchaba. ¡Precisamente le pasaba a Noah, el ser más educado del mundo, el que siempre se preocupaba de abrirte la puerta y no se le ocurría bostezar sin ponerse la mano delante de la boca!

«No hay problema».

Holly saltó hacia donde estaba Carag y se sentó sobre su cabeza. Carag estornudó porque los pelos de su cola le hicieron cosquillas en la nariz.

—A ver si adivináis cuál es la segunda forma de Tikaani —propuso—. Holly se ha ido un poco de la lengua —nos dijo—. Inuit significa en realidad «animal polar».

—¡Ja! Apuesto lo que sea a que eres una osa polar —le dijo Finny.

Sonriendo, Tikaani sacudió la cabeza.

—Un poco más pequeña.

—¿Un zorro polar?

—Más grande.

Finny se rascó la cabeza.

—Esto..., ¿un ballenato blanco?

Carag se echó a reír.

—Más pelo. Mucho más pelo.

—Un momento —dijo Tikaani, y de repente teníamos sentada entre nosotros a una chica con cabeza de loba blanca y unos ojos de un azul intenso. Todos aplaudimos y nos reímos cuando Tikaani, con su cabeza de loba, intentó darle un sorbo al vaso de agua. Lo cogió con dos patas, se lo llevó al morro y volcó el contenido dejando que la mitad se cayese por los lados. Al final optó por meter el morro dentro del vaso y sorber haciendo muchísimo ruido.

Los invitados ya conocían las segundas formas que teníamos Shari y yo, pero cuando otros estudiantes se acercaron a saludar, empezaron de nuevo las adivinanzas. Cuando Carag vio el pelo azul de Finny, dijo:

—Tengo la impresión de que eres una anémona de mar.

Y Tikaani, que volvía a estar en forma humana, dijo:

—¿O quizá un pez loro?

«¡No! —dijo Nox, que dio un giro y se dirigió por el agua hasta nuestro bote—. ¿No veis lo distintos que son nuestros cuerpos? ¡Un pez loro es así! Ella es una mantarraya gigante».

—Pero bueno, ¿quién te ha dicho que puedas hacer *spoiler*? —se quejó Finny, y le dedicó una expresión terrorífica a su colega.

Chris también se acercó por allí. No era capaz de dejar de mirar a Shari, lo que por desgracia me recordó que a él también le encantaba la delfín.

—Bueno, ¿y qué pensáis que soy yo?

—Un león marino —dijo Tikaani, y todos la miramos sorprendidos. Tikaani sonrió—. No te enfades, pero es que se te ve a la legua.

Mientras tanto, Holly miraba con ojos críticos a Nestor, aquel muchacho tranquilo y empollón.

—Mmmm... ¿Eres un mejillón? —se atrevió a preguntar.

—No —dijo Nestor un poco abatido.

—¿Una estrella de mar?

Nestor estaba un poco dolido.

—Un caimán, ¡y a mucha honra! —dijo marchándose de allí.

Así estuvimos hablando un buen rato y me di cuenta de que, poco a poco, volvía a estar de buen humor. A pesar de ello, Carag me seguía mirando pensativo.

—¿Va todo bien? —me preguntó cuando fuimos a por el segundo plato del bufet. Sacudí la cabeza.

—Mis padres acaban de venir de visita. Y no ha salido para tirar cohetes.

—Yo siempre me he llevado mal con mi padre —me contó Carag—. Es muy estricto y cabezón.

—No tengo ni la menor idea de cómo son mis padres en realidad, lo único que sé es que no son nada accesibles —intenté explicarle.

—¿Son de sangre fría?

El comentario me hizo sonreír.

—No me gusta reconocerlo. Pero sí, son unos malditos animales de sangre fría. Sin embargo, yo no soy así, ¡yo no!, ¿me entiendes?

—Es evidente que eres un pez de sangre caliente —dijo Carag mientras Joshua le ponía un filete de merluza en el plato y lo regaba con salsa de mantequilla—. Venga, que lo que sería una pena que se enfríe es este manjar. Y no, tú no eres un tipo frío, eso es obvio; lo pude comprobar cuando estuvimos aquellos días metidos en una misma canoa.

—Es cierto, no dejemos que se enfríe —dije—. Por cierto, he descubierto algo sobre esos condenados envenenadores de agua. Lo mejor es que nos reunamos lo antes posible. ¿Qué te parece ahora mismo?

—¡Me parece perfecto! —exclamó Carag y transformó a medias su boca. Tenía unos colmillos superimpactantes—. ¡Por todas las tormentas, tengo ganas de empezar con este asunto!

Noemi se pegó a sus piernas ronroneando.

«Tienes unos dientes fabulosos, son casi tan bonitos como los míos», le dijo mientras Tikaani le lanzaba una mirada asesina.

En ese momento se escuchó un griterío en la cafetería y todos los estudiantes se dirigieron hacia el centro de la sala con el agua por las rodillas. Parecía que Jack Clearwater había colocado algo en el centro. En ese preciso instante, Joshua abrió el bufet de postres y puso un enorme plato lleno de brochetas de fruta fresca.

«¿Qué pasa ahí?».

Holly, que aparentemente no quería mojarse, saltó sobre Ella (que se quedó tan perpleja que no pudo ni chillar), luego dio otro salto sobre Leonora (que se quedó pasmada) y al final cayó sobre la cabeza de Nestor (que estaba justo donde se desarrollaban los acontecimientos).

«¡Pero qué maravilla! ¡Tenéis una fuente de chocolate! ¿Me puedo meter dentro?».

—¿Una fuente de chocolate? ¿Pero qué es eso? —Carag y yo nos miramos, y en aquel instante decidimos que podíamos posponer un poco nuestra reunión.

Waterpolo extremo

Por desgracia, no podíamos llevarnos a los invitados al escondite secreto, puesto que estaba bajo el agua. Así que Shari, Jasper y yo nos encontramos con ellos detrás del embarcadero. Tuvimos que esperar un buen rato a Holly, que se dedicó a subir y bajar por cada una de las palmeras que se iba encontrando.

«Por fin, volver a ver palmeras; son tan fantásticas... ¿Sabíais que adoro las palmeras?».

—Sí, lo sabemos perfectamente —dijo Carag sentándose a nuestro lado en el suelo de arena seca y cálida—. Si no quieres bajar, puedes vigilar que nadie se acerque.

«Pues claro, saltaré a la cara de cualquier espía que aparezca», prometió la ardilla metamórfica mientras Shari se embelesaba con sus artes para trepar.

—¿Saltarle a la cara? Mejor no, sobre todo si te encuentras con un caimán —le dije—. Tienes el tamaño perfecto para servirle de ración.

—¿De ración? —Shari se metió en la conversación—. ¡Pero eso iría contra las normas del colegio!

—Nosotros tuvimos una vez un caso con una lechuza y un caimán, y te aseguro que las normas del colegio no sirvieron de nada —dijo Carag—. Así que ándate con cuidado, ardilla inquieta, ¿está claro?

«Muy claro, puma aguafiestas», le respondió Holly, y Carag le lanzó un trozo de cáscara de coco. Ella se puso a cubierto al otro lado del tronco.

—¿Siempre es así? —preguntó Noah, alucinando.

—La mayoría de las veces es peor —dijo Tikaani, que se limpió los restos de chocolate de la boca e hizo una mueca.

Me apresuré a contarles a nuestros colegas del Colegio Clearwater lo que había ocurrido y lo que habíamos descubierto. Lo malo era que el resumen se quedaba un poco corto... Cuando les dije que conocíamos el momento pero no el lugar en el que se iba a producir el siguiente vertido de veneno, Tikaani frunció el ceño.

—Tenemos que descubrirlo, de lo contrario no podremos actuar. ¿El director de vuestro colegio no puede pedir a la policía que pinche los teléfonos de esos tipos o que los vigilen?

En ese momento decidimos que lo mejor era meter a Finny en el proyecto: como su padre era policía, ella era una experta. Escuchó lo que le contamos y dijo:

—Me temo que los oficiales no van a poner vigilancia. Ya escuchaste la conversación, Tiago. Rocket te contó lo que había visto y oído en la tienda. Y los polis querrán saber cómo nos hemos enterado si no estábamos allí.

—Es cierto —dije, abatido.

No podíamos descubrir el secreto de que los *woodwalkers* y los *seawalkers* existíamos.

—Hablaré con Ella, la pitón metamórfica; también quiere proteger los Everglades —dijo Shari poniéndose de pie.

Varios pares de manos la detuvieron al mismo tiempo.

—¿Pero tú estás loca perdida? —le pregunté—. ¿No te has dado cuenta de cómo defiende a su madre? Da igual si Lydia

Lennox tiene algo que ver con todo esto o no, Ella siempre va a proteger a su familia.

—Claro, en las manadas pasa eso —dijo Tikaani.

—Bueno, no siempre —murmuró Carag, que la agarró de la mano y se rio.

Sentí una envidia tremenda; ¡hubiera dado un dedo a cambio de poder darle la mano a Shari!

Luego el joven puma se dirigió de nuevo a Jasper, a la delfín, a Finny y a mí:

—Nosotros podemos vigilar a la madre de Ella para ver si descubrimos algo.

—Por intentarlo que no quede —dije yo—. A mí los colegas de Lennox ya me conocen, pero a vosotros no. Además, a nosotros nos obligan a ir a clase, pero nadie se opondrá a que vosotros os vayáis a dar una vuelta a la ciudad.

Acordamos que Carag, Tikaani y Holly vigilarían la tienda Sweet King a lo largo de todo el lunes y, si fuera posible, también el martes. Era nuestra única oportunidad para evitar que esos criminales llevasen a término su misión.

—¿Y ese Rocket? ¿Nos ayudaría con la vigilancia? —preguntó Tikaani.

—No tengo ni idea —dije yo—. La última vez le lanzaron objetos peligrosos. —Sonreí al recordar la escena—. ¡Menos mal que habéis venido! Las cosas estaban muy feas con esos tipos y gracias a vosotros tenemos una oportunidad. —Tikaani parecía fuerte y peligrosa, y sabía que Carag era un buen luchador. Además, Holly podía sernos muy útil como vigía.

Los chicos del otro internado murmuraron con humildad: «¡Lo hacemos encantados de la vida!» y «¡No hay nada que agradecer!». Luego Noah se levantó de golpe:

—Bueno, ¿qué?, ¿damos por finalizada la reunión?

—Vale, pero ¿por qué? —Me extrañó que tuviera tanta prisa.

Descubrí el motivo justo en el momento en el que me dirigía a mi cabaña, después de haberme lavado los dientes. Bajo el radiante cielo azul de Florida, los tres delfines nadaban por la laguna, aparentemente contagiados de la salvaje energía de Holly. Shari y Blue estaban por encima del agua y avanzaban sobre sus aletas caudales. A través de las aguas cristalinas pude ver cómo Noah tomaba impulso, saltaba y realizaba una voltereta perfecta. Al caer al agua, salpicó por todos los lados… empapando a Carag, que aborrecía el agua. No tuvieron ninguna compasión con él: Tikaani se reía y Holly solo tenía ojos para el pequeño y oscuro delfín.

«Es maravilloso cómo saltas, Noah, casi igual de bien que yo», dijo Holly, e intentó saltar de un tronco a otro de las palmeras en su forma de ardilla. Con tan mala suerte que no lo consiguió del todo, pues en pleno vuelo se retransformó y comenzó a caer en picado. Salí corriendo hacia el palmeral, ¡a lo mejor podía agarrarla antes de que llegara al suelo! Noah emitió un chillido de susto desde la playa. Sin embargo, a Carag y a Tikaani no se les movió ni una pestaña. Justo después de aterrizar en el suelo, Holly dio un salto y se volvió a poner de pie.

«¡Que no cunda el pánico, todo está en orden!».

—¿Pánico? No veo el pánico por ningún lado —murmuró Carag.

«¡Menos mal! —Noah sacó la cabeza del agua; sus ojos centelleaban—. Tiago, ¿nos puedes coger la pelota acuática del almacén? Ya sabes, la que tiene una cremallera en la que es posible meter cosas».

Jasper, que también estaba en aquel momento sentado en la playa, se quedó perplejo.

—¡Yo no pienso meterme ahí dentro! —Intentó hacer un hoyo y esconderse bajo tierra, pero solo lo consiguió a medias.

—No es para ti —lo tranquilicé, le eché una mirada a Holly y sonreí—. Creo que hoy hay otra candidata.

Salí corriendo para coger la pelota del almacén, y cinco minutos después esta recorría, con una ardilla dentro, la superficie de la laguna. Los delfines empujaban la pelota por el agua, se la pasaban con el morro, la metían debajo de la superficie y volvían a elevarla. Holly estaba disfrutando muchísimo, como si se hubiese montado en una montaña rusa. Incluso cuando Shari lanzó la pelota con su aleta caudal y esta dibujó un enorme arco en el aire. Holly se agarró con las cuatro patas al plástico transparente.

«¡Esto es fabuloso! ¡Otra vez!».

—Me parece increíble que no se maree —le dije a Finny unos segundos antes de que un vómito de ardilla color verde claro inundara todo el interior de la pelota acuática.

Saqué a Holly, la sumergí en el agua para lavarla y luego limpié la pelota por dentro.

—Bueno, ¿quieres descansar un rato? —pregunté a la ardilla metamórfica, que estaba tan empapada y con el pelo tan pegado que más bien parecía una rata.

«¿Descansar? —contestó de inmediato—. Ya tendré tiempo cuando sea mayor y se me hayan caído los pelos de la cola. Carag, pásame un tentempié de los que llevas en tu mochila».

Después de comerse una piña llena de piñones, volvía a estar en forma y se metió por segunda vez en el agua, en esta ocasión en su forma humana y con bañador. De repente, me entraron muchas ganas de acompañarla, y también Finny, Chris y Tikaani saltaron dentro de la laguna.

—¿Qué os parece una competición de delfines contra leones marinos? —preguntó Chris, y se puso a nadar tan cerca de Shari que tuve que retirarme. Una cosa estaba clara: no le gustaba que Shari pasara tiempo conmigo.

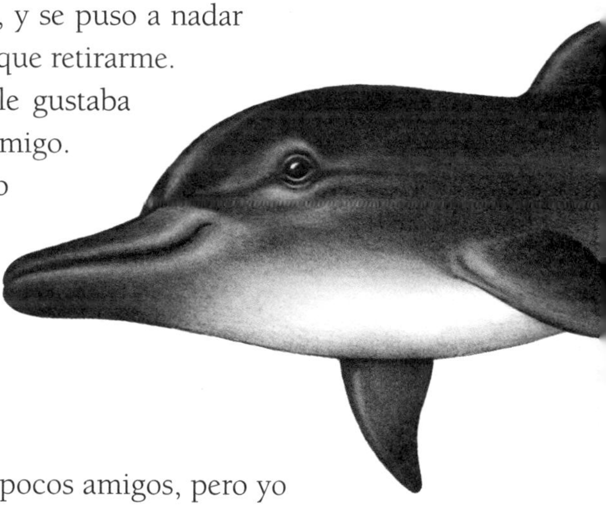

«Mejor mañana —dijo Shari con amabilidad; se acercó a mí y golpeó su morro de delfín contra mi mano—. ¿Te apetece dar un paseo, Tiago? ¡Agárrate y disfruta!».

Chris miraba con cara de pocos amigos, pero yo no podía hacer nada para quitarle aquella pinta de perdedor.

Shari tiró de mí mar adentro. El agua recorría todo mi cuerpo y el mundo a mi alrededor era de un azul increíble. Me olvidé del tiempo, simplemente estaba feliz, en plena armonía con aquella delfín.

Cuando poco a poco se fue haciendo de noche, regresamos agotados a la playa. Todos nos miraban con curiosidad. Chris y Blue, en sus formas de león marino y delfín, seguían nadando por la zona. Finny, en su forma de mantarraya, se burlaba de Tikaani, la loba metamórfica, pasando muy pegada a ella; y Noah saltaba una y otra vez por encima de Holly, que se tronchaba de risa.

«No te asusta nada el agua», dijo, y sonó tan dichoso que Shari y yo nos intercambiamos una mirada de complicidad. ¡Parecía como si se estuvieran buscando y se hubieran encontrado!

¿Y Shari? ¿Significaría yo algo para ella? Sí, éramos amigos, ¿pero llegaríamos a ser algo más? Ni idea, ya se vería. Así que intenté quitarme esas preguntas de la cabeza y volví a pensar en nuestra misión. Quedaban solo dos días. ¿Conseguiríamos que aquella chusma no tirara los bidones de veneno al agua?

Nubes de caramelo y algunos planes

Contra todo pronóstico, la secretaria del colegio, la señora Misaki, se ofreció a llevar a Miami a nuestros invitados del Colegio Clearwater y recogerlos por la tarde. Más adelante me enteraría de que no era por simple amabilidad.

—Aquí tienes una lista con cosas que necesitamos de la ciudad —dijo Jack Clearwater dándole un papel—. Que te diviertas mucho comprando.

—Gracias —contestó la señora Misaki—. No le supondrá a nadie un problema que aproveche para comprarme una camiseta o unos zapatos nuevos, ¿no?

—No, no, claro, no nos molesta en absoluto —murmuró Jack Clearwater, distraído.

Esa actitud no le gustó en absoluto a la señora Misaki, que frunció el entrecejo.

—¡Bueno! Es posible que a usted le dé igual el aspecto que tenga, pero no puedo venir por el colegio como si fuera una vagabunda. ¡Qué poca elegancia!

—No, ¡claro que no! Nos encantará verla en la secretaría vestida con sus prendas nuevas —dijo Jack Clearwater.

La señora Misaki asintió de mala gana y pude imaginar surgir de la cabeza de nuestro director un bocadillo como los de los cómics con las palabras: «Ostras, menos mal que no se ha enfadado».

Así pues, la morena metamórfica se pintó los labios en un cristal espejado (en esta ocasión, de morado oscuro) y se llevó a Carag, Holly y Tikaani. Le hice a Carag una señal con el pulgar hacia arriba y señalé mi teléfono móvil. Él asintió y señaló el suyo. Estaríamos todo el día en contacto.

No podía imaginarme que aquel día las cosas en clase no iban a ser precisamente sencillas. En Mates recibí una mirada asesina del señor García cuando mi teléfono empezó a hacer ruiditos. Me moría de ganas de ver los mensajes, pero tuve que esperar hasta que el profesor se dio la vuelta a escribir en la pizarra. Entonces aproveché para mirar por debajo de la mesa el texto de Carag.

La mala fortuna quiso que Ella estuviese observando lo que yo hacía.

—Señor García, ¿está permitido mirar los correos electrónicos durante la clase?

—Por supuesto que no —dijo el señor García, y Ella me miró con aire triunfal.

Le devolví una sonrisa hipócrita y me imaginé que le echaba un cubo de pintura por encima de la cabeza.

De modo que no pude leer el mensaje hasta el recreo. Carag había escrito: «Estamos en posición; uno se encuentra delante de la tienda y el otro, dentro. Por ahora no hay nada nuevo, a excepción de que nos encantan los caramelos con sabor a melocotón, y aquí hay un montón».

«Mucha suerte», le contesté, un poco decepcionado.

Por desgracia, ese día tenía al señor García en otras asignaturas más: Español y Metamorfosis. Y cada hora llegaba un nuevo mensaje. Después de estar casi a punto de tragarme el móvil, puesto que había utilizado la punta de la aleta dorsal para intentar ver los mensajes en forma de tiburón, la paciencia del profesor llegó a su fin.

—¡Esto ya es el colmo, Tiago! ¿Pero qué te pasa hoy? ¡Vete de inmediato al despacho del director!

Habíamos quedado en que no íbamos a contar nada a los profesores hasta que no tuviéramos alguna prueba fehaciente. Pero ¿cómo puede uno mantenerse en silencio cuando un águila metamórfica le perfora con su mirada?

—Estoy hasta las narices de vuestras acciones detectivescas. ¡Lo que hacéis es infantil, irresponsable y además muy peligroso! —Jack Clearwater escribió algo en un papel—. En fin... Dáselo a Farryn: tanto hoy como mañana tienes permiso para mirar tus mensajes cuando quieras. Y avísame al instante cuando sepas algo en concreto.

Le di las gracias y regresé a clase.

Entregué el papel al señor García, que lo leyó levantando mucho las cejas. Luego me senté, saqué el móvil y me dediqué a revisar con calma los mensajes de Carag, de tal modo que Ella, Toco y Barry pudieran verme sin problema. En esta ocasión en el mensaje solo ponía: «¿Tú sabes lo bueno que está el mazapán?».

Bueno, hasta el momento nada había dado resultados.

Con cada mensaje que llegaba la idea de encontrar algo se desdibujaba. Y la cuenta atrás seguía avanzando. Estaba desconsolado. Mientras no supiéramos el lugar donde iban a tirar el contenido de los barriles, no podríamos hacer nada. ¿Cuántos animales morirían por los residuos químicos si no conseguíamos evitar el vertido? Al mismo tiempo, los recuerdos espantosos del primer encuentro con mis padres regresaron a mi cabeza; no era capaz de quitármelos de encima. No tenía ni idea de con quién estaba más enfadado, si con mis padres o conmigo mismo. Estaba enfadado con el mundo en general.

Durante el recreo, Chris, Nox y yo nos reunimos para seguir con el trabajo. Yo estuve mucho tiempo callado hasta que Chris me dio un golpecillo en el hombro y me dijo:

—Oye, que tú también estás en el grupo; ¿no vas a aportar nada? —Era posible que aún estuviera enfadado porque Shari pasaba mucho tiempo conmigo.

Nox propuso:

«Si sigue ahí parado como un pasmarote, lo podemos disfrazar de coral y mostrárselo a los demás».

—Perdón, es que ando un poco despistado —les respondí.

Nox, al contrario que yo, estaba del todo dispuesto a trabajar.

«Venga, vamos a decidir quién tiene que ocuparse de cada tema de la exposición del jueves —dijo—. Chris imprimirá las imágenes, yo voy a ensayar la presentación, y, Tiago, tú tienes que ir a por algunos pólipos de coral para enseñárselos a la clase. Podemos hacerlo antes del jueves, ¿verdad?».

—Sí, sí, sin problema, yo me encargo —le dije, pero mis pensamientos estaban en otro lugar completamente distinto.

Si no podíamos impedir el vertido de los barriles de veneno, ¿nos convertiríamos en cómplices de lo que ocurriera? ¿En algún momento habíamos tomado una decisión errónea? ¿Teníamos que haber pedido ayuda a los adultos?

«Disfrazarse —había dicho Nox—. Disfrazarse de arrecife de coral…».

De repente me acordé del don de Finny para convertirse en alguien distinto a base de ponerse ropa, maquillaje y accesorios. ¡Podríamos utilizar su capacidad para pillar a esos criminales! Aunque no sabía cómo.

Más tarde, tuvimos clase de Comportamiento. Era una sesión práctica y consistía en organizarse frente a enemigos que eran claramente más fuertes. Shari, Jasper y yo estábamos muy atentos.

—Si el enemigo siempre ataca y nosotros solo nos defendemos, entonces siempre nos colocamos en la posición débil —nos contaba la señorita White—. Pero si adoptáis una conducta activa, el adversario tendrá que gestionar la nueva situación. ¿Quién puede poner un ejemplo?

Noemi, que estaba tumbada sobre una mesa en forma de pantera, levantó la cabeza. «Dar de comer a alguien algo que sabes que le va a sentar mal para debilitarlo. Por ejemplo, un venado podrido».

—Podría ser que no se lo comiera —comentó la señorita White.

Jasper fue el siguiente en aportar:

—Un escarabajo no tiene ninguna posibilidad de sobrevivir frente a un mapache. Pero el escarabajo puede pedir ayuda a otros cien escarabajos y atacar juntos al mapache. ¡Se quedaría muy sorprendido!

—Eso no es una estrategia sino una idiotez —dijo la señorita White en tono seco—. El mapache estaría emocionado con el festín que se iba a dar.

Me quedé muy sorprendido cuando Leonora pidió la palabra:

—Se puede poner una trampa al adversario. Por ejemplo, yo, en forma de anguila eléctrica, no soy más fuerte que un caimán, pero si dentro del río lo atraigo hacia una maraña de raíces, seguro que se quedará enredado en ellas y podré darle tantas descargas como quiera.

Me gustó mucho su explicación. Yo me sentía justo así, como si estuviera enredado en una maraña de raíces. De repente se me ocurrió algo y por mi cabeza fueron pasando todas las fases del plan, como si fuera una película. Un instante después lo tenía todo organizado a la perfección. No podía esperar a que terminaran las clases para un mensaje al equipo de Miami: «¡Intentad coger el móvil del tipo (ya sabéis, ese tal Caleb) o descubrid su número de teléfono!».

«Claro, sin problema, también podemos encontrar un mamut vivo y luego secuestrar al presidente del país, ¿algo más?», rezaba el mensaje recibido.

A pesar de todo, no pude evitar sonreír.

«Lo del mamut me parece bastante guay», respondí y confié en que el equipo de Miami fuera capaz de conseguir el teléfono móvil.

Durante la cena, nuestros colegas del Colegio Clearwater admitieron que no habían podido cumplir la misión que les había encomendado.

—El vendedor se comportaba como si su teléfono móvil fuera su presa más preciada; estaba siempre pendiente de él —nos dijo Carag—. No tuvimos ni una sola oportunidad de acercarnos, lo tenía siempre en la mano.

—¿No se comió ni un trocito de esa presa? —preguntó Shari desconcertada.

—No te comes un trocito si confías en recibir el ciervo entero —contestó el joven puma.

—Pero tenemos más información —comentó Tikaani, y nos mostró una lista escrita a mano en la que estaban apuntadas las horas en las que alguien había entrado en la tienda. En el listado habían detallado aquellos que habían entrado sin comprar nada y solo habían hablado con el dueño.

—Estupendo, sois los mejores. —Eché un vistazo al papel y un escalofrío me recorrió la espalda—. ¿Cómo dices? ¿Entró una mujer rubia con un traje de ejecutivo y no compró nada? Podría ser nuestra peor enemiga.

—¿Qué aspecto tiene la señora esa de la que hablas? Les hicimos fotos a todos sin que se dieran cuenta —dijo Carag muy orgulloso.

Estaba impresionado.

—¿De verdad? Sois muy listos.

—Rápido, ¡enséñanoslas! —dijo Shari quitándole a Carag el teléfono de la mano. Momentos después supimos que Lydia Lennox en persona había estado hablando con el tipo de la tienda.

—Lo cierto es que es muy sospechoso, pero no tenemos pruebas de nada —dijo Finny—. Holly, tú eres la que más posibilidades tiene de llegar al móvil en su segunda forma, o al menos de descubrir el número de teléfono. ¡Mañana es nuestra última oportunidad!

—Por todas las nueces podridas, os prometo que mañana lo consigo. —Holly estrujó un trozo de papel de caramelo—. Me hago con el teléfono y atrapamos a esos tipos. —Luego miró a Noah, que estaba sentado en la mesa de al lado.

—¿Qué se te había ocurrido? —me dijo Carag con mirada penetrante de sus ojos gatunos—. Si nos cuentas tu plan, podemos echarte una mano.

Les hice una señal para que se acercaran un poco más, bajé el tono de voz y les conté lo que había pensado. Se hizo un silencio absoluto.

—Bueno, ¿qué pensáis? —pregunté sintiéndome de repente un poco idiota. Era posible que mi idea solo fuera una auténtica estupidez.

—¡Es un plan de lo más gatuno! —dijo Carag, impresionado—. Pero también muy peligroso.

—Claro que es peligroso. —Jasper me miró preocupado a través de sus gruesas gafas—. ¡Necesitamos la ayuda de la señorita White! Y de la policía, y quizá también de Noemi.

Finny se levantó de inmediato.

—Tengo que empezar a prepararme, me hará falta un disfraz muy especial; voy a comprobar lo que tenemos en el almacén de teatro.

—Voy a buscar ahora mismo en Google Maps posibles lugares para ejecutar nuestro plan. ¿Te vienes, Shari? —Y salí con ella en dirección a la sala de ordenadores.

—Tengo que resolver algo muy importante —dijo Holly y puso pies en polvorosa. Poco después, la vimos en el palmeral junto a Noah; le estaba dando clases de trepar por los troncos de las palmeras.

—Sí, bueno…, muy importante —me burlé.

—¡Claro que es importante! —contestó Shari—. ¿Es que nunca has estado enamorado?

Me puse rojo como un tomate, murmuré algo y me dediqué a mirar fijamente el teléfono a pesar de que no había nada que ver. Aquel era el momento adecuado para preguntarle si ella había estado alguna vez enamorada. De esa forma descubriría si sentía algo por mí.

De repente se oyó un grito que provenía de la zona de agua dulce:

—¡Tú, vagabundo, aparta tu tripa de aquí! ¡Tus malditos gases me ponen de los nervios! Pero ¿qué comes todo el día? ¿Coliflor?

Era el momento de largarse.

Última oportunidad

Nueve de la mañana: sin noticias de Carag y sus amigos. Diez de la mañana: Mensaje de Carag, «Todavía nada». No aguantaba más. No fui capaz de concentrarme en clase de Inglés, y en Español se me olvidaban todas las palabras. En la clase de Metamorfosis tampoco hice nada. Me quedé sentado, como si estuviera en la sala de espera del médico.

Después de comer (cuando estábamos en clase de Geografía y los dos chicos nuevos de las ciénagas se habían quedado dormidos) llegó un mensaje esperanzador. «¡Tenemos el número de teléfono de ese tal Caleb!». El mensaje de Carag venía acompañado de una gran cantidad de emoticonos sonrientes.

Me levanté de golpe.

—¿Puedo ir al baño, señora Pelagius?

Cuando la profesora se giró para mirarme, un chorro de agua corrió por su caparazón. Con una expresión que no sabría describir, me miró con sus viejos ojos de tortuga.

«Claro, Tiago, puedes ir».

Un segundo después estaba metido en uno de los servicios y escribía a toda velocidad. «¡Estupendo, chicos, sois fabulosos! Ahora tienes que comprar una tarjeta SIM. Comed algo y relajaos. Nos vemos en la puesta de sol, en el cruce entre Coconut Palm Drive y Black Creek. Esa zona se llama Black Point».

Cuando terminaron las clases, Shari, Jasper, Finny y yo corrimos hacia la sala de profesores del primer piso. Teníamos que contarles nuestro plan.

—¿Ya sabéis dónde van a descargar los residuos venenosos? —preguntó Jack Clearwater con nerviosismo, ante lo cual negué con la cabeza. Al verme sonreír, el director del colegio se quedó un poco sorprendido.

—No sabemos dónde va a ser, pero hemos encontrado la forma de cambiar el lugar del vertido a un sitio en el que podamos prepararles una emboscada...

Después de explicarles todo, la señorita White y Jack Clearwater nos miraron, ciertamente impactados.

—La verdad es que puede funcionar —dijo el director del colegio.

—¿Os parece si asumo la dirección de este proyecto? —preguntó la señorita White.

Nos miramos y todos asentimos al mismo tiempo.

—Sería un honor para nosotros —dije, y ella nos devolvió una sonrisa. De repente nuestras oportunidades se habían multiplicado. Era evidente el motivo por el que la señorita White era nuestra profesora de Lucha; yo mismo había visto cómo destrozaba una puerta con una sola patada de kárate. Vale que la puerta estaba podrida, pero lo había hecho.

—Tenemos que preguntarle a Noemi si quiere venir —dijo Shari.

—Mejor no, es demasiado felina y muy poco humana, podría sufrir algún accidente —dijo la señorita White. Shari se quedó un poco triste. A mí me alegraba que al menos tuviéramos a Carag en nuestro equipo.

De repente a los profesores les entró una prisa tremenda. El señor Clearwater cogió su teléfono y me dijo que saliera de la habitación; la señorita White añadió:

—Voy a preparar el minibús, nos vamos justo después de comer.

Y se marchó a grandes zancadas.

El resto de los compañeros de clase se dieron cuenta de que algo estaba pasando. Era bastante sospechoso que nuestros invitados del Colegio Clearwater se comportaran de aquella manera tan extraña y que los profesores estuvieran tan nerviosos.

—Estáis tramando algo, ¿verdad? —preguntó Ella desconfiada mientras jugaba con una pulsera de plata que tenía pinta de ser carísima y de habérsela regalado su madre hacía poco tiempo—. Os apuesto lo que queráis a que ese tiburón idiota está tramando algo.

Barry y Toco, que siempre estaban a su lado, asintieron e intentaron arponearnos con sus miradas.

—Nosotros..., bueno... —dije vacilante, sin que se me ocurriese ninguna excusa.

Por suerte Jasper reaccionó al instante:

—Estamos preparando la fiesta de cumpleaños de Finny. ¡Va a ser fabulosa, ya lo verás!

—Sí, eso es —confirmé de inmediato.

Ella nos miró como un pez al que le hubieran servido como anzuelo un gusano de plástico.

—¡No decís más que idioteces! Me vais a contar ahora mismo la verdad, o de lo contrario...

—De lo contrario, ¿qué? —preguntó una voz de mujer. Como salida de la nada, la enorme figura atlética de la señorita White apareció justo a mi lado.

—Ah, nada, nosotros... nos vamos a hacer los deberes, ¿verdad, Toco? —Ella intentó poner una sonrisa amable. Mi profesora favorita no le hizo caso.

Jasper y yo nos fuimos corriendo de allí. Cuando estábamos sentados en el palmeral junto a la pandilla de delfines, le pregunté a mi amigo:

—Una cosa, ¿ya va a ser el cumpleaños de Finny?

—Sí, a finales de septiembre —me dijo.

—Casi como el de Holly, que es el viernes —dijo Noah, y Jasper y yo nos miramos sorprendidos. Sabía un montón de cosas acerca de nuestros invitados. ¿O quizá solo acerca de la ardilla metamórfica? Sin esperar respuesta, Noah siguió hablando—: ¿Por qué no preparamos una fiesta para las dos?

—Es una idea genial —dije—. Espero que tengamos ánimos de jarana.

—¿No existen fiestas de consolación? —preguntó Shari intrigada.

—Bueno, sí, pero es más normal que las fiestas sean de celebración.

Después de comer, Shari tenía que separarse un tiempo de sus amigos delfines, lo que le costó un montón. Blue era muy tímida y reservada, y tenía que quedarse en el colegio. Noah tenía un corazón enorme, pero no era fuerte en ninguna de sus formas.

Cuando Noah escuchó que no formaría parte del grupo, se enfadó mucho:

—¿Cómo dices? ¿Pero es que estáis locos? Holly también va. Si esos matones la amenazan, ¿quién la va a defender?

—Holly va a estar todo el tiempo vigilando desde una palmera —le explicó Shari—. Nadie le hará daño.

Pero Noah ni siquiera nos escuchaba.

—Que ni se les ocurra tocarle un pelo, ¿me entendéis? Tangaroa, el dios del mar, está de mi lado, ¡y la defenderé allí donde haga falta!

—Está bien, puedes venir —le dije y sentí un revoltijo en mi interior, pues me identificaba a la perfección. Yo sentía lo mismo por Shari, que estaba justo a mi lado (lo que me encantaba). Aquella vez, había salido a mar abierto sin pensármelo dos veces porque pensaba que podía estar en peligro por el tiburón blanco. ¡Estuve a punto de morir por ella! Pero nunca se lo contaría, o de lo contrario también se enteraría de la penosa escena del tiburón tigre atrapado en la red de pescadores.

Blue, Shari y Noah hicieron de nuevo la despedida maorí, frotándose la frente y la nariz. Luego se repartieron un puñado de gominolas con sabor a palomitas. No tenía ni idea de si los maorís harían también eso de repartirse gominolas al despedirse.

Y luego empezó todo. La señorita White nos llevó con el minibús hasta Black Point. Jack Clearwater no vino con nosotros; nuestra profesora de Lucha lo había convencido de que nos apañaríamos perfectamente sin él. En el minibús íbamos Finny, Noah, Shari y yo, y también venía Nestor, el caimán metamórfico. Por suerte, no era uno de los que nos molestaban en clase.

—Pues ya hemos llegado —dijo la señorita White: Nos bajamos con gran inquietud del minibús. Luego miramos alrededor. En la parte este de Coconut Palm Drive había una carretera sencilla y asfaltada de dos carriles, en las afueras de la ciudad. En un cartel se podía ver la inscripción «Black Point Marina» y un dibujo de un precioso puerto deportivo. Pero allí no había nada de eso. El lugar en el que la señorita White había detenido el vehículo era una zona sin edificar, llena de hierba, arbustos y palmeras. Al otro lado, había un canal o un río no muy ancho de aguas verde oscuro y, si lo seguías con la vista, al final se podía ver el mar. En ese punto empezaba la zona protegida: todo lo que se vertiera allí, por diluido que estuviera, provocaría grandísimos daños en los animales.

La orilla tenía una zona de hormigón, como si fuera un pequeño muelle, donde se encontraba amarrado un viejo barco de pesca destartalado que se llamaba Hard Money. En algún momento del pasado había sido blanco. No se veía al dueño por ningún lado. El otro lado del río era un manglar verde e impenetrable.

—Esos tipos se creerán sin problema que los han mandado aquí: esto está desierto —dije tras echar una mirada de satisfacción a los alrededores e inclinarme sobre una valla para ver los peces que nadaban en el río. Pude distinguir tres clases distintas—. Además, hay suficiente espacio junto a la carretera para aparcar un vehículo, descargar los bidones y verterlos al río desde esta valla.

—Para nosotros también es un buen lugar —dijo Finny—. Detrás de esos arbustos podemos preparar la emboscada.

La señorita White asintió:

—Finny, una vez que te hayas disfrazado, tienes que colocarte allí delante y mover la linterna cuando veas llegar una furgoneta. Entonces se pararán a tu lado, y en cuanto tengas claro que son ellos, nos harás una señal con la luz.

Un momento después llegaron Carag, Holly y Tikaani, que nos saludaron entusiasmados. Dos de nuestros mejores luchadores ya estaban con nosotros... ¡Era una sensación muy agradable! Noah y Holly se miraron, encantados de volverse a ver.

Nos dedicamos a reconocer todo el terreno y buscar posibles escondites. Holly iba revisando los árboles.

—¡En caso de que os interese, ese de allí es el mío!

Nestor había trepado por encima de la valla y caminaba por la plataforma estrecha de hormigón del canal. Al lado había muchos arbustos.

—En mi forma de caimán puedo esconderme aquí sin problema.

—Buena idea. Shari y Noah, vosotros esperaréis en el agua —dijo la señorita White—. Si veis a alguien acercarse a la orilla, lo mantenéis a raya.

Mi cabeza funcionaba a toda velocidad.

—¿Y cómo vamos a conseguir que los tipos no salgan pitando en cuanto se den cuenta de que algo no va bien? ¿Alguien tiene alguna idea?

—Yo —dijo la señorita White, que rebuscó en el maletero del minibús y sacó unos estrechos maderos con unos clavos pinchados—. Holly, Tiago, vuestro trabajo será colocar estos maderos delante de las ruedas delanteras y traseras de la furgoneta mientras Finny distrae a los tipos.

Practicamos el plan de los maderos un par de veces para que saliera a la perfección. A Holly le dio un tablero más fino que también pudiera acarrear en su segunda forma.

Ya se había puesto el sol, pero no nos molestó, ya que la mayoría de los *woodwalkers* y *seawalkers* somos perfectamente capaces de ver en la oscuridad.

La señorita White nos hizo una señal y todos nos reunimos con ella.

—Hasta donde sabemos, entre esos tipos también hay *woodwalkers* y *seawalkers*, así que no podemos comunicarnos con la mente —nos explicó—. Tiago, ¿ya sabes cómo ocultar tus pensamientos?

Sacudí la cabeza, y ella practicó un par de veces conmigo. Tenía que imaginar un muro por delante de mis ojos y mantener todas mis ideas detrás de ese muro, de manera que no pudieran salir. Después de unos cuantos intentos, la cosa funcionó bastante bien, a pesar de que estaba muy nervioso.

—¿Y qué pasa si hago algo mal y nos descubren?

—No lo vas a hacer mal —dijo la señorita White poniendo la mano sobre mi hombro.

—Exacto, no te va a salir mal —repitió Tikaani, y me miró a los ojos.

—Para ya, o te pondrás nervioso —dijo Noah.

—Nooo —dije haciendo una mueca—. Más nervioso no se puede estar.

—Ey, chicos, todo va a ir bien. ¡Somos el mejor equipo del mundo! —Shari me dio un breve abrazo, que fue lo único que consiguió calmarme.

La señorita White llevó el minibús a un escondrijo y regresó a pie, enfundada en un traje negro. Vimos como su figura esbelta y ágil se movía en la oscuridad.

—¿Cuánto tiempo falta hasta que empiece? —preguntó Holly mientras jugaba con una hoja.

La señorita White miró el reloj.

—No podemos mandar el mensaje demasiado pronto, lo mejor es hacerlo a las once de la noche. De lo contrario tendrían tiempo para preguntar a sus colegas.

Eran las diez.

—Bueno, entonces tenemos tiempo para hacer un pícnic —propuso Carag, y sacaron todo lo que Tikaani, Holly y él habían traído de la ciudad. Embutido, galletas, varias botellas de limonada y unas patatas fritas con una salsa para mojar—. ¿Quiere usted también algo, señorita White?

—Pues claro, ¡todo esto me encanta! —dijo la profesora de Lucha, que metió la mano en la bolsa de patatas y se cogió tantas que el resto nos miramos preocupados. Como no hizo ni la más mínima intención de devolverlas a la bolsa, Holly dijo:

—Mire allí detrás...

—¿Qué? —preguntó la señorita White mirando alrededor. Holly aprovechó para quitar las patatas de su alcance.

Nos sentamos en el suelo, un poco alejados de la carretera, y estuvimos hablando en voz baja (menos cuando nos reíamos de los chistes de Holly); se notaba que estábamos muy nerviosos. Nos reímos aún más cuando Carag dijo que se había sentado sobre un nido de hormigas de fuego. Dio un salto y se sacudió los pantalones gritando:

—Mierda, ¡esto abrasa!

De vez en cuando veíamos a lo lejos los faros de algún coche, pero poco a poco dejaron de pasar.

Por fin eran las once de la noche.

—Bueno, ahora voy a escribir el mensaje, esperemos que los tipos caigan en la trampa —dijo la señorita White y metí la nueva tarjeta SIM en un teléfono que habíamos cogido en el colegio. Sabíamos que nuestros preparativos no servirían de nada si aquel truco no funcionaba. Todos permanecimos muy callados mientras la señorita White escribía unas líneas.

Hola:
Hemos detectado actividad sospechosa en el lugar del vertido. Tenemos que cambiar los planes, puede ser peligroso. El nuevo lugar es Coconut Palm Drive, junto a Black Point. Allí habrá alguien que os hará señales con una linterna. Todo lo demás sigue igual. ¡Mucha suerte!

BRAD

Nadie se atrevió a respirar o a relajarse. ¿Recibiríamos respuesta? Sí, unos segundos después apareció un mensaje de Caleb en la pantalla del teléfono.

Entendido, jefe.

Nadie lo celebró, pues todos estábamos demasiado ansiosos, pero Shari, Nestor y yo saltamos de forma instintiva. Podía notar que el nerviosismo recorría todo mi cuerpo.

—Bueno, ¿todo el mundo a sus puestos? —preguntó Carag, que parecía muy tranquilo. La señorita White asintió y todos aquellos que iban a pelear en su segunda forma se desnudaron y transformaron. Dando un grito de alegría y con un fuerte chapoteo, Shari, en su forma de delfín, desapareció en el agua y yo recogí su ropa. Mientras lo hacía, noté unos pasos silenciosos de felino acercarse a mí. Menos mal que ya había visto en otras ocasiones a Carag en su segunda forma, de lo contrario habría salido pitando de allí muerto de miedo.

«¿Puedes guardar también mi ropa?», me preguntó.

—Claro que sí —respondí.

Una loba con un grueso pelaje blanco salió de detrás de un arbusto y se colocó al lado de Carag. Echó un vistazo a su alrededor y enseñó los colmillos para comprobar que todo iba bien, luego me miró con amabilidad:

«¿Me lo guardas a mí también, por favor? Eres el único que tiene manos…».

Holly me gritó al tiempo que se subía al árbol contiguo:

«Mi ropa está ahí delante. Gracias, ¡eres muy amable, Tiago!».

—Claro, yo encantado de ser vuestro mayordomo personal —dije de malas maneras, recogí la ropa de Holly y lo dejé todo detrás de un arbusto.

Finny había pasado de ser una chica alta y delgada con el pelo azul a ser un hombre mayor calvo y con barriga. Se estaba metiendo los últimos pelos debajo de la calva, hecha de goma, y comprobaba en un espejo que el maquillaje estuviera en su sitio.

—Has envejecido muy rápido —le dije—. ¿Es contagioso?

—Averígualo tú mismo —dijo el viejo con voz de Finny; luego estiró la mano hacia mí.

—Uy, mejor no —respondí y di un paso a un lado; a punto estuve de pisar a Carag.

Unos quince minutos antes de la medianoche escuchamos el profundo rugido de un motor que se aproximaba por la carretera y vimos las luces de unos faros.

«¡Una furgoneta pequeña! —susurró Holly dentro de nuestras cabezas—. ¡Conduce bastante rápido!».

—¡Todos a sus puestos! —ordenó la señorita White, y las hierbas del suelo temblaron bajo nuestros pies. En el río, un delfín salió a respirar y se sumergió al momento. Yo me lancé al suelo detrás de un arbusto. La arena estaba fría y los matorrales me hacían cosquillas en la tripa.

Sí, era la furgoneta que ya habíamos visto en otra ocasión. Tenía más o menos el mismo tamaño que las que suelen llevar los jardineros. La zona de carga estaba llena de bidones. A través de la maraña de ramas pude ver que Finny se colocaba con las piernas separadas sobre la línea del asfalto y hacía señas con su linterna. La furgoneta comenzó a frenar y luego se detuvo; se podía escuchar el motor. Sabía que en ese momento la señorita White estaría avisando a la policía. Solo teníamos que detenerlos un par de minutos hasta que las fuerzas del orden lo tuvieran todo bajo control.

Ahora nos tocaba a Holly y a mí. Con el corazón a toda pastilla, me coloqué detrás del vehículo e intenté no pincharme con el tablón lleno de púas. Sin hacer ruido, lo puse delante de una de las ruedas traseras y vi que una figura muy pequeña hacía lo mismo con un tablero más pequeño en una rueda delantera. ¡Había salido a la perfección! Me escondí detrás de la rueda y esperé mi oportunidad para volver a ponerme a cubierto.

Parecía que el disfraz de Finny también había funcionado, puesto que alguien le gritó desde dentro de la furgoneta:

—¿Eres el tipo que ha enviado Brad?

—Sí, soy yo —le contestó Finny con una voz muy cambiada—. Menos mal que habéis sido puntuales a pesar del cambio de lugar.

Tres tipos saltaron de la cabina de la furgoneta, pasaron delante de mí sin verme (yo solo veía sus piernas), y abrieron el cerrojo de la zona de carga. Intenté notar si había algún metamórfico entre ellos, pero mis capacidades eran bastante débiles. Muy callados y con movimientos estudiados, los recién llegados sacaron los primeros bidones y los rodaron en dirección al río. Colocaron el primer bidón por encima de la valla y abrieron la tapadera. Un olor punzante se extendió por la zona. Cada vez estaba más nervioso y sentí arcadas. ¡Todo iba tan rápido...! ¿Pero dónde estaba la policía? ¡No podíamos permitir que esos matones llevaran a cabo su plan de envenenar el agua! A Finny le pasó por la cabeza lo mismo que a mí, puesto que de repente dijo:

—Un momento, no tan rápido, chicos. Lo mejor es que descarguéis primero todos los bidones, ya tendremos luego tiempo de tirarlos.

En ese preciso momento acabó nuestra racha de buena suerte.

Química para todos

—¿Chicos? ¿Qué quieres decir con eso? —se escuchó decir a una voz femenina. La mujer con el pelo cano que ya habíamos visto en Sweet King salió de la cabina de la furgoneta y estuvo a punto de pisar a Holly. Por suerte, la ardilla consiguió meterse debajo del vehículo. Intercambiamos una mirada entre ardilla pelirroja y chico: los dos estábamos a punto de tener un grave problema. Alarmadas por el grito, las tres personas que llevaban el barril (entre las que había una segunda mujer de aspecto robusto) miraron en nuestra dirección.

—Tina, ¡hay alguien debajo de la furgoneta! —gritó la mujer, que dejó a un lado el barril y echó a correr hacia nosotros. Yo también eché a correr, pero la tipa me agarró con una mano antes de que me hubiera podido alejar lo suficiente. Con la otra mano intentaba quitarse como podía a una ardilla roja que se le había puesto en el pelo.

«Suéltalo ahora mismo, ¡suéltalo!», gritaba Holly.

Aparentemente la mujer no era metamórfica, pues no entendía nada.

—¡Ay! —dijo chillando—. Pero ¿qué es esto? ¿Qué tengo en el pelo? —Por desgracia, no se le ocurrió soltarme a pesar de que Holly tiraba con sus dos patas de los mechones, como intentando arrancarlos de raíz.

Con el corazón martillando a mil por hora, me incliné hacia delante intentando soltarme. Mi camiseta se estiró hasta convertirse en una talla XXL, luego se escuchó un «¡Rassss!» y quedé libre.

Pero solo durante unos pocos segundos. Después uno de los dos hombres que habían estado bajando los bidones de la furgoneta me agarró. Era el vendedor de la tienda Sweet King. Caleb.

—Anda, qué bueno, este es el chico del que nos han hablado —dijo y tomó impulso para darme un puñetazo en toda la cara. Pero no pudo hacerlo.

Oí un rugido terrible y una loba blanca saltó sobre Caleb y lo tiró al suelo. También la mujer se tambaleó hacia delante dando un grito y acabó con la cara sobre el asfalto. Un puma había saltado sobre sus hombros.

—Qué suerte —jadeé yo.

«Nada de suerte, ha sido una sincronía perfecta —dijo Carag, que me miró con sus brillantes ojos de gato y mantuvo a la señora pegada al suelo con las garras—. ¿Necesitas ayuda, Tikaani?».

«Me lo voy a pensar», le contestó Tikaani.

Primero tenía que defenderse: en un primer momento su adversario se había quedado demasiado perplejo como para hacer nada, pero después había agarrado a Tikaani por el pelaje del cuello y la sacudía con todas sus fuerzas. La loba blanca lo atacó por segunda vez enseñando los dientes. Vi como el vendedor se echaba la mano al bolsillo de la chaqueta, ¿era posible que fuera armado?

Pero Tikaani también se había dado cuenta del movimiento sospechoso y, veloz como un rayo, le agarró la muñeca con los dientes.

«Rápido, Tiago, regístralo y cógele el arma, si es que lleva una».

Holly y yo caímos sobre aquel tipo casi al mismo tiempo. La ardilla roja buscó en los bolsillos de la derecha y yo lo hice en los de la izquierda. Solo encontré papeles de caramelos y algunos billetes, pero Holly dio un grito triunfante:

«¡He encontrado algo! —nos dijo y lanzó su hallazgo (¡la pistola!) en dirección al canal—. Voy a dejar esto donde le corresponde».

—¡No! Puede que… —le grité. «¡Plaf!». Y la pistola cayó en las aguas oscuras— podamos utilizarla como prueba —terminé la frase.

«¡No pasa nada, es mejor que esas cosas estén lo más lejos posible! —gritó la señorita White por telepatía—. ¡No soltéis al tipo!».

Todavía no estaba del todo claro quién tenía agarrado a quién.

—Pero ¿qué mierda de animales son estos? —La voz del tercer matón sonó como un chirrido. Todavía estaba de pie junto al bidón, al lado del agua… y cometió el error de lanzarse contra Holly, que un momento antes se había deshecho del arma. Holly dio un grito del susto.

«¡Ni te atrevas…!», contestó Noah poniendo rumbo a tierra como si fuera un ángel vengador. Dibujó una línea perfecta con su aleta dorsal por el agua. Luego dio un formidable salto, como los que solo sabe dar Noah. En su forma de delfín se elevó, golpeó con su cuerpo al hombre y volvió de nuevo al agua en un elegante giro.

El impacto hizo que el adversario cayera al suelo sorprendido.

—¡Ayuda! ¡Me están atacando! —se quejaba, y durante un momento quedó colgado sobre la valla, como si fuera una prenda de ropa secándose. Luego intentó recobrar fuerzas para poder huir.

Pero no fue una buena idea. Y se dio cuenta de ello justo en el momento en el que unas potentes mandíbulas de caimán se cerraron alrededor de su pantorrilla izquierda.

«Me parece exagerado chillar de esa manera —pensó Nestor sin soltarlo—. Pero ¿dónde está la pasma?».

«Han dicho que vienen enseguida», contestó la señorita White, pero su voz sonaba preocupada.

En ese momento, Holly se había subido a su árbol vigía y gritaba:

«¡Esto es muy almendrado, tú, *seawalker* cuyo nombre he olvidado! ¿Sabe bien ese tipo?

«Bueno, más o menos, los pantalones vaqueros siempre dejan un regusto un tanto extraño», bramó Nestor.

Desafortunadamente, tras la primera conmoción, el prisionero de Nestor entró en pánico y comenzó a dar patadas, con tan mala suerte que una de ellas impactó contra el bidón abierto de residuos químicos, que empezó a tambalearse. ¡En cualquier momento se caería y el contenido venenoso iría a parar al río! Yo miraba la escena desconcertado, sin saber si sería capaz de llegar a tiempo para evitarlo.

—¡Nestor! —gritó la señorita White, que también estaba muy lejos de allí—. El bidón. ¡Agárralo, rápido!

«Ya voy», contestó Nestor, que en su forma de reptil acorazado no era demasiado ágil y además todavía tenía un par de dientes enganchados en el pantalón del adversario. Comenzó a hacer una transformación parcial para poder soltarse utilizando las manos, pero nunca había sido el más rápido del mundo. Observé que el bidón cada vez se inclinaba más.

Shari y Noah silbaban alarmados y recorrieron a toda prisa el canal en dirección al mar. Esperaba que Finny también se hubiera puesto a salvo, estuviera donde estuviera en ese momento. No la veía por ningún lado. Una sombra voló por el cielo. Carag había dejado tumbada a su prisionera y con un salto fabuloso llegó a la orilla. Con las cuatro patas aterrizó sobre el bidón justo a tiempo para que no se volcara. Sin embargo, una ola de aquel líquido maloliente cayó sobre su pelaje.

«¡Caca de lechuza! —gritó y se dio la vuelta para poder observar aquel desastre. En un primer momento tuvo la intención de lamerse el pelo, pero luego se lo pensó mejor—. ¡Puaj, esto apesta...!».

—¡Tienes que meterte en el agua para limpiarte, rápido! —grité.

Carag titubeó un poco, más que nada porque odiaba el agua. Se lo estaba pensando durante demasiado tiempo.

Salí corriendo hacia él, lo agarré y nos tiramos al río. Los dos nos caímos al agua en una maraña formada por un chico y un felino. Mientras él intentaba nadar de forma nada habilidosa, yo buceaba al lado del desvencijado barco de pesca y frotaba su pelaje con mis manos para tratar de quitarle aquella porquería de encima. Mis manos empezaron a arder, pero apenas me di cuenta.

«Gracias», dijo Carag con las orejas echadas hacia atrás y los bigotes de punta. Casi no era capaz de mantener la cabeza fuera del agua.

«¡Cuidado, que se escapa esa tipa!», escuché gritar a Tikaani, y miré frustrado como su adversaria, a la que Carag había derrotado, se levantaba y salía corriendo de allí. Carag y yo recorrimos rápido algunos metros pegados a la orilla, pasando por delante del Hard Money, hasta que encontramos un sitio por el que salir del agua. Pero tardamos demasiado, nuestra enemiga corría con todas sus fuerzas. ¿Lograría meterse entre los matojos y desaparecer?

Pero no habíamos contado con la señorita White, que pareció salir de la nada y le bloqueó el camino.

—¡Para! —dijo nuestra profesora.

—Quítate de mi camino, maldita... —gritó la tipa, que agarró a la señorita White e intentó tirarla al suelo. Todo ocurrió a una velocidad increíble: al segundo siguiente la mujer volaba por los aires y fue a estrellarse contra el suelo. Algunos segundos después, un puma empapado y de muy mal humor estaba junto a ella y apoyaba todo su peso sobre su estómago. Se acurrucó sobre ella como si fuera un gato doméstico... pero con un pelaje que todavía apestaba a química.

«Vaya asco, ¿verdad? ¡Pues aquí te traigo toda esta porquería de vuelta!».

La única que quedaba en pie era la conductora de pelo cano. Mientras la señorita White la perseguía, consiguió abrir la puerta de la furgoneta, se metió dentro y arrancó. Me quedé sin respiración: el tablero de madera lleno de pinchos que había colocado Holly delante de la rueda se había movido de su sitio. ¡Maldición! Sin embargo, el segundo que yo había colocado funcionó a la perfección. Se escuchó un pinchazo seguido de un «¡Pffffff!». Las púas metálicas y brillantes del tablero habían perforado el neumático. La furgoneta empezó a dar tumbos como si se hubiera bebido una botella entera de whisky y al final se detuvo. Algunos de los bidones de la zona de carga se cayeron, pero por suerte ninguno de ellos se abrió.

Tikaani miró al cielo y emitió un aullido triunfante. El tipo al que había apresado Carag comenzó a moverse e intentó soltarse, pero dejó de hacerlo en el mismo momento en que nuestro puma metamórfico sacó las garras y le echó a la cara su aliento de felino.

Escuché aliviado el sonido de las sirenas, aún bastante lejos, pero que se iban acercando. ¡Por fin llegaba la policía! Poco a poco me fui relajando.

Sin embargo, no todo estaba ganado, tal y como parecía en un primer momento.

La señora del pelo gris cogió algo de la furgoneta y saltó de nuevo a la carretera con una expresión desagradable. Pude ver, asustado, el cañón de una pistola que apuntaba a Carag.

—Rápido, escondeos, ¡todo el mundo fuera de aquí! —gritó la señorita White y dio un golpe de kárate para tirar el arma de la mano de la mujer. No lo consiguió del todo, pero por suerte el disparo fue hacia el cielo. Empezaron a llover trozos de hojas destrozadas.

Todos nos asustamos muchísimo. La loba, el puma y la ardilla pelirroja salieron corriendo en distintas direcciones. Con un estruendo tremendo, Nestor se dejó caer al río y buceó debajo de la barcaza; era un escondite bastante bueno. Yo corrí por instinto hacia el río, me tropecé con un montón de cosas (el disfraz de Finny), salté por encima de la valla para tirarme al agua oscura. Estaba maravillosamente templada. ¡Había que marcharse de allí! Me detuve un momento para quitarme los zapatos, luego me sumergí debajo de la superficie, hacia los manglares, pero sin transformarme.

Con mucho cuidado salí a respirar entre el amasijo de ramas y desde allí intenté determinar cuál era la situación. ¿Dónde estaba la señorita White? La furgoneta todavía tenía los faros encendidos; pude ver las siluetas de cuatro figuras debilitadas juntas. Por suerte ninguno de nuestros enemigos tenía fuerzas para escapar a la carrera. En lugar de eso, se dedicaban a hablar por sus teléfonos móviles.

Un enorme delfín se deslizó a mi lado, sin hacer ruido: era Shari.

«¡Moco de algas! ¿Te han herido? —me preguntó preocupada, pero ella misma se contestó comprobando mi cuerpo con su sistema de sonar—. Vale, fantástico, estás bien. Solo tu corazón late demasiado rápido, pero eso no significa que estés enfermo, ¿verdad?».

—Oh, no —dije y al mismo tiempo llamé en pensamiento a la señorita White.

«¿Está usted bien?».

«Todo en orden —recibí a modo de respuesta—. Habéis estado fenomenal, chicos. No os preocupéis, la policía llegará enseguida, y sin su furgoneta, esta banda no puede huir».

Pero la policía se estaba retrasando demasiado. Pasaron varios minutos. De pronto, Shari se sumergió en el agua, un poco nerviosa.

«¿Escuchas eso? ¡Es un barco!».

—¿Un barco? ¿A estas horas? —murmuré, intranquilo. Me deslicé de nuevo bajo el agua y escuché. A pesar de que no tenía tan buen oído como los delfines, pude oír tras un instante el zumbido del motor de un barco. El sonido era cada vez más fuerte. Fuera lo que fuera, se acercaba a nosotros.

Unos segundos después pudimos ver ese chisme, una embarcación a motor blanco de unos seis metros de largo con una pequeña cabina. Muchos capitanes tenían barcos así, atracados en los puertos deportivos de los cayos de Florida. Pero precisamente este avanzaba con las luces de posición apagadas hacia el muelle que estaba justo al lado de la carretera, maniobró por delante del viejo barco pesquero y se dispuso a atracar.

Parecía que lo estaban esperando. Los matones abandonaron la furgoneta estropeada y los bidones, y echaron a correr en dirección al barco a motor, que ya se había detenido. Gracias a mi visión nocturna pude reconocer que el tipo calvo y con barba cuyo retrato robot había dibujado yo estaba a bordo. ¿Sería Brad, el jefe de la operación?

¡Era una verdadera pesadilla! Los tipos iban a desaparecer antes de que llegara la policía. ¡Después de todo lo que había sucedido, iban a conseguir huir! Seguirían con sus acciones criminales y no seríamos capaces de descubrir para quién trabajaban.

Una ira terrible se apoderó de mí, tan fuerte como si un tornado me estuviera atravesando.

«¡Señorita White! —grité tan alto como pude—. ¡Tenemos que hacer algo!».

Y lo hicimos. La señorita White, que se había escondido en un solar, corrió hacia nosotros sin importarle que aquellos tipos pudieran dispararle. Por suerte, estaban ocupados en subir a bordo de la nave. Con un salto de cabeza, nuestra profesora de Lucha se metió en el agua y se metamorfoseó de inmediato. Unos gritos de alarma salieron del barco cuando una orca apareció junto a él. Tenía el mismo tamaño que la embarcación y su aleta dorsal salía del río como si fuera una espada. En ella se podía ver todavía un trozo de camiseta destrozada.

Pensé en transformarme en tiburón y acabar con aquellos tipos, pero la ira inundaba todo mi cuerpo de tal modo que no era ni siquiera capaz de metamorfosearme. De pronto pude notar el cosquilleo. Mi camiseta, que ya estaba dada de sí, se hizo jirones cuando conseguí transformarme en un tiburón tigre de tres metros y medio de largo. A parecer, mi contorno se podía reconocer desde arriba, ya que una de las mujeres emitió un grito aterrador cuando pasé por debajo de la embarcación. Estaba decidido a hundirla, a comerme un trozo o a hacer cualquier cosa que pudiera hacer un gran tiburón con un pequeño barco. Pero la gran orca me cortó el camino.

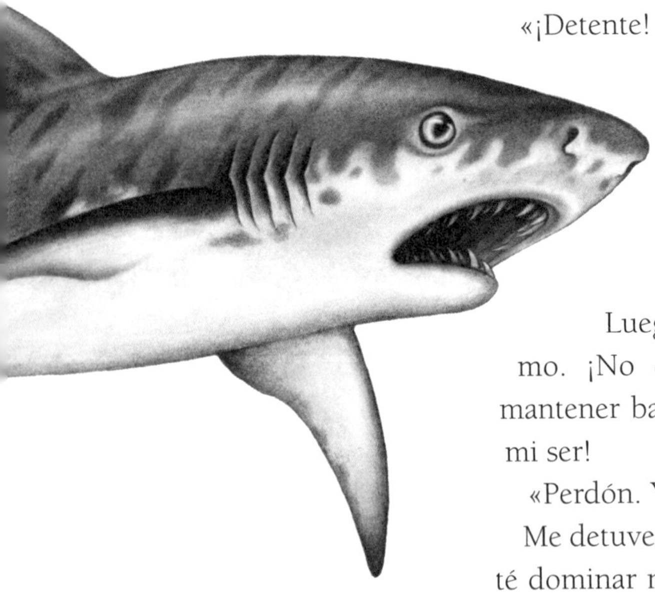

«¡Detente! ¡Así no, Tiago!», la voz de la señorita White sonaba enfadada.

Cuando me crucé con ella, tuve incluso ganas de morderla. Luego me asusté de mí mismo. ¡No quería ser así, quería mantener bajo control esa parte de mi ser!

«Perdón. Yo…, un momento».

Me detuve, nadé despacio e intenté dominar mis emociones. Aquello no fue nada sencillo, ya que el agua comenzó a burbujear por la popa del barco en el momento en el que uno de los tipos cogió el volante y aceleró. A pesar de que el vehículo iba lleno hasta los topes, salieron pitando de allí. ¡Hacia mar abierto! No podía hacer nada para detenerlos.

La señorita White se sumergió, y un momento después el comenzaba la huida. Acordamos que lo alcanzaríamos y golpearíamos la proa. Era un plan fabuloso. Los dos juntos éramos mucho más fuertes que esos criminales, pero debía mantener la cordura y evitar cometer algún error.

«¿Preparado?», preguntó la orca colocándose a mi lado. Le respondí con un rápido «Sí».

«Bueno, entonces acabemos con esto —dijo la señorita White y pude visualizarla en mi imaginación en su forma humana sonriendo cuando dijo—: ¡Ya!».

Estaba decidido a probar lo estable que era el barco, así que choqué contra el costado. La embarcación emitió un buen crujido; era posible que el plástico hubiera sufrido una fuerte abolladura. La señorita White tomó impulso y golpeó el barco con su cabeza blanca y negra, de modo que quedó en ángulo recto con respecto a la carretera. Ya no podía escapar por ningún lado. Se escucharon insultos que provenían de dentro.

Seguimos golpeando el barco. Fue divertidísimo, se balanceaba de un lado a otro. El tipo con la barba casi no se podía mantener en pie y otro de los granujas cayó por la borda.

«¡Bienvenido a casa!», dijo Shari al tiempo que daba al recién llegado un fuerte golpe con la aleta caudal.

Por desgracia, los tipos que estaban en cubierta habían sacado las pistolas. La señorita White, en su forma de orca, era un objetivo fácil, a pesar de que el barco se movía como en medio de una fuerte tormenta.

«¡Cuidado!», grité, desesperado.

¿Sería capaz la orca de esquivar el disparo?

Plato de presentación

Al principio no pareció que la bala hubiera alcanzado a la señorita White.

No contaba en aquel momento con la reacción de mi delfín favorito:

«¡Ya basta con esos cachivaches...!, ¿cómo decías que se llamaban?», espetó Shari.

«¿Qué vas a hacer? ¡Ten mucho cuidado!», le grité, pero ella salió del agua y saltó sin ningún esfuerzo por encima del barco. En su camino hacia el otro lado, golpeó a la mujer armada, que cayó al agua junto con la pistola. Se escuchó otro disparo más, pero por suerte no hirió a nadie.

—¡El tiburón! ¡El tiburón! ¡Ayuda, salvadme! —gritaba como una loca la mujer mientras me miraba. El resto de la gente a bordo ya tenía bastante con lo suyo como para ayudar a nadie. Di un par de vueltas alrededor de la mujer, sin tocarla; el miedo ya era suficiente castigo.

Por fin llegaron tres coches de policía, iluminándolo todo con sus sirenas de color azul. La señorita White intentaba mantener el barco a motor encerrado entre la barca pesquera y el muro. La pared de la embarcación rozaba contra el hormigón. La policía no tuvo ningún problema en sacar de allí a los cuatro criminales del medioambiente y al capitán.

Tanto la señorita White como yo aprovechamos para sumergirnos y buscar un lugar en el que transformarnos fuera del campo visual de los agentes.

—¿Necesitáis ropa? —dijeron Carag, Holly y Tikaani, que estaban un tanto retirados de nosotros, y nos pasaron algunas prendas de ropa del minibús.

Un momento después teníamos un aspecto más o menos presentable. En ese momento me di cuenta de que le sangraba un brazo a la señorita White.

—¡Está herida!

—Solo me ha dado de refilón, gracias a Shari —dijo, y me lanzó una mirada angustiada—. ¿Qué les pasa a tus manos?

Me miré las palmas y Holly encendió una linterna. Estaban rojas por el líquido químico y sentía como si se me hubieran quemado con el sol.

—Me duelen un poco —tuve que admitir—. Carag, ¿cómo estás tú?

—El líquido no consiguió atravesar el pelaje —contestó nuestro amigo el puma y me sonrió—. Muchas gracias de nuevo.

—Venga, nos tiene que examinar un médico —dijo la señorita White colocando su brazo sano sobre mis hombros. Nuestras miradas se encontraron y supe que no le contaría a nadie lo cerca que había estado yo de tener un peligroso arranque de ira. Además, me pareció que se sentía orgullosa de que hubiera logrado dominarme.

Pasamos por delante de la policía y nos alegramos al ver que les estaban leyendo sus derechos a nuestros adversarios y les habían colocado esposas en las muñecas. Ya contaríamos cómo habíamos evitado por los pelos que aquel vertido químico de Black Point acabara en una zona marítima protegida.

—Buen trabajo, chicos. —El jefe de la intervención parecía contento de verdad—. Ahora tenemos suficiente material para acusarlos. —Me hizo una señal, pues al parecer se acordaba de mí—. Y ese tipo es igual al de tu retrato robot.

—Sentimos no haber podido llegar antes —dijo uno de los oficiales mientras miraba el brazo de la señorita White y mis manos—. Habíamos subestimado un poco este asunto. Buddy, ¿dónde está la ambulancia? Esta dama y el chico necesitan ayuda médica.

La ambulancia llegó un momento después y mientras un sanitario vendaba a la señorita White, otro me puso pomada en las manos y las cubrió con un suave vendaje. Me di cuenta de que el ardor comenzaba ya a remitir.

Estábamos de pie al lado de la policía y escuché que uno de ellos decía:

—Es una pena que las dos armas hayan desaparecido.

«¿Cómo que han desaparecido?», preguntó la voz de Finny en mi cabeza, y vi un enorme objeto plano, como una enorme tortita, emerger de las profundidades del río.

—Mire..., ahí hay algo bastante raro —dije impaciente, señalando a Finny.

Con unas linternas de gran potencia los policías iluminaron el agua y vieron allí una pistola que reposaba sobre algo oscuro, como en un plato de presentación.

«Ha caído sobre mí, ha sido una verdadera casualidad», nos informó nuestra mantarraya.

—Esto... esto no se lo va a creer nadie —murmuró un jovencísimo oficial mirando a su superior, que entretanto había conseguido cerrar la boca, que tenía abierta por el asombro.

—Exacto, Stevens, y por eso precisamente no lo vas a poner en el informe, ¿está claro?

—Sí, señor.

—También podemos dejar fuera del informe al animal, pongamos que no estaba aquí. Es fácil confundirse con esas cosas.

—De acuerdo, señor.

—Bueno, Stevens, entonces habrá que explicar cómo sacamos esa prueba del agua. Diremos que estaba en la orilla, que una ola la dejó allí, ¿está claro?

—Por supuesto, señor. ¡Claro, señor!

Observamos perplejos como una elegante limusina negra pasaba por delante a toda velocidad y se detenía detrás de uno de los coches de policía. ¿Quién sería? Todo mi cuerpo se tensó cuando vi bajar del coche a una figura conocida, una mujer vestida con un traje de chaqueta impoluto de color gris topo. ¡Lydia Lennox!

Hizo una señal al tipo con barba. Luego, caminando sobre sus enormes tacones, se acercó a la policía y empezó a hablar con ellos.

—Todo esto es un malentendido, ¿qué tienen exactamente contra mi cliente, Brad Kaschinski?

Anda, pues el tipo se llamaba así, y no Sweetling.

La madre de Ella me vio, me dedicó una sonrisa y un escalofrío helador recorrió toda mi columna vertebral.

—¿Y esta furgoneta qué pinta aquí? —me preguntó.

—Su gente llevaba ahí cargado el vertido químico que iban a echar en plena naturaleza —le contestó Carag de muy malas maneras.

Lydia Lennox no movió ni una pestaña.

—¿Mi gente? Yo solo defiendo a este señor, no tengo nada que ver con los otros. —Su voz sonaba hiriente, luego me miró de nuevo—. Pero bueno, ¿he preguntado que por qué la furgoneta está aquí?

Respondí a su pregunta:

—Enviamos un mensaje a ese tipo para que viniera y poder tenderles una emboscada.

—Ajá. —Durante un momento la madre de Ella me miró con sus ojos de pitón, luego se dirigió al jefe de la policía—: Así que todo esto es la broma de un estudiante. Esta furgoneta tenía que llevar los residuos químicos al depósito, pero estos jóvenes la han traído aquí—. Luego nos señaló a nosotros.

Yo no me podía creer lo que estaba escuchando.

—No, no ha sido así, ¡no he dicho eso!

—Ustedes mismos lo han escuchado, el joven lo ha dicho, querido oficial. —Lydia Lennox frunció el ceño—. ¡No puede ser que unos menores de edad se dediquen a estas tropelías, podría haber sido un desastre! Se trata de sustancias altamente tóxicas y podríamos haber sufrido daños muy severos por su intromisión. Espero que les hayan tomado los datos.

—Lo hemos hecho —dijo uno de los policías con voz insegura.

Lydia Lennox señaló mis manos vendadas.

—Ahí, justo ahí, está la prueba de que ha sido ese chico el que ha estado manipulando los residuos químicos. Su plan debía de ser cargarnos el muerto a nosotros, pero han estado a punto de provocar serios daños en el medioambiente.

—Eso no es así, y lo sabe de sobra —dijo la señorita White con voz heladora.

—Exacto, y además hay muchísimos testigos que pueden corroborarlo. —Los labios de Tikaani temblaban, y temí que su boca se transformara por el enfado.

Yo miraba preocupado a los policías, uno detrás de otro. No era posible que se estuvieran creyendo todas esas patrañas,

¿verdad? ¡Por favor, no! Cuanto más me preocupaba, más volvían a dolerme las manos.

Por suerte el jefe de la policía se mantuvo tranquilo.

—Bueno, ahora nos vamos todos a la comisaría. Luego, señora Lennox, hablaremos con toda la tranquilidad del mundo y su cliente nos podrá explicar por qué iban a llevar estos residuos químicos al depósito en plena noche.

Así que todos aterrizamos, agotados e inquietos, en la comisaría de policía por segunda vez en muy poco tiempo. Por suerte, las afirmaciones de Lydia Lennox fueron cayendo en saco roto, ya que el depósito estaba cerrado por las noches y los criminales no tenían papeles que justificaran el contenido de su carga.

Respiramos aliviados cuando el oficial nos dijo:

—Bueno, pueden marcharse. Que se diviertan en el colegio, y la próxima vez nos dejan a nosotros a los delincuentes, ¿de acuerdo?

Estuve a punto de decirles que ellos no habían hecho nada, pero preferí callarme. Decidimos marcharnos de allí antes de que Lydia Lennox pudiera adjudicarnos algún delito más. Tenía la mano puesta en el picaporte cuando de repente el jefe de policía carraspeó.

—¡Un momento! Una cosa más.

Nos quedamos parados como estatuas.

—¿Sabíais que existe una organización medioambiental que otorga recompensas por la entrega de delincuentes que causan destrozos en la naturaleza?

Nos dimos la vuelta muy despacio. ¿Recompensas?

—Hala, qué maravilla, ¿cuántos peces dan? —preguntó Shari, complacida.

—Ninguno, son diez mil dólares; les haremos la transferencia en breve.

Entonces ya sí nos marchamos de allí.

—¿Cuántos peces se pueden comprar por ese dinero? —Shari no entendía nada.

—Depende del tipo de peces, por ejemplo, los atunes son muy caros y, en cambio, los peces más pequeños son muy baratos —dijo Noah, y los otros empezaron a discutir sobre la cantidad de arenques que se podían comprar con diez mil dólares. Solo entendí la conversación a medias; todavía estaba impactado.

—¿Diez mil dólares? ¿Pero de verdad? —pregunté a la señorita White mientras nos subíamos en el minibús.

—Podéis donar parte al colegio, si no tenéis idea de qué hacer con tanto dinero —dijo la señorita White, a lo que se escucharon un par de «Uy, no» como respuesta.

Pronto decidimos que el colegio recibiría mil dólares y cada miembro del equipo, otros mil. ¡Era muchísimo dinero! No podía ni imaginármelo, pero cada vez que pensaba en ello una sensación bastante agradable recorría todo mi ser. Tenía que contárselo lo antes posible a tío Johnny.

—A mí el dinero me da igual, ¿cuándo nos vamos al Blue Reef? —dijo Holly frotándose los ojos y bostezando.

Noah le acariciaba un rizo marrón rojizo.

—No te duermas, creo que en el colegio nos van a recibir como héroes por lo menos.

—Seguro que sí —murmuró Finny, que apoyó la cabeza sobre la ventanilla y se quedó dormida.

En efecto, en el colegio nos hicieron un recibimiento por todo lo alto. Para nuestra desgracia, ya que estábamos cansados, sucios y abatidos, y solo queríamos irnos a nuestras cabañas, en la entrada del colegio nos esperaba una multitud agitadísima. Olivia, Linus y Mara no paraban de celebrarlo, Juna y Blue bailaban a nuestro alrededor y algunos estudiantes del segundo año, como Shelby y Tan Li, empezaron a aplaudir, seguidos de todos los demás.

«¡Lo habéis conseguido! ¡Ya no habrá más veneno!».

Jasper había trepado a una mesa de la zona del recibidor del colegio y se dedicaba a saltar, como si tuviera unos enormes muelles en sus pequeñas piernas.

Chris, que en ese momento estaba en forma de león marino, lo festejaba con cualquiera que estuviera a su lado.

«¡Ha sido brutal, tíos!».

—Sois los salvadores de los Everglades, ¡gracias, gracias, gracias! —dijo Ella, que en ese momento estaba en forma humana. Tenía lágrimas en los ojos, lo que hizo que sus colegas la miraran callados y perplejos.

—Es maravilloso que haya funcionado —dijo Jack Clearwater abrazando a la desconcertada la señorita White antes de que ella pudiera escabullirse—. Qué lástima que hayas resultado herida, Alisha. ¡No sabes cuánto lo siento!

—¿Y eso por qué? Tú no me has disparado —dijo la señorita White en tono seco mientras se dejaba abrazar durante un momento.

—No, ¡pero he permitido esta locura!

Antes de que pudiéramos evitarlo, nos llevaron a la cafetería y allí nos abrazaron, nos dieron palmaditas en la espalda, lametones (por parte de Noemi) y un montón de dulces (hechos por nuestro cocinero Joshua). Y para terminar, estuvimos a punto de recibir la descarga eléctrica de una agitada Leonora.

En ese momento solo pude decir:

—Adiós a todos, me voy a dormir.

Llegué como pude a mi cabaña y, sin más, me derrumbé sobre la cama.

Un susto en la oscuridad

Por suerte, el miércoles resultó ser un día más tranquilo de lo normal. Nada más desayunar, llamé a tío Johnny antes de que se fuera a trabajar al motel Orange Blossom. No se podía creer lo que había pasado.

—Anda, ¿y los delincuentes os atraparon?

—No, al contrario, nosotros los cogimos a ellos —le expliqué—. Intentaron huir en un barco, pero la señorita White logró detenerlos en su segunda forma…

—¿Y por eso te cayó esa sustancia química en la mano?

—No, no, mucho antes, un bidón estuvo a punto de caerse, ¿sabes? ¡Y nos han dado una recompensa de mil dólares a cada uno!

—Guau, ¿mil dólares? ¿Por evitar que un bidón se cayera?

—Bueno, algo así. Da igual. ¡Son mil dólares! ¿No te parece de locos? ¡Es posible que ahora consigamos un apartamento!

Se hizo un largo silencio al otro lado del teléfono.

—Bueno, no solo depende del dinero, ¿sabes? —me contestó—. Si esa tal señora Lennox no quiere que encontremos nada…

—Oh, ya veo —dije, y de repente mi buen humor se esfumó por completo—. Tengo que colgar, va a empezar mi siguiente clase.

Por suerte esta sesión me distrajo de mis pensamientos. Carag, Holly y Tikaani tenían que enseñarnos lo que eran capaces de hacer en Metamorfosis. Puesto que todavía estábamos bastante revolucionados por los acontecimientos del día anterior, el señor García cambió las clases de Matemáticas y Física por una lección de Artes humanas.

—¿Alguien tiene algo en contra del cambio? —preguntó con una sonrisa que nunca antes había visto en él—. Podríamos hablar de algunos delincuentes conocidos, por ejemplo, de Al Capone, el jefe de la mafia.

Toda la clase contestó con un sonoro «¡Sí!» y nuestro profesor nos contó varias historias sobre delincuentes de otras épocas, así como algunas sobre mafiosos contemporáneos y otros que habían actuado en nuestra zona.

—En Miami hay un tipo del que se dice que montó una organización muy parecida a la mafia italiana —nos contó el señor García—. Se llama Carl Bittergreen. Se cree que es mucho más rico que la mayoría de los reyes del mundo, pero hasta ahora nadie ha podido demostrar si su dinero proviene de negocios turbios. Supuestamente tiene una cadena de restaurantes y algunas tiendas.

Recordé que Rocket me había hablado de ese tal Bittergreen. Lydia era su abogada... y también la de los delincuentes que se dedicaban a tirar residuos químicos en cualquier sitio de la naturaleza. Más tarde nos enteramos de que Brad Kaschinski fue el que se encargó del transporte y que había participado en aquello, pero solo como cómplice. Al parecer, su dinero negro provenía de otros ámbitos.

Puesto que se había negado a revelar información sobre sus jefes, ahora la policía no tenía ni la más mínima sospecha de quién había encargado la misión de deshacerse de la basura de una forma tan sucia. Podría haber sido Bittergreen, pero también cualquier otro. Es posible que no lo sepamos nunca.

Levanté la mano.

—Una pregunta, ¿cómo se puede saber quién es el dueño de una tienda?

—Para eso existen los llamados bancos de datos —dijo el señor García—. ¿Cómo se llama la tienda?

—Sweet King —dije con la boca muy seca.

Shari, Jasper y yo esperamos muy nerviosos mientras él tecleaba en su tableta impermeable.

—Parece ser que esa tienda pertenece a una empresa que se llama King Foods, con sede en Miami —nos explicó, y nos dio la dirección.

Miré espantado. ¡Esa empresa estaba en el mismo edificio de oficinas que el despacho de abogados de Lydia Lennox! Era demasiada casualidad. Cuando miré hacia Ella, vi que estaba sentada en su sitio y miraba hacia el frente, sin hacer nada. Al parecer, también había reconocido la dirección.

Pero no pude pensar en ello demasiado tiempo: por la tarde teníamos una excursión con un barco alquilado que tenía el suelo de cristal, para que nuestros invitados pudieran ver los arrecifes de coral sin mojarse.

¡Corales!, eso me recordó que al día siguiente, es decir, el jueves, teníamos que presentar el trabajo y necesitaba sacar una buena nota. Y además no habíamos tenido demasiado tiempo para trabajar en él.

En la última reunión intentamos organizar todo lo necesario, pero en un momento dado volvió a salir el tema de los delincuentes y nos fuimos por las ramas.

«¿Pensáis que ese tipo con barba es de verdad un cliente de Lennox?», preguntó Nox nadando excitado dentro de su acuario.

—Bueno, yo en su momento le escuché decir a Ella que aquel tipo trabajaba para ella y no al revés—me acordé de repente.

—¿Y por qué trabajaría para ella? Ella es abogada, no necesita a unos empleados tan raros. —Chris elevó los hombros y me miró como esperando una respuesta—. Ella no me gusta en absoluto, pero seguro que lo habéis entendido mal. Lydia Lennox ha representado a algunos tipos asquerosos, pero es parte de su trabajo.

En ese momento no se me ocurrió ninguna respuesta. Solo sabía que esa señora era peligrosa y que quería hacerme daño de la forma que fuera, a mí, ¡el enemigo de su hija! Aunque contara lo que me había sucedido en su oficina, nadie lo iba a creer. Me estuvo interrogando (y me acordé de aquella sopa de aleta de tiburón), pero allí no había nadie más que yo. Bueno, sí, estaba Rocket. Solo esperaba que no la tomara también con el colegio... Era complicado olvidar aquella odiosa mirada que le echó a Jack Clearwater después de la votación. En esa ocasión conseguimos anular los terribles planes que Lydia Lennox tenía para el colegio Blue Reef, pero si en algún momento empezaban a llegar aliados suyos en masa (además de los dos reptiles a los que Ella había invitado, con o sin segundas intenciones) entonces en un futuro las votaciones serían bien distintas. «Bueno, seguro que eso no va a pasar», me dije intentando tranquilizarme.

Tras la comida, me senté delante de mi cabaña mientras Noah enseñaba su habitación a Holly. A través de la puerta abierta pude ver que tenía colgado un gran póster de Nueva Zelanda en la pared y cómo le mostraba a Holly el contenido de su caja de los tesoros.

—Uy, ¿eso es un diente de cachalote? —preguntó ella.

—Se le cayó a un buen amigo, a mi mejor amigo de Nueva Zelanda —dijo Noah, y durante un instante su voz reflejó una terrible nostalgia.

Luego se oyó la voz suave de Holly:

—Aquí también tienes buenos amigos. Shari y Blue son realmente agradables..., y Tiago y los otros también.

—Sí, sí, son muy majos —respondió Noah.

De repente me entraron ganas de pintar. Cogí mi cuaderno y un lapicero blando y me puse a ello. Tenía luz suficiente gracias a un farol que estaba colgado en la cabaña, con docenas de polillas que revoloteaban a su alrededor.

Cuando oí el sonido de unos pies descalzos sobre la arena, levanté la cabeza.

—Tiago..., vengo a ayudarte a organizar el tema de los pólipos de coral para el trabajo. Pero tienes que venir conmigo. —Era Shari—. Además, quiero enseñarte más cosas del mar.

Era algo que me sucedía siempre. Cuando veía a Shari mi corazón empezaba a latir mucho más rápido, y más aún cuando me sonreía.

—Ah..., ¿ahora mismo?

—Claro, ahora mismo. —Echó un vistazo a mi cuaderno—. Es un dibujo muy bonito de Noah. ¿Se lo vas a regalar a Holly por su cumpleaños?

—Sí, y también este, para que ella se lo pueda dar a Noah. —Le enseñé otro dibujo que había pintado el día anterior en el que aparecía una chica con cara simpática y un montón de rizos pelirrojos.

—¡Es una idea fabulosa! ¡Venga, vamos! Créeme, te va a encantar.

—Si tú lo dices…

De todas formas, a mí lo que me gustaba era estar con ella.

Volví a dejar el cuaderno en la habitación, me quité la camiseta y me pasé la mano por el brazo. Todavía se me hacía raro sentir mi piel suave de humano transformarse en una especie de papel de lija de color gris claro. Aunque también me gustaba mucho ser un tiburón. A pesar de saber lo grande y fuerte que era en esa forma, me resultaba un poco inquietante estar de noche en el mar. Bueno, no solo un poco. Me resultaba muy inquietante. Veía genial en la oscuridad, pero todo me parecía tenebroso y hostil. Por suerte, tenía a mi amiga delfín muy contenta de estar allí.

«Mira, una reunión de mejillones», dijo Shari orgullosa mientras nadábamos por la laguna. Había cogido dos docenas de preciosas conchas y había hecho un dibujo en el fondo del mar. Lo observé durante un momento y luego nos fuimos a mar abierto. Shari se deslizaba muy contenta por las olas, sondeando todo lo que había alrededor con sus rápidos clics y saliendo a la superficie para respirar.

Poco a poco, conseguí relajarme y me di cuenta de lo hermosa que era esa noche. La luz de la luna nos iluminaba e hizo que una bandada de peces que pasaba por delante brillara como un montón de monedas plateadas. La hierba marina se movía por el efecto de la corriente y tenía un aspecto tan suave y blandito que me dieron ganas de acariciarla.

«¡Anda, ahí hay alguien!», dijo Shari, y se acercó a un pulpito que avanzaba con sus ocho tentáculos sobre el suelo marino. El animal se asustó y se metió detrás de unas rocas.

«No te asuste. ¿Acaso tengo pinta de disfrutar asustando animalitos?», preguntó Shari.

El pulpo se escondió aún más.

«No, no tienes ese aspecto—le dije—. Pero si miras a tu alrededor, te darás cuenta de que detrás de ti va un enorme tiburón tigre…».

Yo no era el único tiburón de la zona; había algunos tiburones de arrecife, de morro negro, y a pesar de la hora (o precisamente por ello) estaban muy despiertos. Eran los colegas de Ralph. Estuve a punto de saludarlos, pero seguro que ellos no lo hubiesen apreciado.

Shari había descubierto algo que quería enseñarme y me lanzó un silbido, emocionada. Una especie de telas de colores se movían con elegancia por el agua.

«¿Qué es eso?», le pregunté desconcertado.

«He oído que se llaman "bailarinas españolas" —dijo Shari, e intentó bailar con ellas durante un momento; casi se muere de la risa—. Son algo así como babosas de mar. Con la luz del día adoptan un maravilloso color rojo brillante».

Miré impresionado a esa criatura hasta que un pequeño arbolito con unas ramas finas que crecía sobre unas piedras llamó mi atención.

«¿Y eso qué es?».

«Un gusano de tubo», dijo Shari, y tocó aquello con la punta del morro. El gusano se replegó de forma automática y desapareció. Seguro que a los gusanos de la tierra también les gustaría poder hacerlo al ver llegar un pájaro.

«Guau, es el gusano más bonito que he visto en mi vida —le dije, y se alegró mucho. Aquel mundo era muy distinto…, y a veces incluso más bonito—. Una pregunta, ¿los peces duermen?», le pregunté.

«Pues claro —contestó—. ¡Te lo voy a enseñar!».

Nadamos muy pegados al arrecife y me señaló con el morro a un pez del tamaño de una mano humana durmiendo sobre una maraña de corales.

«Qué divertido, si lo hubiese visto yo solo, habría pensado que estaba muerto».

Luego miré hacia el arrecife… y me quedé maravillado. Se veía muy distinto a como era de día, como si se hubiera transformado en un campo lleno de flores de azafrán. Gracias al trabajo que estábamos haciendo para la clase de la señora Pelagius, yo sabía que no se trataba de una planta, sino de animales. Los pólipos de coral extendían sus pequeños brazos hacia la corriente para obtener algo de comer.

Con un batir muy suave de mi aleta caudal, fui avanzando por aquel nuevo paisaje subacuático, mientras los animales del turno de día dormía. Por el contrario, había otros muchos que se encontraban muy activos.

Luego me di cuenta de que Shari, con lo ruidosa que solía ser, llevaba mucho tiempo sin silbar. Miré alrededor, pero no pude ver más que la oscuridad del fondo marino.

«¿Shari?», pregunté con una cierta inseguridad, y nadé en zigzag. De repente todo era muy extraño, tenebroso y sombrío.

¿Dónde estaría la delfín? ¿Y dónde me encontraba yo? ¿Sería capaz de ubicarme y salir de allí en caso de emergencia?

«¡Buuu!».

Algo salió de pronto de detrás de una roca y se dirigió hacia mí. Me asusté y me di rápido la vuelta. Entonces me di cuenta de que se trataba de mi amiga.

«Ja, ja, ja, qué divertido, ¡cómo te has asustado!», Shari se reía a carcajadas, inclinó la cabeza e imitó lo que yo acababa de hacer ayudándose de sus aletas. Tenía un aspecto bastante estúpido. Poco a poco, mi pulso se fue tranquilizando.

«¿Y si te hubiera mordido por el susto?».

«Bueno, oh, la verdad es que no lo había pensado», contestó Shari y la quise todavía más, puesto que la mayoría de la gente no podía pensar en otra cosa cuando me veía en forma de tiburón.

«Venga, vamos a coger algunos pólipos de coral», le dije.

Ella intentó sacar de la cueva algunos pólipos utilizando la punta de su morro, pero abandonó enseguida por miedo a aplastarlos.

«No se hace así, tenemos que llevárnoslo todo junto, a ellos y a sus casas», le dije.

Titubeé un poco. ¡Tampoco quería que me llamasen el asesino de corales!

«¿Qué tal ahora?».

«Luego lo devolveremos todo al mar y quedará igual que antes», dijo Shari.

Cogimos un trocito de coral de una zona escondida del arrecife y nos lo llevamos al colegio como material para enseñar en la exposición.

De regreso al Blue Reef, pasamos por delante de la terraza de la cafetería, que daba a la playa. De repente Shari susurró en mi cabeza:

«¡Espera, Tiago! Creo que allí hay alguien. Detrás del edificio principal, donde están las entradas de la cocina. Dos personas hablan en un tono muy bajo. Es muy raro».

A pesar de que no había visto nada, comencé a nadar con mucho cuidado para que nadie nos viera.

«¿Podemos escuchar sin que nos vean? —me preguntó Shari—. Me parece que para los humanos eso es de mala educación, ¿no?».

Nos habíamos acercado tanto que podíamos distinguir sin problema de lo que estaban hablando.

«¡Pero bueno, son Ella y su madre! —dije.

¡Lydia Lennox había venido conduciendo por la noche desde Cayo Largo!

Me quedé escuchando con la intención de saber si tenían planeado hacer algo que fuese a afectar al colegio.

«¡Ya volveremos a tener buena educación mañana!», respondió Shari, y nos acercamos tanto que nuestras barrigas casi tocaban la arena. Desde allí podíamos oírlas con claridad.

Ella parecía muy nerviosa.

—Pero ¿cómo puedes defender a tipos como ese tal Carl con las cosas terribles que ha hecho? ¡Y esto ya es lo último, tirar veneno en los Everglades y al mar!

Lydia Lennox le contestó con impaciencia:

—Los abogados también tenemos que defender a los delincuentes, así es la vida; es mi trabajo. ¡Pero no siempre actúan maliciosamente! El señor Kaschinski cometió un gran error, eso está claro.

—Sí, pero lo han dejado en libertad—dijo Ella muy enfadada—. Gracias a él, la gente que hace esas cosas gana muchísimo dinero. Mamá, y él también ha trabajado para ti en varias ocasiones, eso lo sé yo. ¿De verdad que no estabas al tanto de que esa gentuza se dedica a tirar vertidos químicos en zonas protegidas?

—Pues claro que no, ¿cómo puedes pensar eso? ¡Corazón! —Lydia Lennox parecía decepcionada. O algo así.

—¿Y quién está detrás de todo esto?

—No tengo ni la menor idea, la gente no les cuenta a sus abogados quiénes son sus jefes. Bueno, cielo, ahora tengo que marcharme; mañana por la mañana he quedado a desayunar con Carl. Venga, dame un abrazo... ¿La próxima vez te traigo una cadena que haga juego con tu nueva pulsera? Es muy bonita, y por mil dólares es una verdadera ganga. Pero debes tener mucho cuidado para no estropearla cuando te transformes, ¿vale?

—Claro, tendré cuidado —le aseguró Ella, que parecía un poco menos molesta que antes. Luego las dos se alejaron en dirección al aparcamiento.

Shari y yo volvimos nadando a la playa; había muchísimas cosas de las que teníamos que hablar.

Harry, del uno al diez

Se me ocurrió que sería una buena idea bautizar a los pólipos de coral con el nombre de Harry. Y puesto que habíamos sacado a diez hermanos del agua, les pusimos a todos Harry seguido de un número, del uno al diez. Los coloqué en el acuario de la entrada del colegio, donde pensé que podrían encontrarse a gusto.

Por fin llegó el día de la exposición. Habíamos practicado mucho, estábamos preparados. Solo había un pequeño fallo: la clase ya había empezado, nuestro trabajo era el primero que debía exponerse y Chris no había llegado. Su misión era traer diversos trozos de coral y las fotografías. ¿Cuándo iba a llegar?

«Estoy seguro de que va a llamar a la puerta ahora mismo —susurró Nox en mi cabeza—. ¡Ya lo verás!».

Eso debería haberme tranquilizado, pero por desgracia la voz de Nox sonaba bastante inquieta.

Quedaban quince minutos para que comenzase la exposición. Empecé a sudar. La señora Pelagius hablaba sobre un encuentro que tuvo en uno de sus viajes; esperaba que la historia se alargara lo más posible.

Nuestros invitados, Carag, Tikaani y Holly, escuchaban fascinados. Era una verdadera pena que tuvieran que marcharse el sábado.

Ya solo quedaban cinco minutos. ¿Pero dónde se había metido ese condenado muchacho? ¡¿Cómo había podido ser tan imbécil de fiarme de un caótico león de mar californiano que ni siquiera se tomaba en serio su vida?!

Nox nadaba muy cerca de la superficie del agua, de aquí para allá, y me tocó en la pierna:

«¿Podemos hacer la exposición sin las fotografías ni los trozos de coral?».

«Seguro que sí, pero no hay manera, así es imposible que nos pongan buena nota», murmuré, desesperado.

La señora Pelagius carraspeó.

«Bueno, damas y caballeros, comenzamos con los trabajos. ¡En el primero descubriremos muchas cosas sobre los arrecifes de coral!».

Me levanté tan despacio como pude de la silla y me dirigí hacia la parte delantera de la clase. Nox iba al lado de mis piernas, como si hubiera sacado a pasear a un perro. Una vez más, mi mirada se dirigió hacia la puerta. No se veía a Chris por ningún lado. Dejé una caja de plástico donde había metido los pólipos de coral sobre la mesa. Intenté ganar tiempo como fuera, pero habrían pasado diez segundos como mucho.

Un montón de ojos me miraban fijamente. ¿Todos? ¡No! Holly solo tenía ojos para Noah, y él para ella.

«Bueno, podéis empezar», dijo nuestra profesora, y noté que se estaba impacientando. Eso sin hablar de los demás estudiantes. Ella y Barry empezaron a cuchichear; la alegría por el mal ajeno se podía ver dibujada en sus caras. Cada vez que miraba a Ella, no podía dejar de pensar en aquella conversación secreta. ¿De verdad que aquella chica malvada tenía a veces buena conciencia? Ayer había regañado con severidad a su madre, aunque no le sirvió de mucho.

—Bueno, sí, amigos… —comencé a decir, sonreí al público y miré mis notas.

En ese mismo instante, entró corriendo en la clase un chico delgado y con el pelo largo y rubio, casi sin respiración y con una sonrisa enorme. ¡Chris! Pude ver que en la mano llevaba un taco de papeles.

—¡Lo siento, llego tarde! Cuando he ido a imprimir las fotografías esta mañana, la impresora a color de la secretaría se había estropeado…

—¡Ya nos lo contarás más tarde, venga, vamos a empezar! —dije.

¡Madre mía, había dejado para el final la impresión de las imágenes! Pero estaba encantado de que al fin hubiera llegado.

Comenzamos. Y resultó muy bien. Chris desplegó todos sus encantos y contó dónde se podían encontrar los arrecifes y que solían estar en aguas cálidas, pero que también había algunos en aguas frías y profundas. Luego le tocó el turno a Nox, que explicó los distintos tipos de corales, mientras yo sujetaba las imágenes y Chris nos enseñaba la pieza correspondiente. Éramos tres ruedas dentadas que encajaban a la perfección.

Después llegó el momento álgido de nuestra exposición.

—Y ahora, por favor, ¡apagad la luz! —dije yo—. ¡Os vamos a mostrar algo realmente impresionante!

Hubiera sido fabuloso que en ese mismo momento se escuchara un redoble de tambor.

—Y aquí pueden ver… ¡Unos pólipos de coral vivos!

Pero no pasó nada. Nada de nada.

—Bueno, es posible que nuestros invitados no estén despiertos del todo, puede que estén nerviosos por las luces… —Chris intentaba contar cosas para ganar tiempo. Miraba muy preocupado nuestro táper. ¡No! ¿Podría ser que todos los Harrys, del uno al diez, se hubieran muerto?

«Pero ¿qué pasa?», preguntó Nox, enfadado.

«Y cómo voy a saberlo, ¿quién es el experto en pólipos, tú o yo?», le contesté lo más bajo que pude.

—¡Bueno, salid ya, pequeños Harrys! —Chris daba golpecitos con el dedo sobre la caja. Pensé que eso no iba a servir de nada. Desde luego, yo no habría sacado la cabeza si un ser mil veces mayor que yo estuviera generando un terremoto a mi alrededor.

Toco y Tomkin (los dos en su forma de caimán) perdieron el interés y comenzaron a sacudirse con sus morros acorazados. Ella empezó a pintarse las uñas. Juna sacó una novela de debajo de la mesa y empezó a leer. Pude ver que Jasper comenzaba a hacer crucigramas.

«Bueno, no pasa nada, seguro que nuestros estudiantes de agua salada ya han pasado alguna noche en el mar y han visto…», comenzó a decir la señora Pelagius.

En el recipiente por fin comenzaron a moverse aquellos pequeños animalillos.

—¡Y tachán, aquí están! —dijo Chris con cierto alivio—. ¡Harry, el pequeño pólipo, y todos sus hermanos! Ahora vamos a pasar la caja por toda la clase para que los podáis ver.

«Espera, te ayudo», dijo Noemi cogiendo el recipiente entre sus dientes y llevándolo alrededor de la clase hasta que todos pudieron ver a los Harrys.

Chris le dedicó una sonrisa.

—Fantástico, muchas gracias.

Era a mí a quien le tocaba cerrar la exposición del trabajo:

—Es posible que algunos arrecifes hayan muerto por efecto del calentamiento climático, que hace subir la temperatura del agua. En estas situaciones de estrés, sus algas domesticadas mueren y se quedan muy pálidas, como si fueran esqueletos...

«¿Puedo comerme ya los pólipos?», preguntó Nox.

—¡Si les hemos puesto nombre! —lo regañó Chris—. ¡Uno no se puede comer algo que tiene nombre!

«¿Qué dices? No hay ninguna diferencia en cuanto al sabor».

Elevé un poco la voz y Nox me miró de forma penetrante.

—... y por eso hemos decidido colocar estos corales en algún sitio por aquí, de modo que puedan crecer y formar un nuevo arrecife. ¡Muchas gracias por escucharnos!

Nos dieron un aplauso. Chris y yo hicimos una reverencia. Nox estaba de morros.

«Gracias, chicos, me parece muy buena idea comenzar una plantación de corales», dijo la señora Pelagius, y nos puso la nota máxima.

Nosotros también aplaudimos. Se oyó un sonido suave cuando la aleta dorsal de Nox golpeó la palma de mi mano.

Tarta de pescado

La señorita White me citó para darme una nueva clase particular y, cuando terminamos, regresamos al colegio en nuestras formas de orca y tiburón tigre.

«Vas mejorando —dijo mi profesora favorita—. Pero si te digo la verdad, todavía noto que pierdes un poco los nervios, como cuando fuimos a cazar a aquellos delincuentes; estuviste a punto…».

«Lo sé —dije suspirando—. ¿Cree usted que conseguiré controlarme en algún momento?».

«Si te empeñas y sigues practicando, seguro que mejorarás —me consoló la señorita White—. Lo pasado pasado está. Casi siempre hay una nueva oportunidad».

Era posible que ambos estuviésemos pensando en aquel encuentro que tuve con mis padres. ¿Cuándo los volvería a ver? ¿Conseguiría ganarme su aprecio o, al menos, que me tuvieran un cierto respeto?

Pero mientras llegara ese momento, en el colegio Blue Reef se estaba preparando una fiesta: no faltaba mucho tiempo para aquel doble cumpleaños, que además serviría como fiesta de despedida de nuestros invitados. Era una pena, el sábado por la mañana, muy temprano, volverían al Colegio Clearwater en el avión de hélice del padre de Tikaani. Una verdadera lástima.

Todavía no tenía regalo para nuestra mantarraya metamórfica, y me parecía fatal, porque la apreciaba de verdad.

—¿Qué le vas a regalar a Finny? —le pregunté a Chris.

—A mí me ha pedido una tarta de pescado, la voy a preparar yo mismo —me dijo.

Me quedé mirándolo.

—Una tarta de pescado..., ¿pastel con pescado?

Chris se divertía muchísimo.

—Somos *seawalkers,* ¿no? Además, también habrá una sorpresa.

—Miedo me das —dije, y la sonrisa de Chris se hizo aún más amplia.

¿Conseguiríamos en algún momento ser amigos de verdad? ¿O el hecho de que a ambos nos gustara Shari siempre se interpondría entre nosotros? Era complicado de saber.

Estuve buscando en internet alguna idea para el regalo de cumpleaños... y encontré una empresa que retiraba grandes redes perdidas del mar y luego hacía pulseras con ellas. La empresa se llamaba Bracenet. ¡Era fantástico! No tenía ni un centavo, la recompensa seguro que tardaría bastante en llegar, pero ¿no podía hacer yo mismo una de esas pulseras?

Dos minutos después miré alrededor para ver si alguien me observaba, luego levanté la tapa del cubo de la basura y, ¡eureka!, había una camiseta rasgada, un plato roto y una esponja sucia, pero también estaba la red amarilla y azul en la que me había quedado enredado. La saqué del cubo y me dirigí veloz al taller del colegio para hacer un cierre de alambre. Una hora después, la pulsera estaba terminada; era superchula.

No estuve solo en el taller del colegio. Como a todos nos caían muy bien Finny y Holly, allí había congregada una gran cantidad de estudiantes que plantaban macetas, hacían manualidades o cocinaban platos salados y dulces.

Habíamos decidido que en la doble celebración también se haría un concurso de disfraces, de modo que estuve pensando en alguno para mí. Jack Clearwater nos llevó personalmente a Miami para que pudiéramos comprar lo que nos faltaba. Sin embargo, al final decidí que no quería participar en el concurso. Después de todo el lío necesitaba parar un poco. Preferí unirme al equipo de decoración.

Justo después de las clases, Juna, el grupo de delfines y yo salimos para decorar la zona de la playa. Puse cadenas de luz en los arbustos y Juna colocó bandas de colores alrededor de los troncos de las palmeras. Shari y Blue estuvieron colgando una gran pancarta en la que ponía «Cumpleaños feliz» entre dos árboles. Mientras tanto, mirábamos preocupados al cielo, que cada vez se cubría más de nubes.

—Quizá sería mejor que decoráramos la cafetería —dijo Juna.

—Tonterías, fuera es mucho más bonito —dije. En mi antigua vida siempre había soñado con celebrar mi cumpleaños en la playa. Tenía que aprovechar la ocasión.

—Pero por allí está muy oscuro —dijo Blue echando una mirada de preocupación a las nubes—. Es una tormenta, ¿no?

—Es una tormenta, sí, pero está pasando de largo —dijo Shari, siempre tan optimista.

—Exacto, el viento del oeste se la lleva hacia el mar —confirmé al tiempo que seguía colgando cadenetas de luz.

Casi habíamos terminado de decorar, cuando llegaron dos de nuestros amigos del Colegio Clearwater.

—¡Pero bueno! —dijo Carag mirando junto a Tikaani la decoración, fascinados—. Es superbonito.

Una fuerte racha de viento rompió la pancarta por la mitad y las dos partes empezaron a volar.

—*Era* superbonito —se corrigió a sí mismo.

El equipo de decoración al completo me lanzó una mirada de reproche.

—Sí, claro, el viento del oeste se iba a llevar la tormenta al mar, ¿era eso?

—Está bien —dije justo cuando me caían las primeras gotas de lluvia sobre la nariz—. Es mejor moverlo a la cafetería.

Juna siguió con sus tareas, ignorando la lluvia.

—¡Idioteces! Pero ¿qué somos, terrones de azúcar o peces?

La lluvia cada vez era más fuerte, y pasados unos minutos arreciaba de verdad; y además nos estábamos quedando helados.

—Lo mejor es que vayamos a la cafetería —dijo Shari.

Así pues, recogimos y lo llevamos todo dentro. Con las manos llenas de adornos empapados, nos dirigimos a la cafetería. Holly, en su forma de ardilla pelirroja, se subió a un árbol y soltó la pancarta rota. Esta cayó sobre ella y Holly echó a correr como un pequeño fantasma con una sábana encima.

Por fin lo conseguimos: las coloridas guirnaldas brillaban, la sala entera estaba adornada y los estudiantes pululaban, agitados y alegres, por el recibidor del colegio y la cafetería. También se había montado una mesa para que los invitados pudieran dejar los regalos para Holly y Finny hasta que llegase el momento de abrirlos.

En un momento dado, un foco que el señor García había instalado se encendió con un sonoro «*¡clac!*». Este iluminó a Chris, que avanzó por el vestíbulo sujetando con ambas manos una enorme tarta azul decorada con peces. Se dirigió hacia Holly y Finny y…, de repente, tropezó. La tarta salió volando de sus manos, describió un elegante arco por el aire y cayó como una enorme montaña de nata azul sobre Jasper, que entraba en ese momento en la fiesta en su forma de armadillo. Se escuchó un suave murmullo, hubo unos movimientos debajo de la montaña azul y pudimos ver salir un morro marrón, dos orejas y unos ojos de botón.

Holly gritó y a Finny casi se le caen las gafas de sol por el susto. Parecía que estuvieran a punto de ponerse a llorar.

—Oh, no —dijo Finny—. Chris, esto es muy… ¡Un momento!

También ella se había dado cuenta de que Chris no estaba triste, sino que tenía una enorme sonrisa en la cara.

—¡Mejor usamos esta! —dijo abriendo la puerta de la habitación del bedel y sacando de allí la verdadera tarta: una verde con puntos marrones y una decoración hecha a base de pececillos rosas.

—¡Vainilla y nueces con queso fresco y salmón! —gritó Chris con una reverencia mientras hacía entrega de su obra de arte. Todos aplaudimos, aliviados.

Finny dio un sonoro grito de alegría y Holly metió el dedo en la tarta para probarla. Jasper había conseguido salir de la otra tarta, que en realidad estaba hecha de cartón con una gruesa capa de nata teñida de azul.

«¿Qué pasa? ¿Os parece gracioso?».

—Claro que sí. ¿Puedo darte un lametón? —se ofreció Carag.

Jasper lo rechazó.

La fiesta podía empezar.

Canciones y besos

Después de muchas celebraciones y de cantar varias veces el «Cumpleaños feliz», se abrió el bufet. Chris, el grupo de delfines y yo nos abalanzamos sobre la fritura de pescado, los panecillos de pez, la sopa de pescado y la limonada de pescado (que en realidad solo se llama así porque les gusta mucho a los peces). Para los vegetarianos había ensalada azul y verde, pasteles de algas y batidos de hierba marina. Mientras me comía una brocheta de gambas, vi como Carag y Tikaani se afanaban con las salchichas, las minipizzas y las famosas magdalenas de canela y chocolate de Juna. Holly estaba entusiasmada con los barquillos de nueces y nata que había preparado Mara.

Cuando todos estuvimos llenos, Juna anunció:

—¡En honor de nuestra amiga Finny, en la cafetería se va a celebrar un concurso de disfraces!

Justo en ese momento se escucharon algunos gritos en la cafetería. Me dirigí a ver qué pasaba. ¡Por el agua pasaba un tiburón con una aleta caudal enorme (incluso mayor que la mía)! ¿Sería aquel tiburón blanco?

«No os preocupéis, soy yo», anunció Ralph, que se había colocado una enorme aleta encima de la suya.

Cuando miré hacia abajo, vi que por el agua avanzaba un balón transparente. Tomkin (que en ese momento estaba en forma humana, elegante, con su pelo oscuro) le iba dando patadas y se escuchaba algún que otro «¡Ay!» desde dentro. Entonces me di cuenta de que Zelda, la medusa, iba en la pelota.

—Si no quieres que te den patadas, mejor disfrázate de otra cosa —se quejó Tomkin, y su amigo Jerome añadió:

—Exacto.

«¡Idiotas! —respondió Zelda muy indignada—. ¡Era el disfraz que mejor me quedaba!».

—Hay otros mejores y menos peligrosos —comentó Juna, y salió corriendo hacia el almacén, donde había una caja llena de materiales de teatro.

«Oh, este disfraz me encanta», celebró Zelda cuando un rato después volvió a la cafetería junto a la delegada de clase. Al poco, pude ver un sombrero de señora nadando por toda la estancia.

Tikaani se presentó disfrazada como una vampiresa de aspecto lúgubre; llevaba la cara pintada de blanco y una capa roja y negra, e iba enseñando su dentadura parcialmente transformada. Se llevó el segundo premio; el primero fue para Holly, que iba disfrazada de fresa corredora que saltaba de mesa en mesa.

«¿Y qué os parece cómo voy yo?», preguntó Carag levantando una de las patas y dando un rugido enorme. Estaba en su segunda forma, pero disfrazado de tigre (alguien lo había ayudado a teñirse el pelo de naranja y a pintarle rayas negras).

—¡Supergatuno! —respondí sonriendo.

Aunque soy un tiburón tigre, puedo decir cosas así.

Era un muy buen disfraz, pero no se llevó ningún premio. El tercero fue a caer en manos de Mara, la vaca marina, que iba disfrazada de sirena, gracias a una semitransformación muy habilidosa y una peluca.

—Bueno, y ahora vamos a cantar —anunció Tikaani unos segundos después de la entrega de premios, y saltó sobre el escenario que habíamos montado en la entrada. No me sorprendió en absoluto, ya que nuestros invitados (sobre todo Tikaani) habían pedido que hubiera un karaoke. Escuchamos muy impactados cómo Tikaani cantaba la canción «Feel» de Robbie Williams. Lo hizo tan bien que podría estar delante de un estadio lleno de gente. Incluso Tomkin se quedó alucinado, se retiró a una esquina, y pude ver que llevaba el ritmo con los ojos cerrados. Parecía incluso contento.

«Tikaani, ha sido fabuloso, deberías colgarlo en YouTube», dijo Carag (que todavía era un tigre) con sonrisa amorosa. Tikaani sonrió con timidez, a pesar de que su mandíbula tenía aspecto amenazante.

—No entiendo qué le encontráis de divertido, a mí me pone de los nervios —dijo Jerome, y se marchó fuera.

Tomkin parecía un poco avergonzado.

—Es muy poco musical —refunfuñó en una especie de disculpa.

—Lo que ha hecho Tikaani también lo puedo hacer yo. Durante las vacaciones pasadas estuve en un curso de canto que dirigía una estrella del pop —anunció Ella, y anduvo por el escenario como si llevara haciéndolo toda la vida—. ¡Ralph, pon mi canción!

Durante los siguientes minutos escuchamos cómo Ella Lennox destrozaba *Paparazzi* de Lady Gaga. La zona de delante del escenario cada vez se iba vaciando más y la cafetería estaba más llena a cada instante. Allí se habían refugiado la mayoría de los estudiantes que huían de la horrible canción de Ella. El aplauso que recibió fue bastante débil, y Ella le pasó enfadada el micrófono a su colega Toco. Escuché cómo él, con una voz quebrada pero potente, cantaba «House of the Rising Sun». No me quedó más remedio que aplaudirlo. Y eso que Toco es uno de mis mayores enemigos en el colegio.

Luego le tocó el turno a Noah, que iba disfrazado como el cantante de AC/DC, con un maquillaje blanco y negro, y gomina en el pelo. Empezó a cantar «T.N.T.»; sonaba fenomenal.

Pero el momento estelar del espectáculo fue sin duda cuando Finny y Blue subieron al escenario y cantaron a dos voces «When I Kissed the Teacher», de Abba. En algún momento en medio de la canción, Shari y Noah tiraron de Jack Clearwater para subirlo al escenario, y aunque lo intentó, no pudo evitarlo. Luego Finny y Blue le dieron al mismo tiempo dos besos en las mejillas dejándole el rastro de pintalabios rojo. Yo me partía de la risa.

—Ey, eso no se hace, los profesores son sagrados —se defendió Jack riéndose, y nos sorprendimos mucho cuando se quedó en el escenario y empezó a cantar el siguiente tema. Junto con Noemi, se curraron un número de baile y canto: él en su forma humana, con vaqueros y camisa blanca, y ella como pantera negra. La zona de delante del escenario se volvió a llenar de gente que silbaba y aplaudía al director.

La señorita White, que estaba muy cerca de mí, también sonreía y aplaudía. El señor Clearwater bajó del escenario sudando y se colocó a su lado.

—Un número estupendo —le dijo la señorita White.

—No ha sido sencillo practicarlo en secreto. —El señor Clearwater la miraba de reojo—. Una cosa, Alisha..., ¿qué te parece si quedamos a tomar algo el sábado, cuando haya pasado todo este jaleo?

La sonrisa desapareció de inmediato de la cara de la señorita White, que se cruzó de brazos y miró al frente.

—Lo siento mucho. Ya tengo planes para el sábado.

Pobre Jack. Puede que ella hubiera tenido malas experiencias en el pasado, ya me había dicho en alguna ocasión que las emociones estaban sobrevaloradas. ¿Conseguiría Jack una cita con ella alguna vez? Lo cierto es que ambos habían ido hacía poco a comer a Cayo Largo con los otros profesores y habían estado en un concierto, pero imagino que eso no cuenta.

Desvié mi atención al ver a Chris imitando a una foca: en su forma de león marino se elevó sobre las aletas traseras, aplaudió con las delanteras y atrapó con el morro los pescados que le lanzaban. Todos aplaudían y reían. Me quedé pensando en lo que me había contado. Era muy triste que tuviera la sensación de que la gente solo lo quería cuando era un león marino. Por eso me alegró ver que Noemi, en forma de pantera, se sentaba a su lado y le ronroneaba una vez retransformado.

A las diez de la noche llegó el turno de los regalos. Finny y Holly los fueron desenvolviendo de manera alterna.

—¡Hala! —dijo Finny sacando unas gafas de sol decoradas con flores y piedras brillantes—. ¿De quién es esto?

—De Lucy y mío —dijo Leonora orgullosa mientras Lucy la abrazaba con dos o tres de sus tentáculos, abría las gafas de sol y se las ponía. «¡Te quedan perfectas!».

Luego le tocó el turno a Holly, a quien le dieron una maceta con un pequeño nogal en el que colgaba un trozo de papel enrollado. Con una mirada curiosa, lo desenvolvió, y luego se lanzó a los brazos de Noah.

—¡Ohhhh, esto es superalmendrado! ¡Muchas gracias!

Todos estiramos el cuello para poder leer la nota que estaba escrita con una preciosa caligrafía:

> **¡*Kia ora,* Holly! Eres fabulosa y aquí tienes un vale que significa que pronto iré a visitarte. ¡O a lo mejor me invento algo para que vengas tú de visita!**
>
> **Tu amigo Noah**

Sin que nadie me viera, me sequé los ojos.

Finny se alegró mucho cuando le regalaron una novela. Holly estaba encantada con las gafas de bucear que el señor Clearwater le había regalado. El siguiente regalo de Finny era el mío, lo reconocí por el papel del envoltorio. Me acerqué un poco más para ver si le gustaba y explicarle lo que era. Finny quitó el papel de regalo y miró la pulsera de nailon amarillo y azul.

—¡Qué chula! ¿No es una de esas que se fabrican con las redes sacadas del agua?

—Sí, eso es, pero esta la he hecho yo —dije con timidez.

Finny me dedicó una sonrisa amable. Tan amable que durante un momento no pude dejar de mirarla y me quedé como hipnotizado. Y luego siguió mirándome, como si no quisiera soltar mi mirada.

—¿Y dónde has encontrado esta red? ¿Por aquí?

—Bueno, en realidad estaba muy cerca—dijo una voz maliciosa. Ella se acercó, sus ojos brillaban de una forma tenebrosa. Triunfal—. ¡Daphne te ha visto sacarla de la basura!

La palabra errónea en el momento más inoportuno

Noté que me ponía rojo. Un regalo sacado del cubo de la basura era algo de veras embarazoso.

Esa estúpida gaviota me había visto y luego se lo había chivado a Ella.

—¿Que has hecho qué? —Finny me miraba desconcertada, al igual que el resto de los estudiantes que estaban por allí.

—Sí, yo…, esto, yo… —balbucí—, teníamos que… como es peligrosa…, pues la saqué del mar.

—¿Pero la encontraste en el mar? —preguntó Finny.

—Exacto —dije, aliviado.

—¿De verdad? No nos lo habías contado —dijo Barry con desconfianza—. ¿Y la has traído hasta aquí? ¿Cómo puedes haber sido tan irresponsable de nadar junto a una red?

—Bueno, la mantenía a cierta distancia, es que me enredé en ella —reconocí.

Todos me miraban.

—¿Te quedaste atrapado bajo el agua? —Shari estaba pálida—. ¡Podrías haber muerto! ¿Cuánto tiempo estuviste?

—Ni idea, una eternidad. Estuve a punto de palmar —admití—. Menos mal que la señora Pelagius me liberó.

—¡Guau! —dijo Finny colocándose la pulsera en la muñeca derecha—. Es un regalo con historia.

—¿Y por qué te fuiste solo al mar? Los novatos no deben salir solos al mar, siempre es mejor que alguien los acompañe —dijo Barry tratándome como si fuera una sardina en lugar de un tiburón tigre.

—Ya he salido en más ocasiones a nadar solo. —Lo miré y noté cómo la ira me subía por la espalda—. ¿Pasa algo?

—Menuda tontería. —Ella hizo una mueca con la cara. Era obvio que seguía sin caerle bien a Ella, y que continuaría siendo así por muchos contaminadores de ciénagas que atrapase.

—Ella tiene razón —dijo Juna, que solía ponerse de mi lado—. Tendrías que haber pensado que te podías encontrar con el tiburón blanco, ¿no te parece?

Pero bueno, ¡pensaba que la cosa no podía ir a peor!

—Bueno..., digamos que él se encontró conmigo.

—¿Y te lo has callado hasta ahora? ¡Pues muy bien! —Jack Clearwater había escuchado la conversación y no parecía demasiado contento.

—O sea que esto sucedió después de la visita de los padres de Shari —empezó a decir Noah—. Cuando ella se marchó y nos enteramos de que en la zona había un tiburón blanco. ¿Te acuerdas, Blue? Fuimos a buscarla en una dirección, y Tiago fue en la otra.

Shari me miraba con los ojos muy abiertos.

—Sabías que había un tiburón blanco por la zona... ¿Y a pesar de ello saliste a buscarme?

Se acercó a mí despacio y me miró a los ojos. Me obligué a mantenerle la mirada.

—Surgió así —dije, y de inmediato me arrepentí de tal estupidez—. Es que estaba un poco preocupado por ti.

—Eres tan dulce… —Shari seguía mirándome con unos ojos que no olvidaré ni en mil años.

Chris puso cara de querer arrearme y dijo:

—Eso no es lo único que ha hecho por ti. También estuvo hablando con tus padres el día que vinieron.

Qué majo era Chris. ¿Es que acaso no podía mantener la boca cerrada?

—¿Qué día…? ¿De verdad? —Una sonrisa enorme apareció en la cara de Shari mientras me miraba—. Yo estuve hablando con tus padres y tú estuviste charlando con los míos. ¡Es muy gracioso!

Asentí con una sonrisa tímida. Shari levantó una mano haciendo el amago de agarrarme el brazo, pero luego pareció pensárselo mejor y me agarró de la mano.

—¡Venga! Vamos a la discoteca. ¡Bailar en tierra es igual de divertido que surfear las olas en el mar!

Shari tiro de mí en dirección a la pista de baile, sobre la que habían colgado una bola de discoteca que reflejaba luces de colores. En ese momento Finny estaba pinchando música *reggae,* que me encanta. Lo malo era que la siguiente canción que puso no era precisamente de bailar agarrados. Aun así, me encantó bailar dando saltos con Shari, observar su fabulosa mirada y su perenne sonrisa. ¡Ahora ella ya lo sabía, sabía que me gustaba y que había puesto en riesgo mi vida por ella! ¿Cambiaría algo entre nosotros? Suponía que sí.

Entre dos canciones, Nestor se colocó de repente a nuestro lado con un vaso lleno de zumo de frutas color amarillo chillón.

—¿Quieres beber algo, Shari? Mango, maracuyá y lima: tu bebida preferida. La he preparado para ti.

—No, gracias, ahora no —dijo ella con paciencia, pero también un poco molesta.

Un estudiante del segundo año, Tan Li, el que en su segunda forma era una tortuga de agua, tampoco paraba de mirarla. Luego se acercó:

—Bailas fenomenal —le dijo—. Creo que eres la chica más guapa que hay en el colegio.

—Gracias —dijo Shari y siguió bailando conmigo.

Suspiré. ¡Que no viniera nadie más! ¿Por qué me tenía que gustar justo la chica más popular de todo el colegio?

Después de la siguiente canción, Shari y Blue se fueron juntas al baño, y Noah y yo nos quedamos en la pista de baile. Dimos una vuelta y estuvimos hablando de los estudiantes que conocíamos del segundo año.

Por ejemplo, de Shelby, la golondrina marítima, que era miembro de la escuadrilla del Blue Reef, y de Jamie, que en su segunda forma era un cangrejo ermitaño y ahora intentaba sin ningún éxito bailar *breakdance*.

Noah estaba de un humor fabuloso y me miró, con sus dientes blancos brillando en su cara maquillada de blanco y negro. Me preguntó, indiscreto:

—Oye, dime, ¿por qué te fuiste a nadar solo con lo peligroso que era? ¿Estás enamorado de ella?

Me quedé quieto. Perplejo. Sí, estaba enamorado de ella. Pero admitirlo no serviría de nada.

—Tonterías, ¿cómo se te ha podido ocurrir eso? —pregunté—. Vamos al mismo colegio, somos amigos, claro...

Me di la vuelta y vi que Shari y Blue habían regresado. En la expresión de Shari pude ver que lo habían oído todo.

—Nos vamos —le dijo con frialdad a su amiga, y se fueron al otro lado de la pista de baile. Luego pude verla bailar con Chris, que se veía encantado y relajado. Era evidente que tenía una facilidad innata para el baile.

Me sentí fatal, me lo tenía merecido. ¿Por qué no me había atrevido a decir la verdad? Quizá hubiera podido besar a Shari aquella noche. En cambio, lo había estropeado todo. Pero ¿por qué solo decía estupideces? ¡La cosa no podía ir peor! ¿Por qué no me podía pasar como a Holly y Noah?

—¿Estás bien? —me preguntó Jasper, que se encontraba de nuevo en forma humana. En su frente todavía se veían restos de nata—. No parece que te estés divirtiendo.

—Me siento mal —contesté—. Creo que he comido demasiado.

Hale, otra vez estaba mintiendo a uno de mis mejores amigos.

—Una cosa, ¿quién es ese que está allí? No lo conozco —Jasper señaló a un chico con ropa colorida (pantalones rojos demasiado cortos, camiseta azul y amarilla, y una camisa verde encima) que bailaba con energía, moviendo los brazos y las piernas. Parecía un *cowboy* en un rodeo... justo antes de caerse el caballo.

Lo miré durante un rato largo.

—¿No es un estudiante de segundo año?

—No. Nunca lo he visto.

Me sentía fatal, pero quería saber quién era aquel tipo. ¿Se habría colado en el colegio? ¿Pero quién era y por qué lo haría?

—Vamos a preguntarle ahora mismo cómo se llama —dijo Jasper, y cuando el chico se dirigió hacia el bufet, lo seguimos.

—Hola, soy Tiago, ¿quién eres tú? ¿Eres nuevo en el colegio?

El chico se echó a reír.

—No, no lo soy. Ayer hiciste una presentación conmigo.

De repente me olvidé de lo mal que me sentía.

—¿¡Nox!?

—Exacto —respondió nuestro compañero de clase metiéndose un rollito de salmón en la boca.

—¿Pero no me habías dicho que no te tenías en pie? —preguntó Jasper, decepcionado—. ¿Que nunca habías estado en forma humana y por eso no salías del acuario?

—Se puede cambiar de opinión, ¿no te parece? —dijo Nox—. Me voy a bailar. ¡Qué pasada lo que se puede hacer con piernas!

Aproveché las mías para ir a mi cabaña a pensar tranquilo. De camino, me alcanzaron Carag, Noah, Tikaani y Holly.

—Venimos a despedirnos, mañana nos vamos —dijo Carag y me dio un abrazo—. Ha sido genial volver a veros.

—Es cierto —dijo Tikaani—. Eres fabuloso, Tiago.

—Los dibujos que nos has regalado son preciosos.

—Holly dejó un momento su nogal en el suelo, luego me abrazó; su cuerpo era como un muelle tenso en mis brazos.

—¡Muchas gracias! Si no nos hubieras pedido que viniéramos, nunca habría conocido a Noah.

—No hay nada que agradecer —contesté—. Sin vosotros no hubiéramos atrapado a esos delincuentes. Que tengáis un buen viaje de vuelta…, y acordaos de nosotros, ¿vale?

—Eso por supuesto —dijo Carag.

Antes de que se me saltaran las lágrimas, me di la vuelta y me dirigí a mi cabaña.

Bombones especiales

Tío Johnny me recogió de nuevo el fin de semana y nos fuimos a Miami. Estuve pensando si era adecuado contarle lo que había pasado en la fiesta, pero él solo había conocido a Shari una vez y me pareció que no entendería lo mucho que me gustaba. Además, él estaba soltero desde hacía una eternidad y encima aquel día no parecía precisamente contento:

—Tenemos que irnos de casa de Nisha —me informó y se consoló metiéndose en la boca otro chicle de canela—. Ha dicho que es demasiado para ella y que necesita estar un tiempo sin invitados.

—Bueno, lo entiendo —le contesté, un poco impactado, pensando que quizá Johnny había ensuciado demasiado—. ¿Y ahora qué? Me dijiste que no nos podíamos quedar en el motel donde trabajas. ¿Vamos a dormir en la playa?

Su ancha mandíbula se desplazó hacia delante, lo que hizo que pareciera aún más indignado.

—No. Aún no me voy a dar por vencido. Tengo vistos otros tres anuncios de alquileres. Esperemos que ahora nadie diga nada en nuestra contra.

—Pero ¿cómo puede Lydia Lennox saber dónde vamos?

—Pues muy fácil. —Johnny bajó la ventanilla del coche, sacó un brazo y señaló hacia arriba. Saqué la cabeza por mi lado.

Una gaviota volaba justo encima de nosotros y seguía cada movimiento del coche, como si fuera pegada a nosotros.

—¿Un metamórfico?

—Exacto.

—¡Mierda! —Lancé una mirada asesina a la gaviota y ella me la devolvió igual de agresiva.

Por suerte, solo era una gaviota y no dos. Me bajé del coche en una esquina, fui caminando por diversas calles para quitarme de encima posibles perseguidores y al final llegué a casa de Rocket. Me había pedido que llevase algunos ingredientes del colegio para la venganza contra sus hermanas.

En la entrada escuché que las dos estaban en casa.

—Edwaaaaaaard, ¿puedes cerrar la puerta de tu habitación? ¡El pegamento de esas estúpidas maquetas tuyas apesta! —se quejó Ramona, la más joven de ellas, que quería triunfar en YouTube como *influencer.* Aunque para eso primero tendría que ampliar el número de seguidores, pues solo tenía trescientos cuarenta y cinco.

Miré a Rocket, a quien le suponía un esfuerzo sobrehumano no contestar a aquellas provocaciones. Pero teníamos que empezar con nuestra operación, por lo que solo contestó:

—¡Vale!

Silencio.

—¿Qué quieres decir con «vale»?

—Que cierro la puerta.

—Ah, bien.

Cogimos de la habitación el material que necesitábamos para nuestra misión y lo llevamos a la cocina para realizar, digámoslo así, un proyecto técnico alimentario. Con un cuchillo y mucho cuidado, retiramos la parte inferior de unos bombones y fuimos sacando el relleno. Encima de la mesa vi algunas jeringuillas que había traído la otra hermana (que era enfermera) para rellenar sus botes de cosmética. Yo miraba de vez en cuando las manos de Rocket, era de verdad preciso y muy habilidoso.

—¿Cuál es el siguiente paso? —pregunté una vez que vaciamos todos los bombones.

—Ahora tenemos que rellenarlos de nuevo. —Rocket sonrió y sacó un vaso que había dentro de la enorme nevera pintada de rojo—. Por ejemplo, con esto: mostaza picante. O esto: pasta de chiles. —Fue rellenado con las jeringuillas todos los bombones y luego los cerró con chocolate fundido—. ¡No se nota nada! Y se comerán los bombones mientras ven alguna estúpida serie de televisión.

—He traído del colegio caca de armadillo. ¿Te parece que es un buen ingrediente?

—¡Me parece épico! —Rocket sonrió aún más.

Mientras metíamos las bolitas marrones dentro de los bombones y los cerrábamos, Rocket preguntó:

—¿Tenéis un armadillo en el colegio? ¿Y qué otros animales hay?

—Bueno, sobre todo *seawalkers,* es decir, metamórficos acuáticos, pero también tenemos una pantera. —Con mucho cuidado fui empaquetando de nuevo todas las «exquisiteces»—. ¿Te gustaría venirte?

—No, a mí me gusta mi colegio. —Rocket levantó los hombros—. Aun así, me vendrían bien algunos consejos prácticos sobre las metamorfosis. ¿En el colegio tenéis clases de apoyo?

—Creo que no, pero lo preguntaré —le dije.

Estuvimos trabajando concentrados durante algunos minutos, sin dirigirnos la palabra. Luego, de repente, Rocket dijo:

—Ingeniero.

—¿Qué?

—No quiero ser astronauta, quiero ser ingeniero. Uno que construya cosas. Les dejo a otras personas eso de ir al espacio.

—Entonces podría ir yo —dije, pero de pronto se me ocurrió que aquella no sería la mejor idea para un tiburón tigre metamórfico. ¡Una pena! Seguro que había mil trabajos más adecuados para mí, aunque en ese instante no me viniese ninguno a la mente.

Rocket se alegró cuando conseguimos preparar medio paquete de bombones espantosos. Había llegado el gran momento. Fuimos con calma al salón, donde Ramona y Shaniqua se encontraban tumbadas en el sofá, hablando y mirando sus teléfonos móviles.

—Oh, qué maravilla, ¡ya tengo trescientos cuarenta y seis seguidores! ¡Uno nuevo! —se alegró Ramona—. Esto va viento en popa.

Rocket carraspeó para llamar su atención.

—Oíd. Os agradezco mucho que os ocupéis de mí mientras mamá está trabajando —les dijo, y les dio los bombones—. Os he comprado esto.

Muy despacio, las dos se levantaron del sofá.

Ramona sonreía.

—¡Oh! Eres un encanto, friki de los cohetes. —También me lanzó una sonrisa muy amable a mí—. Creo que tu nuevo amigo es una muy buena influencia.

—Yo sé que en ocasiones no somos fáciles, y a veces resultamos un poco impertinentes —dijo Shaniqua agarrando a Rocket, que estaba anonadado, y acariciándole el pelo—. No es por ti, Edward. Es que el trabajo me pone de los nervios.

Rocket y yo nos intercambiamos una mirada intranquila. Parecía que las hermanas eran mucho más agradables de lo esperado. Lo mejor era que les quitáramos el regalo, ¡y lo más rápido posible!

Demasiado tarde.

Ramona ya había abierto el paquete. Sacó uno de los bombones y se lo metió en la boca. Nos quedamos mirándola con los ojos muy abiertos.

Durante unos segundos no pasó nada, solo masticaba.

—Está muy crujiente —dijo la hermana de Rocket, que extendió la mano y cogió otro—. No es demasiado dulce, pero sabe fenomenal. Me gusta.

—Exacto —dije, impactado. Ese debía de ser un «especial de Jasper». Incluso tuve la tentación de probarlo. También Shaniqua había cogido uno de los bombones.

—Oh, ¡con chile! ¡Está buenísimo!

—Ah, sí, buenísimo. —Rocket estaba desconcertado. Tanto que cogió un bombón como por acto reflejo cuando Shaniqua le pasó la bolsa. Luego lo abrió, lo estuvo mirando y no supo muy bien qué hacer con él.

—Bueno, venga, pruébalo —le dijo la hermana sonriendo—. ¡No nos los vamos a comer todos nosotras! Vais a pensar que somos unas egoístas.

—No, es que nosotros ya hemos comido demasiado dulce —dije yo.

A las chicas no les sirvió aquella excusa. Rocket no tenía otra elección. Con mucho cuidado mordió el bombón esperando que estuviera relleno de chile. Pero al ver el relleno se dio cuenta de que era un «especial de Jasper».

—Está buenísimo, bueno, tengo que ir al baño, ¿vale? —dijo con una repentina prisa. Un momento después oí tirar de la cisterna del váter.

Shaniqua también había probado el que estaba relleno de mostaza.

—¡Es muy picante! Además, sabe un poco fuerte. Pero fuerte en el buen sentido, ¿sabes lo que quiero decir? Y tú, ¿cómo te llamabas?

—Tiago —dije, y metí el bombón que acababa de darme en el bolsillo del pantalón, donde era probable que enseguida se convirtiese en una pasta de chocolate y mostaza.

Nos sentamos con ellas en el sofá, vimos algunos capítulos de *The Bing Bang Theory* (la serie preferida de Rocket, que era de lo más divertida) y no se metieron más con nosotros. De repente, Rocket me preguntó:

—Me ha parecido escuchar por ahí… ¿Puede ser que tu tío y tú estéis buscando casa?

—Sí, la verdad es que sí —dije un poco abatido—. Ahora mismo estamos durmiendo en el sofá de una amiga y la verdad es que no es demasiado cómodo.

—Voy a preguntar, porque en casa de mi abuela se han quedado libres un par de habitaciones; pueden ser perfectas para vosotros.

Di un brinco en el sofá.

—¡Seguro! Será mejor que se lo diga enseguida a tío Johnny. Hay alguien que nos la tiene jurada y se dedica a intimidar a los posibles caseros. Consiguieron echarnos de nuestra antigua casa y aún no hemos encontrado ningún sitio para vivir.

Rocket y sus hermanas se miraron.

—No me imagino a nadie capaz de intimidar a Sally —dijo Shaniqua—. Fue piloto de cazas.

Me invadió una pequeña esperanza, aunque no mayor que una mariposa. Mi amigo rata me escribió la dirección y el número de teléfono en un papel y me lo dio. Me levanté de inmediato.

—Dile a tu tío que vaya ahora mismo allí. Yo te acompaño. Seguro que la abuela se alegra de verme.

Agarré el papel como si tuviera escrita la contraseña más importante del mundo. O la fórmula para salvar la Tierra.

—Sois muy amables —dije, y me fui a llamar a tío Johnny.

—Suena bien, voy para allá —me dijo; también su voz parecía esperanzada.

Rocket y yo nos fuimos andando a casa de su abuela.

—¡Edwaaard! —se escuchó desde el salón cuando ya estábamos en el recibidor.

—¿Sí?

—¿Dónde se pueden comprar estos bombooneees?

Rocket se rio en voz baja.

Con una sonrisa, cerré la puerta de la casa.

La abuela Sally

Sally, la abuela de Rocket, vivía en Coconut Drive, un barrio tranquilo de Miami, con muchas zonas verdes y menos peligroso que Liberty City, donde residíamos antes.

Aluciné cuando Rocket nos condujo por una calle estrecha llena de árboles y arbustos. Se quedó parado justo delante de una preciosa casa. Era de dos pisos, estaba pintada de amarillo claro y en el jardín había un mango, del que colgaban frutos ya maduros. Por los alrededores había pavos reales, algunos de ellos trepando por los árboles.

—¿Qué te parece? —le susurré a Johnny.

—Estamos a solo dos calles del mar —me contestó él, también muy bajito.

¡Perfecto para dos *seawalkers*! Intenté permanecer lo más tranquilo posible. Para ser sinceros, sería estupendo que aquello saliera bien. La gaviota seguía observándonos haciendo vuelos rasantes a un lado y otro de la calle.

La puerta de la casa se abrió justo cuando llegamos. Sally tenía el pelo corto y oscuro, en el que se adivinaban las primeras canas. Su cara era amable y sus ojos, despiertos y claros, estaban rodeados de algunas arrugas. Llevaba una camisa naranja, unos vaqueros cortados y unas sandalias de senderismo, y no tenía ninguna pinta de abuela.

—Hola, abuela, estos son los amigos de los que te he hablado —dijo Rocket—. El chico se llama Tiago, y es un poco tontito; por lo demás, todo bien.

—Bueno, pues entonces igual que tú —dijo Sally acariciándole el pelo—. ¿Ya has conseguido acabar la maqueta de Saturno V? Venga, no os quedéis ahí, entrad.

Un gato atigrado pelirrojo se restregó contra mis piernas y me agaché a tocarlo.

—Se llama Zumo de Naranja —dijo Rocket, y dio un paso atrás—. Bueno, no es mi mejor amigo, ya sabes a lo que me refiero…

No pude evitar reírme. ¡Lo mejor sería que Rocket no se transformara en esa casa!

—¿Entonces usted fue piloto de cazas? —preguntó Johnny con interés cuando nos sentamos en la gran cocina y Sally nos ofreció un vaso de limonada helada. Era casera. Olía a limones recién exprimidos y menta fresca. Debajo de la mesa había un montón de cables enmarañados que era posible que perteneciesen a los electrodomésticos de la cocina.

Sally me pasó un vaso, se sentó y puso los pies sobre la silla vacía.

—Bueno, sí, volé en los cazas interceptores de la armada. Estuve destinada en un portaaviones, pero por aquel entonces, en los años ochenta, las mujeres no podían entrar en combate. ¡Los altos mandos son lo peor! Pero bueno, contadme algo sobre vosotros.

Empezamos a hablar, todavía un poco impactados por lo que nos acababa de decir, pero ella nos escuchaba tranquila y con mucha atención, así que poco a poco nos fuimos calmando. Después de diez minutos, ya nos estábamos riendo porque tío Johnny contó que hacía poco en el motel había tenido que perseguir a un tipo que llevaba una botella de whisky en la mano y bailaba desnudo por el aparcamiento. Yo les conté que la cafetería de mi colegio estaba inundada de agua y Rocket relató con todo lujo de detalles cómo habíamos preparado los bombones para sus hermanas. Sally se partía de la risa y se daba golpes con las manos sobre los muslos.

—Bueno, os voy a enseñar la casa —nos dijo, y Johnny y yo intercambiamos una rápida mirada. ¡Era muy buena señal! Rocket nos miró contento.

En el segundo piso había dos habitaciones y un salón. Además de un cuarto de baño con una gran bañera y una cortina pasada de moda, con pequeños pececitos blancos, rojos y amarillos. No parecía nuevo nuevo, pero era francamente acogedor. Todos los habitantes de la casa podían utilizar la cocina y la terraza.

—Solo hay un par de detalles importantes —dijo Sally—. Duermo fatal. En ocasiones, a las tres de la mañana estoy en la cocina haciendo café o preparando tortitas —dijo señalando con el pulgar por encima del hombro en dirección a una vieja sartén de hierro que estaba sobre el fuego—. ¿Os molestaría?

—No, claro que no —le aseguré.

—Y hace un par de años empecé a aprender a tocar el saxofón. Suena fatal cuando estoy ensayando. ¿Hay algún problema?

—Todo en orden —contestó tío Johnny.

—Me encanta comer queso francés importado. Huele que apesta.

—¿Podría probarlo? —pregunté yo.

Sally sonrió.

—¿También vais a decir que es fantástico que Zumo de Naranja se haga caca sobre la alfombra todos los días?

—Como revancha le pondremos mermelada en su camita de dormir —bromeó Johnny.

—Fantástico, entonces os podéis quedar si queréis —dijo Sally y nos indicó que deberíamos pagarle una cantidad que podíamos permitirnos sin problema.

Johnny y yo nos miramos y asentimos con la cabeza. Nos dimos la mano. Rocket sonrió contento. ¿Vendría alguien a aguarnos la fiesta? ¿Sería posible que Ella le hubiera dicho a su madre algo bueno de mí a raíz del tema de sus queridos Everglades? No lo creía.

Cuando nos despedimos, hicimos como si nos marcháramos de allí. Pero en realidad giramos la calle y nos metimos en el jardín. Estuvimos escondidos detrás de una adelfa con flores rosadas, desde donde podíamos observar perfectamente la entrada de la casa.

Y en efecto, un momento después apareció un todoterreno con los cristales tintados, del cual se bajaron dos tipos enormes con traje oscuro. Se dirigieron a la puerta y llamaron con los nudillos. Tenían tantos músculos que parecía que iban a estallar e incluso desde esa distancia pude ver que sus caras no tenían ni la más mínima expresión. Zumo de Naranja, que estaba en la entrada, miró a los recién llegados y decidió no acercarse a sus piernas.

—Uno de los tipos es un *woodwalker* —murmuró tío Johnny—. Pero desde aquí no soy capaz de saber qué animal es.

Rocket y yo asentimos, nos escondimos un poco más esperando que no se dieran cuenta de que había tres metamórficos ocultos detrás de un arbusto.

La puerta se abrió, y la abuela de Rocket, que era una cabeza más baja que aquellos tipos con traje, salió a recibirlos. Antes de que dijera ni una palabra, los dos hombres la obligaron a entrar en casa.

—Oh, oh —dije yo.

—Venga, volvamos a entrar en la casa —dijo tío Johnny, entre enfadado y triste, y empezó a andar en dirección a la entrada—. Vamos, tenemos que ayudarla…

—Espera —dijo Rocket tirando de su camiseta para que volviera a esconderse.

Dentro de la casa se oyeron gritos y una serie de ruidos. Luego la puerta volvió a abrirse y los dos hombres con sus trajes oscuros salieron de allí caminando hacia atrás, y bajaron los escalones en dirección a la calle. Se protegían la cabeza con las manos, pero en vano, puesto que los golpes les caían por todas partes.

Sally llevaba en la mano la sartén de las tortitas, como si fuera una raqueta de tenis, y la usaba sin compasión. En ese momento le atizó un porrazo a uno de ellos en el muslo, lo que hizo que casi se cayera al suelo, luego agarró al otro por los hombros y tomó impulso para dar el primer golpe en la cabeza. En el último momento el tipo consiguió pararlo con el brazo, pero no le sirvió de mucho, puesto que la sartén volvió a ponerse en movimiento. Los dos emprendieron la huida.

—¡Ni se os ocurra volver por aquí! —gritó la abuela Sally. Cuando se metieron en el todoterreno, la abuela salió corriendo detrás, todavía con la sartén en la mano. Yo observaba, impresionado, cómo les destrozaba la luna trasera y luego hacía un par de abolladuras en la carrocería. Escaparon como pudieron, haciendo chirriar los neumáticos.

Nosotros tres, desde detrás del arbusto, no podíamos parar de reír.

—Voy a traer nuestros muebles y las otras pertenencias —dijo tío Johnny con una amplia sonrisa que nunca le había visto. Nos abrazamos durante un momento. Al fin volvíamos a tener un hogar.

—¿Crees que tu abuela puede ser una *woodwalker* o una *seawalker*? —pregunté a Rocket.

—No tengo ni idea. Pero si es así, seguro que es un animal muy peligroso. Podría ser un tiburón como tú, ¿quién sabe? —dijo sonriendo.

—También podría ser un ave metamórfica, no olvides que fue piloto —especulé—. ¿Qué piensas, Johnny? ¿Lo es o no? Una metamórfica, quiero decir.

—Claro que lo es —murmuró Johnny—. Pero no estoy seguro del animal.

—¡Guau! Es posible que en algún momento pueda hablar con ella. —Rocket agitó la nariz—. ¿Podrías, por favor, preguntar en tu colegio si puedo ir de vez en cuando a clases de refuerzo? Sería estupendo. La abuela imparte clases de vuelo en los cayos, y podría llevarme hasta allí.

—Claro que lo haré —le prometí, y le apreté tanto la mano que casi se la rompo.

Un montón de visitas

Cuando tío Johnny me llevó de regreso al colegio, nos dimos cuenta de que algo no iba bien.

—¿Qué está pasando aquí? —preguntó Johnny, incrédulo.

Alrededor del colegio Blue Reef había una gran cantidad de animales. Muchísimas serpientes pitón, del grosor de un brazo, se arrastraban por el suelo, de manera que apenas dejaban verlo. Yo no era capaz ni de contarlas. Además, había un montón de caimanes de todos los tamaños. Se encontraban en el aparcamiento, en las orillas del estanque de agua dulce y por el camino que llevaba a la playa. Estaban pegados unos a otros, con las fauces muy abiertas.

De repente comprendí lo que estaba pasando.

—¡Son los *woodwalkers* a los que Ella invitó cuando estuvimos en los Everglades! —dije lamentándome—. Les contó lo fantástico que era vivir aquí y les dijo que podían venir. Tenía la esperanza de que lo hubieran olvidado.

—Pues parece que no —contestó tío Johnny esquivando a un habitante de las ciénagas de cuatro patas.

Con calma y sin importarle la presencia del coche, el caimán avanzó por el aparcamiento dirigiéndose hacia la entrada principal del colegio. Su cola dejaba un rastro en la arena que se iba borrando a causa de las otras muchas huellas que se entremezclaban. Se escuchaban muchísimas voces de pensamiento al mismo tiempo, por lo que era casi imposible saber quién hablaba.

«¿Pero por qué pasas por encima de mí, imbécil? ¡Camina en línea recta o te muerdo!».

«¿Quién se ha tirado un pedo? ¿Y cuándo nos dan de comer?».

«Eso es justo lo que quería preguntar. Ella nos dijo que aquí uno podía comer todo lo que quisiera. ¡Pero no es cierto!».

«Seguro que sí. Y también nos dijo que si amenazabas un poco al cocinero, te preparaba todo lo que quisieras».

Después de apagar el motor, nos miramos, angustiados.

—Lo mejor es que esperemos hasta que se hayan marchado —dijo Johnny—. No tengo ninguna gana de que me muerdan.

—¿Y si no se van? —dije.

Un rato después me atreví a bajarme del coche con sumo cuidado para no pisar ninguna pata ni ninguna cola. En ese mismo momento, Ella llegaba a la puerta de entrada. Estaba de un humor fabuloso.

—¡Pero qué maravilla que hayáis venido todos, Indira, Bushy, Tino, Lima, Tulli, Edda, Brando, Kegor y Polly! Jerome y Tomkin llegaron antes que vosotros y están fenomenal.

«Queremos divertirnos —dijo uno de los caimanes—. ¿Dónde es la fiesta?».

—Os aseguro que os vais a divertir muchísimo, las clases son fantásticas y los domingos tenemos hasta una fuente de chocolate —les contó Ella, francamente contenta, como si todo hubiera salido como había planeado. ¿Sería solo cosa suya o su madre también tendría algo que ver?

Uno de los caimanes semitransformó su cabeza por los nervios y pudimos ver a un joven con el pelo negro muy revuelto.

—¡Qué rico! —dijo—. ¿Qué día es hoy?

«Jueves o viernes, creo», contestó una de las chicas pitón, que no era más gruesa que mi muñeca.

«¡No, hoy es domingo! —dijo un enorme caimán—. ¡Es el día del chocolate!».

Se escuchó un gran alboroto, y los primos de Ella y todos los demás empezaron a moverse..., sin prisa pero sin pausa.

«¿Tenemos que transformarnos para comer? —preguntó una de las pitones elevando su cabeza triangular—. Cada vez me da máz pereza».

Ella titubeó.

—Ah, no, no hay problema —le contestó—. Algunos de los que viven aquí no se transforman nunca.

Ella se sobresaltó un poco cuando Jack Clearwater salió del colegio y se encaminó hacia donde estaba. No parecía muy contento mientras miraba aquella aglomeración.

—Hola a todos, ¿puedo preguntar quiénes sois y qué queréis?

En ese momento Ella volvió a hacer uso de la seguridad que tenía en sí misma y levantó, orgullosa, la barbilla. Toco y Barry ya estaban a su lado, como sus guardaespaldas, y observaban con mirada tenebrosa.

—¿Es que acaso no se ve? Son mis primos y amigos.

—No te he preguntado a ti. —Jack Clearwater ya sabía a quién tenía que agradecer ese aluvión de metamórficos—. Bueno, ¿qué queréis?

Los recién llegados parecían un poco extrañados, y alguien dijo en voz baja:

«¿Y qué se supone que tenemos que decir?».

Uno de los caimanes comenzó a hablar y dijo en un volumen altísimo dentro de nuestras cabezas:

«¡Queremos venir a este colegio y aprender muchas cosas!».

Enseguida los demás empezaron a hablar en coro, como si de repente se hubieran acordado de lo que tenían que decir.

«¡Queremos aprender ¡Queremos aprender!».

Jack Clearwater tenía una expresión más tranquila.

—Bueno, queréis aprender. Me parece bien. Para eso existen precisamente los colegios.

Nosotros nos quedamos de pie justo del otro lado del aparcamiento, simplemente porque no podíamos pasar.

—Esto lo han estado ensayando —me murmuró Johnny para tranquilizarme—. Lo ha maquinado alguien que sabe lo que quiere escuchar un profesor.

«¿Y cómo le va a Prender?», escuché decir de forma insegura a alguno de los recién llegados.

Miré a Johnny con una expresión perpleja y luego levanté las cejas.

—Sí, parece que lo traen aprendido de memoria.

—No los va a dejar entrar, ¿verdad? Si hubiera escuchado todo lo que han estado diciendo…

Aunque lo más probable es que no lo hubiese escuchado; tendría que haber estado mucho más cerca. El director titubeó.

Ella tomó la palabra:

—Ya sé lo que está pensando; usted cree que no van a poder pagar las tasas escolares y que no hay beca para todos. —Sus ojos brillaban—. Pero piense por un momento lo que prometió mi madre: pagará el colegio a todos los reptiles metamórficos que vengan de los Everglades.

—Ajá. Muy generoso por su parte. —Jack Clearwater inspiró profundo y tuvo que hacer un esfuerzo para seguir hablando—. Bueno, todos para dentro —dijo al tiempo que sujetaba la puerta—. Allí podremos hablar de lo que vamos a hacer.

Chris, Jasper, Mara y otros muchos estudiantes habían llegado a la puerta del colegio e intentaban enterarse de lo que pasaba. Se quedaron fascinados cuando una marea de serpientes y caimanes acorazados pasó por delante de ellos.

Tío Johnny y yo nos miramos. Luego nos despedimos y Johnny me dio una palmadita en el hombro.

—Ya lo verás, todo va a ir bien —dijo—. Nunca me habría imaginado que íbamos a encontrar un alojamiento, y mira... Por fin tenemos un piso fabuloso en el centro de Miami. El resto también se arreglará.

—Seguro que sí —repetí sonriéndole. Era un estudiante del Blue Reef y haría lo que fuese mejor para el colegio. ¡Con reptiles o sin ellos!

Miré alrededor, impaciente, buscando a Shari, pero no la vi por ningún lado. En ese momento Jasper salió de un arbusto.

—¡Oye, Tiago! ¡Qué bien que hayas vuelto!

—¿Me has echado de menos? —pregunté medio en broma.

—Pues claro que sí. —Jasper me miró y se subió las gafas—. Además, seguro que Shari también te ha echado de menos.

—¿Ha dicho eso? —pregunté esperanzado.

—No, no lo ha dicho, pero un armadillo nota esas cosas —contestó Jasper.

No pude evitar reírme.

—Y un tiburón tigre sabe cuándo ha llegado la hora de cenar —le dije. Nos fuimos directos a la cafetería para llegar a la fuente de chocolate antes que los invitados de las ciénagas.

Índice